U0076570

看見屍體的男人

Ⅲ 黑暗王國 上

시체를 보는 사나이
다크킹덤 Ⅲ

空閑K
黃莞婷 譯

＊本書中提及的人物、團體、地名、事件等皆屬虛構，與現實無關。

目次

第1話
保育院的那個孩子

一九九〇年四月

保育院迎來了一對新姊弟，是九歲的男孩和十二歲的女孩，可能缺乏足夠的營養，兩個孩子顯得瘦弱不堪。然而，他們似乎難以適應保育院的生活，與其他孩子相處得並不融洽，姊弟倆總是黏在一起。

為了幫助他們適應團體生活，院長決定嘗試分開他們，讓姊姊自己去做別的事。不過，男孩只要和姊姊分開，便會遭到排擠或被年齡較大的男孩們欺負。

某一天，男孩被保育院裡的哥哥們帶走，毫無理由地遭到毆打。男孩的嘴唇破裂，眼眶周圍又紅又腫，看起來慘不忍睹。男孩既委屈又憤怒，跑到院長辦公室想說出一切，然而辦公室卻緊鎖著門。

男孩以為裡面沒人，正要準備離開時，辦公室裡傳出了輕微的呻吟聲。在好奇心驅使之下，男孩繞到外面花壇的窗戶偷窺院長辦公室。接著，男孩渾身顫抖跌坐在地上，眼眶不斷落下眼淚，忍住不哭出聲音。

直到保育院所有的活動結束，男孩才終於見到姊姊。他迫不及待地衝上前，用盡全力擁抱著她，在姊姊的懷抱中大聲痛哭。姊姊被嚇了一跳，溫柔地撫摸著他的頭髮。

在姊姊的懷中哭泣了許久後，男孩的眼神不知不覺地變得凶狠。

姊姊回到宿舍後，男孩決定再次去找院長。他輕輕推開了院長辦公室的門，哽咽著走向院長，院長溫柔地擁抱哭泣的男孩，撫摸著他的頭。就在那一瞬間，院長表情扭曲，無力地跌坐在原地。

院長趕緊用手摀住腹部，然而他的指間不斷地滲出鮮紅的血液，男孩茫然地看著院長，他的手上也沾染了紅色的鮮血，而地上掉著一把沾血的錐子。院長發不出求救聲，最後抱著腹部向後倒下。男孩面無表情地撿起錐子，再次走向院長。

當保育院的老師走進院長辦公室時，院長已經沒有了呼吸，而男孩蹲在沙發上瞪著院長，老師急忙報警並叫來救護車。

三天後，一輛黑色轎車駛進保育院的前院，從車上走下了幾名身穿西裝的男人。他們環視四周後，進入了保育院內。

「你就是那個小鬼？」

男孩看了一眼西裝男人，向後退了一步。

「不用怕，我不是可怕的叔叔。你叫什麼名字？」

「……。」

「沒關係。跟我說你叫什麼名字？」

「吳民錫。」

「好，民錫，跟我們走吧。」

「不要。」

「叔叔會帶你去比這裡更好的地方，這裡只有會欺負你的人對吧？和叔叔們一起走，可以交到好朋友，還有好多更好吃的東西。」

「真的嗎？」

「當然。要一起走嗎？」

男孩觀察他們的表情，問道：

「那姊姊呢？」

「姊姊？姊姊也會一起去啊。不過今天你先自己去，明天叔叔再來接姊姊。」

「真的嗎？……那我先去和姊姊說。」

「明天就會見面了，幹嘛急著現在說？已經很晚了。」

「姊姊真的也會去嗎？」

「對。」

最後，西裝男人們帶著男孩離開了保育院。

現在。蔡利敦命案D－7

鄭珉宇在三溫暖更衣室卻沒有換衣服，而是直接走進了休息室，坐在椅子上。跟在他後頭進來的車東民坐在他旁邊，問道：

「兄弟，都來了，不泡湯嗎？」

「我是因為你才來的，幹嘛突然想泡湯？在那不就洗好了，幹嘛……」

「欸，那裡和三溫暖又不一樣。來三溫暖可以洗乾淨又能消除疲勞，不是挺好的？怎麼了？你不喜歡三溫暖嗎？」

「那個水池不知道泡過多少人，我不喜歡用別人洗過的水，髒死了。我在這裡休息，你要泡就自己去。」

「啊，太可惜了，本來想和你聊聊心事，也是個有趣的經驗。好吧，那你在這休息。我馬上回來。」

「小子，原來是因為這樣？那……好吧。去三溫暖室吧。我不想泡湯。」

「好啊。真是我的榮幸。」

鄭珉宇和車東民在更衣室脫下衣服，走進淋浴間，簡單沖洗一下便走向了三溫暖室。

鄭珉宇將計時的沙漏翻轉後，坐了下來，車東民則是坐在他對面，上下打量鄭珉宇的身體。

「看什麼？」

「嗯？喔，沒什麼。兄弟，你有在健身嗎？」

「哎，健什麼身啦？做點運動而已。我也想像你那樣鍛鍊……唉，不過聽說很難會累死，我做不到。」

「哪有什麼難，兄弟，只要有毅力堅持就行了，你也可以的。怎樣？要不要跟我一起健身？」

「算了吧。有那個時間健身，我寧可去找女人。」

鄭珉宇朝車東民眨了眨眼，露出狡詐的笑容。

「也是，比健身好玩多了。」

車東民和鄭珉宇一起拍手大笑。

「兄弟，你沒有刺青嗎？」

「刺青？幹嘛刺青？」

「沒有啊，想說最近不是很流行刺青嗎？」

「你呢？你好像也沒刺？」

「我想要刺在隱密的地方。」

「隱密的地方？哈哈哈哈，真有意思。但我還是算了，刺青很痛。」

「是嗎？所以你真的沒刺過？」

「怎麼了？你以為我刺在隱密的地方嗎？」

「不是啦……。」

鄭珉宇和車東民碰拳而笑。

「少說廢話，今天怎樣？不錯吧？」

「超出了我的期待，真的很衝擊。」

「對吧？我早說過了吧？那地方正常人可玩不起來。我本來還好奇你見識到那場面會多驚訝，看你眼睛瞪得超大的樣子，實在是太搞笑了。」

鄭珉宇一邊說著，一邊邊指著車東民，哈哈大笑。

「我有那麼誇張嗎？不過這種聚會經常舉辦嗎？」

「太常辦會短命的，久久才有一次，是你運氣好才碰巧遇到。你看詹姆士大哥都特地拋下一團亂的公司，趕緊從美國飛回來。你啊！就是個好運的傢伙！」

「是嗎？我真是大開眼界了。謝了，兄弟。」

「謝什麼？以後再一起去吧。我這次因為跟你去也久違地享受了一番，超開心。」

「是嗎？那就好。不過樓上有什麼特別的聚會嗎？詹姆士說他們是為了大事才聚在一起，對吧？」

車東民的問題讓鄭珉宇微微皺了眉，答道：

「我不清楚。不，應該說我根本不在意，那和我有什麼關係？他們聚在一起就是在討論政治問題。別提了，只會讓我頭痛。」

「政治問題……。是啊，聊政治只會頭痛。啊！還有明根。」

「該死，那傢伙又怎樣了？」

「抱歉，還是別說了？」

「什麼事？」

「聽說他的父親成為其中一員，明根以後也能參加聚會了。」

「所以呢？他很開心？」

「看起來是。還說成員們會聯姻……」

鄭珉宇揮揮手打斷了車東民的話。

「煩死了，不要再說了。這件事也讓我頭很痛。要我和一個壓根不認識的女人結婚……操，連結婚都不能自己決定。財閥？可不是什麼好東西啊。兄弟，你都不知道我有多羨慕你。」

「說這什麼話？擁有全世界的人還這樣講。」

「我擁有全世界？哎，還不到那種程度。而且就算擁有全世界有什麼用？只會整天操心而已。搞不懂幹嘛那麼想要這世界的權力。我最喜歡現在，那些頭痛事全都是我爸在做，我只需要坐享其成。」

鄭珉宇聳聳肩，發出詭異的笑聲，繼續說道：

「我要是不趁現在盡情玩，以後就得看別人的臉色，想做什麼都不行！真的會後悔。神經病，到時候會有一堆人盯著我，可惡……天啊。熱死了，出去吧。」

「這麼快？沙子還沒漏完……」

「不管了，太熱我受不了，先出去了。」

鄭珉宇喘著氣走出了三溫暖室，車東民靜靜看著鄭珉宇的背影，猛然起身跟了出去。

「好！大家分頭去忙吧。」

嘟嚕嚕、嘟嚕嚕。

「朴刑警，我來接。」

「是，組長。」

閔宇直組長走到座位上，拿起話筒說道：

「喂？喔，承哲。結果出來了嗎？好，就約在那，我馬上過去。」

閔警正一放下電話，韓瑞律檢察官立刻走過來問道：

「組長，是金承哲警監打來的嗎？」

「對。結果出來了。」

「組長要去見他嗎？我也一起去。」

「不用了，已經很晚了，我自己去就好。」

安警衛不知什麼時候走了過來，插嘴道：

「那我跟你一起去吧，組長。」

「不用了，我自己去就行了。安刑警，你和羅刑警先把徐議員送去安全屋。」

「徐議員有我在……」

這次輪到崔友哲警衛上前說話，但被閔警正提前打斷：

「你自己身體這個樣子要怎麼保護她？還不能走不是嗎？」

「那是對方也在找的重要物證，組長獨自行動可能會有危險。」

「我沒事。單獨行動不那麼顯眼，反而安全。就這麼決定了。南巡警！」

閔警正對著南始甫巡警招手，南巡警快步走來，回答道：

「是，組長。」

「今天我不能和你一起去現場了。剩沒幾天了，你和都警監一塊去A點好好巡視。」

「組長不用擔心，不過你自己去真的沒問題嗎？」

南巡警也憂心忡忡地問閔警正，閔警正瞪大眼睛，大聲說道：

「你們是怎樣？不相信我嗎？我可是閔宇直欸！不用擔心。」

「誰不知道組長厲害，但還是會擔心啊。」

「少瞎操心，你管好自己吧。」

「哎，又來了……。知道了，注意安全。」

閔警正匆匆離開幽靈搜查本部指揮室，安警衛、崔警衛和徐議員也接連離開。

閔警正將車停在首爾站的停車場後走出車站。儘管時間已經過了午夜，但廣場上熙熙攘攘，人們來往匆匆。閔警正先到了約定的地點，他確認過時間，並在廣場周圍漫步，注意著是否有人在跟蹤他。幸好並未察覺任何不尋常的情況。

然而，金承哲警監不知為何過了約定的時間仍遲遲未出現，打電話也沒人接。閔警正又打了一次，只聽到用戶通話中的語音提示，以為金承哲警監也正在打給自己，便掛斷電話等待回電。然而，過了許久金警監還是沒打來。

閔警正心急如焚，在廣場上來回踱步，不斷地觀察周遭情況。就在這時他的電話響了。

「喂？」

「組長，我是朴巡警。」

「喔，有什麼事？」

「有人打電話找你。」

「找我？」

「對。是金承哲警監。」

「什麼？」

閔警正嚇了一跳，瞬間提高了音量。

「組長怎麼了？」

「沒事。他找我？」

「警監留了一個聯絡方式，要組長聯絡他。」

「把號碼給我，不，傳訊息給我。」

「我傳過去了，組長。」

閔警正的手機響起鈴聲，是朴旼熙巡警傳來的訊息。

「謝了，對方說自己是金承哲警監對吧？沒說別的嗎？」

「沒有，只留了聯絡方式。」

「他的聲音聽起來怎樣？」

「聲音？嗯……我不知道怎麼形容……。」

「沒關係，我知道了。先這樣。」

朴巡警一臉疑惑地掛斷電話。

閔警正查看了朴巡警傳來的訊息，立刻撥打了那個號碼。手機鈴聲沒響幾聲，就聽到另一頭傳來聲音。

「閔宇直組長？」

「……你是？」

「你不用知道。金承哲警監，我們正在好好照顧他。」

「什麼？」

「沒聽見嗎？那我再說一次，金承哲那傢伙在我們這，聽清楚了嗎？」

「什麼？為什麼？」

「什麼原因你心知肚明吧。」

「你是誰？想做什麼？」

「別激動，不然你的朋友會受傷喔。想保住你朋友，最好乖乖聽我們的話。」

「我要怎麼相信你？讓我跟他說話，我才知道你說的是不是真的。」

「好啊，就讓你聽聽看吧。把人帶過來。」

手機那頭傳來了沉重的腳步聲。

「小子，說話。」

「……。」

「快說話！找死啊？」

「呃嗚……。宇直，不要過來，嗚……。」

啪！

「呃啊！」

「你這個瘋子！」

聽見手機那端傳來的金警監的慘叫聲，閔警正緊閉雙眼。

「閔宇直，你聽清楚了吧？」

「你到底想要什麼？」

「你。」

為了護送徐敏珠議員到安全屋，總共出動了兩輛車。安警衛的車裡載著徐議員和崔警衛，而羅警查的車則作為護衛跟在後頭。

安警衛用無線電對講機回報情況：

「羅刑警，目前沒看到可疑的人。」

「收到，安刑警。我這邊也沒有發現異常。」

「目的地就快到了，以防萬一，還是要保持警覺。」

「別擔心，我會睜大眼睛仔細注意的。」

安警衛放下對講機後對崔警衛說道：

「崔刑警，目前似乎沒有異常之處。」

「好，我知道了。」

安警衛透過後照鏡看了一眼徐議員，說道：

「徐議員，暫時要辛苦妳待在這裡，請避免獨自行動。」

「別擔心。崔友哲刑警叮嚀過我很多次，聽到耳朵都要長繭了。」

「徐敏珠議員，我什麼時候有這樣了？」

「兩位說話為什麼這麼不自然……吵架了嗎？」

「沒有，哪有吵架？是徐議員忽然叫我刑警……。」

「安刑警，友哲越來越嘮叨了。自從發生了那件事，他開口閉口就是交代我要小心。」

「那是因為真的很危險，要不是因為有南巡警……」

「沒錯。我們不知道對方什麼時候又會對議員下手，必須小心謹慎。」

「對吧？安刑警？」

「好啦，我當然也知道，不要把我當小孩。」

「誰把妳當小孩……」

就在這時，安警衛的手機響了起來。

「啊，是朴刑警打來的。」

「快接吧。」

安警衛戴上耳機，接起電話，說道：

「喂？朴刑警，有什麼事？」

「安刑警，你和崔刑警在一起對吧？」

「對，怎麼了？」

「剛剛有人打電話找閔組長，我已經轉告他了，但總覺得不太對勁。組長不是要去見金承哲警監嗎？」

「是啊，所以呢？」

「但是金承哲警監卻打來要我轉達他的聯絡方式給組長。我打給組長的時候他的語氣有點奇怪。」

「哪裡怪？」

「不知道怎麼形容……。為了保險起見，我追蹤了組長的手機定位，發現他在仁川，好像要去仁川港。」

「仁川？組長怎麼跑去那裡？」

「對啊。會不會出了什麼問題？」

「妳有打給他看看嗎？」

「從那之後，組長的手機就一直打不通，所以我才打給你。」

「我知道了。妳先繼續觀察組長的動向，如果他停下來或訊號中斷就立刻通知我。」

「好，我會留意。」

安警衛摘下耳機，崔警衛身體探向前座，問道：

「安刑警，怎麼了嗎？為什麼講到金承哲警監？仁川又是怎麼回事？」

「先送議員到安全屋再說。」

「不是急事嗎？」

「是我不該知道的事嗎？」

「徐議員，不是的。已經快到了。先確保妳安全抵達。」

◎

都警監將機車停在預測發生連續殺人案的A點，下了車並將安全帽夾在胳膊下。這時候，遠處一輛警用機車騎來，停在了他面前。坐在後座的人先下了車並摘下安全帽。

「喔！是南巡警啊？那這位是……？」

「是我。警監先到了啊？」

「檢察官？妳會騎檔車？」

騎著檔車來的人就是韓瑞律檢察官，她下了車，整理被安全帽壓亂的髮型。

「嚇到了嗎？」

「哇喔，當然啊。可是妳怎麼會來這裡？」

「從今天起，我會和你們一起巡視現場。」

「妳還有這麼多事要忙，不累嗎？」

「警監，我被降職了，最近很閒。」

韓檢察官露出爽快的微笑。

「也對，我都忘了。」

「所以不用擔心我，快出發吧。啊，我是第一次來這裡，如果沒跟上警監的話需要南巡警幫我指路，所以南巡警今天就坐我後座吧。」

「喔，好的，我知道了。」

「那就這麼決定了。我們出發吧？」

都警監帶頭前往A點，南巡警坐上警用機車的後座，韓警衛立刻發動跟上都警監。他們迅速巡視了A點，詳細查看了現場情況。

「這段時間，你們就是這樣不停巡視嗎？已經將近兩小時了吧？」

查看完預測的犯案區域後，韓檢察官在路上與南刑警閒聊。

「是的，也只有這個辦法了。必須在兩小時內查看完所有可能發生命案的地點。」

「真是辛苦了。」

「不會辛苦，我只是做我該做的事。」

這時，都警監跨上機車說道：

「現在去下一個地點吧？」

「是，警監。」

韓檢察官與南巡警急忙坐上機車出發，都警監率先抵達了下一個預測地點等他們。

「警監，抱歉，我走錯路所以晚到了。」

「沒關係。南巡警，請你快速確認一下。」

南巡警走進一條暗巷，細心巡視了偏僻的角落，而都警衛和韓檢察官則是小心翼翼地跟在他後面。

「警監，現在幾點？」

「現在是……」

韓檢察官匆忙拿出手機查看時間：

「凌晨三點十五分。」

都警監快步走到南巡警旁邊，問道：

「怎麼了？」

南巡警沒有轉頭看向他，凝視著正前方某處，回答道：

「這個時段應該是對的……」

「怎麼了？你看到屍體了嗎？」

「對，我正在看……從被害女性的外傷看來，應該是連續殺人犯做的，不過是不是比預測日期還早？」

「的確。但如果被害人的外傷和前幾個案件一樣的話，那很有可能是連續殺人犯所為。」

原本在都警監身後的韓檢察官走到他身邊，說道：

「確認被害女性身上是否有星形圖案就可以知道了吧？」

「沒錯，南巡警，你確認看看。這次屍斑應該會出現在右手臂。」

「和看照片的感覺完全不一樣，屍體非常可怕，讓人不敢接近。」

南巡警慢慢地走到屍體前，韓檢察官低聲對都警監說：

「親眼見識到南巡警辦案的樣子，真的讓我對他刮目相看。竟然能看見未來的屍體。」

「沒錯。」

「南始甫巡警確實擁有相當了不起的能力，是個很特別的人。」

南巡警跪在地上，注視著黑暗中的某處。

「警監，我很難確定這是不是星形圖案，看起來很像，但並不是很明顯。」

「可能是因為剛發生沒多久吧。」

「好像是。」

「南巡警，你不是可以從眼睛裡看到線索嗎？」

「對，我有看見一個人，手拿著星形鈍器。」

韓檢察官聽了抬頭看向都警監：

「那應該就是連續殺人犯了吧？」

「應該沒錯。南巡警，還有看到別的嗎？」

「這種大熱天還戴著毛帽包住整個頭……他還有戴口罩和護目鏡。」

「口罩加上護目鏡，這樣就看不出來是誰了。」

「還不至於，都警監。護目鏡是透明的可以看到眼睛，可是……。」

南巡警說到一半突然打住。

「怎麼了嗎？」

「這個人的眼睛不像是朱明根，倒是和都警監製作的殺人犯模擬畫像裡的眼睛很像。」

都警監驚訝地再次確認：

「真的嗎？」

「警監，這是怎麼一回事？」

韓檢察官一臉茫然地看著南巡警和羅警監問道。

「應該是凶手沒錯吧？雖然不明顯但手臂上確實有星形圖案？可是又說不是朱明根……。」

「是我看錯了嗎？被害人女性身上的傷痕和先前凶手的手法一樣，看起來也是大概二十多歲。雖然不太明顯，不過星形圖案也很像……」

「南巡警，會不會是別人做的？」

「啊？如果不是他的話……」

南巡警說到一半，韓檢察官問道：

「警監，你認為有共犯？」

「對。之前也提過，調查時不能排除有共犯的可能性。南巡警，能麻煩你再仔細檢查一次嗎？」

「好的，我再看一次。」

「該不會是之前說過的雙胞胎……不，不可能。朱必相只有朱明根一個兒子。」

「對啊，不可能是雙胞胎。一定是有幫凶，或是有誰在背後操控。」

在韓檢察官與都警監交談的時候，一旁傳來了南巡警的聲音。

「警監，凶手背後好像有東西，但我無法確定是不是人。戴著和凶手相似的帽子……但是被凶手擋住了，看不太清楚。」

「是嗎？那有可能是共犯。說不定站在後面的是朱明根。」

「可是從目前的案件紀錄來看，無論是足跡或指紋，殺人犯留下的痕跡看來都只有一個人。」

「沒錯，但也有可能是體型相似的人。不能因為沒發現其他鞋印或指紋就忽視這點。」

南巡警猶豫了一下，開口說道：

「警監，有件事我一直很在意，但不知道該不該說。」

「有什麼好不能說的？沒關係，儘管說。」

「那個，我覺得有點奇怪，警監應該也有感覺到吧……？說不出確切原因，但就是很不對勁。在警監預測的期間沒有發生命案，還有我從屍體眼睛裡看見的人不是朱明根，這些都讓我感到不安。還有你說可能有共犯也是……至今都很準確的預測突然出現誤差，一定有什麼原因吧？」

南巡警搔著頭，看起來不太有自信，尷尬地笑著。

「我也同意南巡警的看法。」

韓檢察官疑惑問道：

「警監，你也有感覺到嗎？」

「哈哈，我不是憑感覺，而是根據理性的推測。正如南巡警所說，犯案的時間比我預期得早。犯案的時段也有變化，可以看出連續殺人犯承受了心理上的壓力。如果凶手是朱明根，他絕對知道我們正在找他，因此產生的心理壓力讓他比預期的更早執行儀式。現在還剩下兩名被害人，他犯案的間隔可能會縮短。也不能輕忽他也許會在同一天殺害多人，而非單一對象的可能性。」

韓檢察官點頭說道：

「我明白了。凶手因為心境產生變化，案發的日子才會提前。」

「對，就是這個意思。」

「那麼我們得快點準備對策了。」

「沒錯。我們趕緊回本部吧。」

一九九九年一月

在雪花紛飛的廣闊原野，一群赤裸上身的男人正在接受軍事訓練。他們爬過鐵絲網下有薄冰漂浮的泥沼，拉著一條繩索攀過陡峭的懸崖。

這時，一名戴著紅帽的指揮官大聲命令：

「全體集合！」

正在受訓的隊員們一齊跑到指揮官面前，排出整齊的隊形，緊接著最前方的一名隊員舉手高聲喊道：

「整隊！」

其他隊員以那名隊員為基準，排成了五列。

「從今天起，黑暗部隊解散。」

隊伍中的人們開始嘈雜起來。

「注意！」

站在最前方的隊員複述指揮官的命令：

「注意！」

「各位隊員會被分配至陸軍各師團所屬的部隊或特殊部隊，收到命令回寢室整理行裝。立刻動作。」

「以上，解散！」

一九九九年，國民政府上台，國家安全企劃部（以下簡稱安企部）改名為國家情報院。安企部曾祕密栽培出一支特殊部隊。然而，隨著政權更迭、國家情報院的權限式微，「黑暗部隊」最終被解散。

隊員們竊竊私語走進了宿舍，一名隊員走向指揮官問道：

「隊長，為什麼這麼突然？」

「這是上級的指示。哪有什麼突然？我們只需要遵守指示。吳民錫隊員。」

「真的會全部解散嗎？」

「是的。未來還有為國效力的機會，所以只需要耐心等待。」

「為國效力？」

「對。為了我們的國家。」

●

一九九〇年四月

「這裡是保育院嗎？」

少年目光炯炯有神地望著大人。

「這裡是培訓所。」

「培訓所是什麼？」

「是培養人才為國效力的地方。」

「要為國家做事嗎？」

「對。有很多像你一樣的人聚集在這裡。在這裡可以學到很多東西。」

「姊姊什麼時候會來？」

「姊姊？」

「對啊。叔叔走之前說會帶姊姊來。姊姊明天會來嗎？」

「你的姊姊已經死了。」

「什麼？姊姊為什麼會死？不可能，姊姊為什麼死了？我要去找她！」

少年轉身跑向緊閉的鐵門，但門無法打開。他使出吃奶的力氣撞擊鐵門也沒有用。

少年不肯放棄，不斷地哭喊著撞擊鐵門，全身瘀傷出血。而一旁的大人只是默默看著他。從大人輕鬆的神色看來，這種事不是第一次發生。

少年哭喊著並用拳頭捶打鐵門，最後他精疲力竭地倒在地上。接著有人上前，將倒地的少年抱起，送回孩子們住的宿舍，讓他躺在棉被上。

有人前來和正在沉思的吳民錫隊員搭話：

「民錫，這是怎麼回事？」

「就是說啊。你有聽說什麼消息嗎？」

「沒有啊？前幾天只聽說會調幾個人走，怎麼突然就說解散……。到底怎麼回事？」

「隊長也只說是上級指示，我想大概是因為政權變動吧。」

「政權變動和我們有什麼關係？」

「意思是新的政權不需要我們。」

「不需要我們？為什麼？我們可是精銳部隊，怎麼可能不需要。」

「我也不清楚。如果不是這個原因，那為什麼要解散我們？」

「我們經歷千辛萬苦才走到這裡，國家不應該這麼對我們，不是嗎？」

「是啊，我們能熬過這種像地獄般的日子，全都是為了國家……。」

「但國家現在卻選擇拋棄我們？」

現在。蔡利敦命案D-6／連續殺人案D-7

海面上的霧氣籠罩著漆黑的碼頭，碼頭上堆疊著數不清的貨櫃。

霧氣之間看到車頭燈的亮光，一輛車正緩緩駛向高聳的貨櫃牆後停了下來，車頭燈瞬即熄滅。閔宇直走下駕駛座，朝著一片黑暗說道：

「有人嗎？我來了！」

閔警正對著空氣大喊，卻沒有任何回應。於是他打開手機的手電筒照向四周：

「我來了！我是閔宇直。我們約好在這裡見面的！」

閔警正再次大喊，但依舊沒有得到回應。

「搞什麼？怎麼沒半個人！」

這時，對面的車燈閃爍了幾次，閔警正循著燈光走過去，看到一輛車亮著車頭燈。然而光線過於刺眼，他看不清車內的人。

「把燈關掉吧！我看不到！」

有人默默地走下亮著燈的車。

「你一個人來的嗎？」

「你不是要我一個人來？」

「果然和傳聞中的一樣，是個莽撞的刑警啊。」

「你和我很熟嗎？廢話少說。我要見承哲。」

「好，去見你朋友吧。」

「什麼？他不在這嗎？承哲還好嗎？給我聽清楚，要是敢動他一根寒毛，我會讓你吃不完兜著走！」

「如果我動了呢，你能怎樣？」

「什麼？這傢伙……好，你會帶我去見承哲吧？」

「你疑心病很重耶？」

「換作是你會相信嗎？」

「要耍嘴皮子隨便你，再囂張也只剩現在了。把口袋裡的東西放在腳下，不准輕舉妄動。」

「根本看不到人在哪是要動什麼。」

閔警正自言自語著，將手機放到地上，並從口袋裡拿出手槍和手銬。

「現在舉起手，後退。動作快！」

「好。」

閔警正舉起雙手，並往後退了三步。

「轉過去。」

閔警正什麼話也沒說，乖乖聽從對方的指示。

「接下來也要這麼聽話，你和你朋友才能活命，聽懂了嗎？」

在車頭燈的照射下，男人走了過來，撿起放在地上的手機、手槍和手銬後又回到原位。就在這時，不知從哪裡突然冒出了另一個人，將黑布套在閔警正的頭上，並給他戴上手銬。

「搞什麼！幹嘛玩這招？」

「如果不想挨揍就安靜跟我們走。」

「你們是誰？手銬？你們是警察嗎？」

「叫你閉嘴沒聽到嗎？」

拖著閔警正的男人用手掌狠狠打了他的後腦勺。

「呃啊！好啦，知道了，不要動手。」

「非得挨打才會聽話。」

閔警正像是物品一樣被塞進後車廂。載著閔警正的車飛快地穿過碼頭，駛向某處。

◉

安敏浩警衛將徐議員送進安全屋，走出來時呼叫羅警查會合並回到車上。

「崔刑警，議員安全進去了。」

「辛苦了。朴刑警剛剛打來在講什麼？」

「我聯絡了羅警查，等他來再一起說。」

「好。」

沒過多久羅警查便上了車，問道：

「安刑警，有什麼事？」

「抱歉叫你過來，因為朴刑警打電話來說組長在仁川。」

「所以呢？」

「組長說要去見金承哲警監，不知道怎麼會跑到那麼遠。朴刑警和組長通話時也覺得不太對勁。」

崔警衛似乎受不了安警衛一直含糊其詞，有些不耐煩地問：

「安刑警，朴刑警到底說了什麼？」

「她說金承哲警監打電話到本部，要她轉達聯絡方式給組長，不覺得很怪嗎？朴刑警轉達時覺得有些不對勁，而且從那之後就聯絡不上組長。」

「那現在不該在這討論吧？得趕緊去仁川。」

「是啊，過去看看什麼情況吧？」

安警衛回頭看了看崔警衛，羅警查也看了眼崔警衛，說道：

「你也同意吧？崔刑警。」

「不能光憑朴刑警的直覺……。組長以前也有幾次類似的情況，再打給他看看吧。」

「我現在打。」

安警衛立刻打給閔警正，鈴聲在耳邊響了許久之後安警衛放下手機，搖了搖頭。

「沒辦法了，我們還是先去看看吧。安刑警，趕緊出發。」

「崔刑警，你沒問題嗎？你的傷還沒有完全痊癒，行動又不方便……。」

羅警查點點頭贊成，一起勸說道：

「是啊，這件事交給我們吧。崔刑警你還是回家休息比較好。」

「不，我沒事。快出發吧。」

「羅刑警，你先出發去仁川吧。」

羅警查聽了安警衛的話點點頭。崔警衛茫然地問安警衛：

「為什麼？」

「崔刑警，我先送你回家。」

「不，真的沒關係……」

「就這麼做吧，崔刑警，你要快點好起來，用健康的身體一起加入調查。不然你要這樣到什麼時候？」

「我也知道……好吧，既然我只會礙事，那我自己回家吧，你們兩個抓緊時間過去。」

「羅刑警，你先出發吧。」

「那我走了。」

羅警查下了車，跑向自己的車。

「崔刑警，我先送你回家吧。你現在的狀態不適合自己行動。走吧。」

「不用……好吧，謝謝你。」

安警衛發動車子出發，並問崔警衛：

「崔刑警，你和金承哲警監熟嗎？」

「不熟。我只知道他和組長是同期。剛才在指揮室聽到他好像是在情報科。檢察官應該比較熟吧？」

「我問過了，檢察官對他也不太了解。」

「是嗎？為什麼問這個？」

「我想了解他是怎樣的人，是不是值得信任……。既然是組長的同期，應該可以相信他吧？」

「你在懷疑金承哲警監嗎？」

「不是懷疑，只是不清楚黑暗王國的勢力有多大……好奇他是怎樣的人。」

「那不就是在懷疑的意思嗎？不過保持警覺是好事。據我所知，他有協助組長調查蔡非盧、金範鎮的案子。你沒聽說嗎？那時候你不是也有和組長一起行動？」

「我知道，我也有聽說他幫了組長很大的忙。」

「對啊，既然是這樣，你也不必太心急。」

「我不是心急……好，我明白了。這件事請對組長保密，省得他……」

「這有什麼好保密的？不用在意。我說了，刑警能保持警覺是好事，不用怕。」

「誰說我怕了？」

車頭燈的亮光劃破黑暗，一片塵土飛揚。當遠方的山頭隱約落下紅光，一輛汽車停在了破舊的倉庫前。汽車後座走下了一名穿著西裝的男人與一名打扮休閒的短髮男人，兩人都戴著墨鏡與口罩。

短髮男人立刻到後車廂將閔警正拉了出來，西裝男則是走在前頭打開倉庫門。短髮男帶著閔警正跟上。

「到了嗎？」

「對，到了。再走一段路吧。」

短髮男說著順勢推了閔警正的背，閔警正一個踉蹌險些摔倒，趕緊穩住身體，繼續向前走。

「放了他。」

一片黑暗之中傳來了指示，閔警正頭上的黑布套被取下。

「哎喲，終於可以呼吸了，差點以為要悶死！」

閔警正大聲抱怨，站在身後的短髮男狠狠踹了他的大腿。

「呃啊！」

這一踢讓閔警正跪在地上。

「叫你閉嘴！」

「好，知道了。」

「你是首爾地方警察廳刑事科系長閔宇直吧？」

黑暗中傳來了聲音，閔警正四處張望問道：

「你是誰？誰在說話？」

「我是誰重要嗎？」

「得好好彼此認識培養感情，才有話聊不是嗎？先讓我見金承哲警監。」

「約定好的當然會遵守。把人帶出來。」

從黑暗深處傳來了皮鞋的腳步聲，原本模糊的黑色身影變得清晰，金承哲警監出現。

「承哲！」

「呃嗯，呃呃……。」

金承哲警監的嘴被塞住，雙手則被繩子緊緊綑綁。

「幸好你沒事，抱歉，承哲。」

「呃呃……。」

金承哲警監左右搖頭，似乎在回應。

「既然我來了，可以放了金承哲警監吧。這件事和他無關。你們要的不是我嗎？」

「金承哲警監的口風真夠緊，一點用都沒有。看他的臉有多慘也知道吧。」

四周太黑了，閔警正看不清楚，沒意識到對方的意思，不過金警監的臉上滿是瘀青和怵目驚心的血跡。

「媽的！好，這樣就夠了吧。現在放了他！你想知道什麼就問我，我全都會告訴你，可以了吧？」

「是嗎？怕被打啊？」

「我怕痛。」

「好笑嗎？很好。你從徐議員那裡拿到的文件袋在哪裡？」

「什麼啊？很直接喔？我還以為……」

「現在不是你說廢話的時候。」

「我也不知道在哪。」

「呃嗯，呃呃……。」

金承哲警監因為嘴巴被堵住說不出話，只能大力搖頭。

「不知道？你朋友說不知道，閔宇直你也說不知道，那該怎麼辦？」

突然伸出一支木棍無情地重擊閔警正的後背。

「呃啊！」

啪！

「啊！呃啊……」

「這樣還是不知道嗎？」

「如果是為了文件袋，帶我來之前先說啊。東西在辦公室，我去拿給你可以了吧？」

「什麼？在辦公室嗎？」

木棍再次擊向了閔警正，閔警正哀號倒地。

「呃啊……。我說的是實話……為什麼……」

「不，你說謊。因為文件袋在我們手上。」

黑暗中傳來了低沉的嘲笑聲。

「什麼？原來是在耍我，呃啊……。」

倒在地上的閔警正扶地坐起身。

「所以才要你乖乖說實話。東西不是在金承哲警監手上嗎？想救朋友就少胡說八道。」

「知道了，你說的對。」

等到閔警正安靜下來，問話的男人單刀直入：

「你為什麼還在調查李敏智的案件？早就以自殺結案了不是嗎？」

「自殺？不是謀殺嗎？」

「謀殺……。所以你才在調查嗎？」

「就直說吧。你們這麼做是因為黑暗王國嗎？」

「黑暗王國？」

「喔喲！裝傻？好失望喔。我以為來這裡就能揭開謎底了。」

「黑暗王國是什麼？」

「我就是不知道才問的啊。那你究竟是誰？」

後方的短髮男用木棍打了閔警正的肩膀。

「呃！」

「啊，千萬不要說不知道，每說一次，後面的人都不會放過你。」

「我會馬上回答的，呃呃……。」

「你知道多少關於黑暗王國的事，全都說出來。」

「什麼啊？我真的不知……。不是嗎？你們真的不是黑暗王國？」

「是我在發問，回答我的問題。」

「我們面對面說話吧？對著一片黑，好像會說不出來。」

「又想挨打嗎？」

「好啦，知道了。我說不就得了。那個啊……」

抵達仁川港後，安警衛開著車在碼頭周圍尋找閔警正，當他開到堆放貨櫃的地方時發現了羅警查的車，於是將車停在羅警查的車前方，不過羅警查人沒有在車上。安警衛環視了一下車子四周後大喊：

「羅刑警！你在這裡嗎？」

「……。」

「羅刑警！羅相南刑警！」

「我在這裡！這裡！」

貨櫃後方傳來聲音，安警衛急忙跑了過去。貨櫃後停著一輛車，而羅警查就站在那裡。

「這不是組長的車嗎？」

「對，但組長不在。」

安警衛打開車門，看了看車裡：

「車鑰匙還插著，看來真的出事了。有看到組長的手機嗎？」

「沒有，我已經找過了。怎麼辦？這麼大的地方怎麼找人……。」

「還是得找啊。我們分頭行動吧。我搜這一區，羅刑警你檢查碼頭外圍，先找找看吧。」

「好吧。」

安警衛在貨櫃之間迅速奔跑，不斷高喊著閔警正的名字，而羅警查則開車沿著碼頭外圍巡邏，尋找閔警正的蹤影。不知不覺間，天空逐漸由黑轉藍，黎明曙光升起。

安警衛喊到嗓子沙啞，接著他注意到遠方升起黑煙，立刻打給羅警查。

「羅警查，你有看到黑煙嗎？」

「有，我看到了，會是在那裡嗎？」

「先去看看吧。」

「我離那裡不遠，我去看吧。安刑警你留在原地繼續找。」

「不，我也一起去。我覺得這裡找不到人。」

「好吧，那我先出發。」

羅警查迅速駛向黑煙升起的方向。

第2話
危機四伏的幽靈搜查組

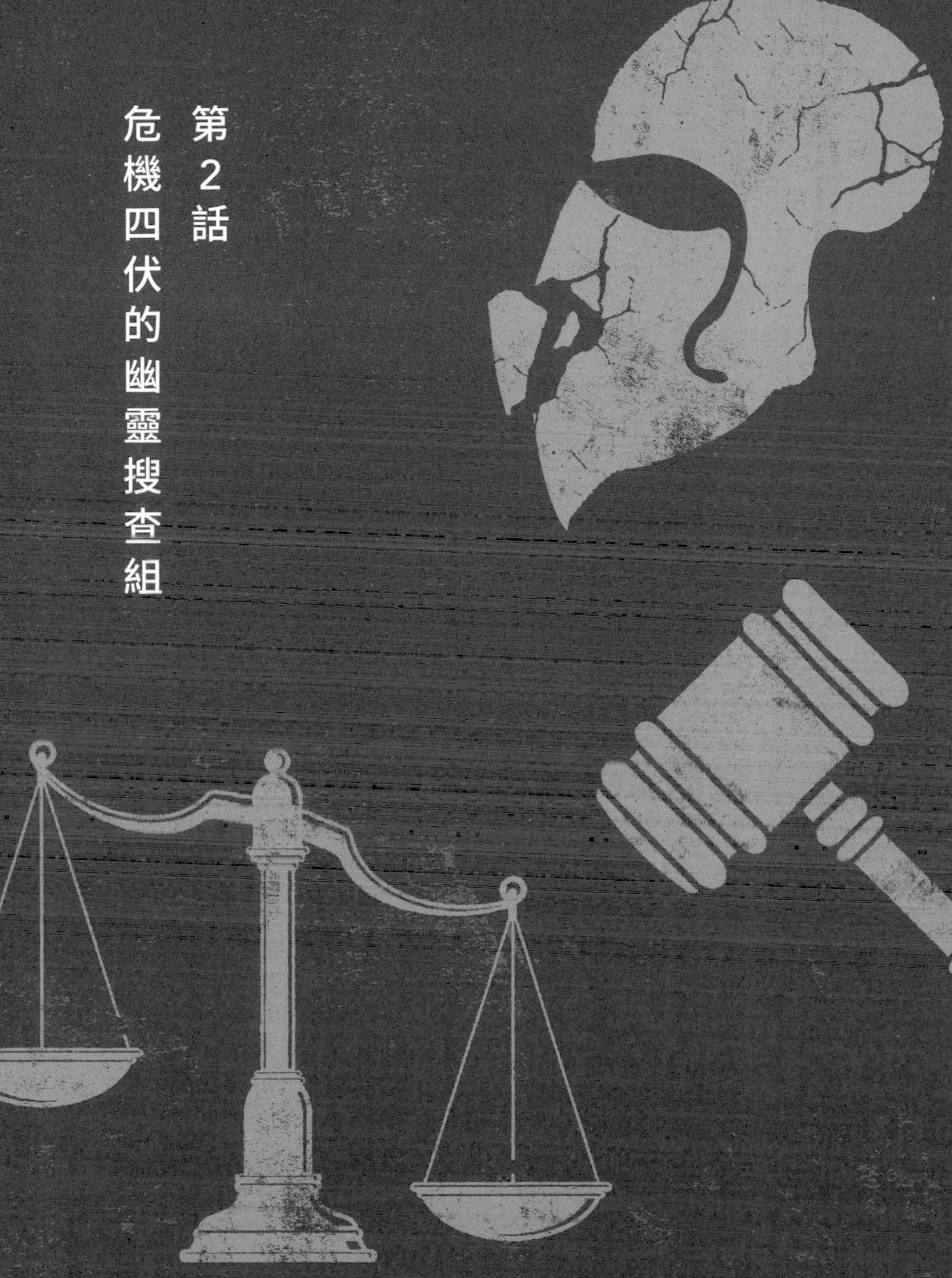

南始甫巡警先留意觀察四周之後，走進了五金行。他穿過堆滿建築材料與工具的白色層架，推開了指揮室的門，立刻看見獨自坐在座位上的朴巡警。

「喔！朴巡警，妳一直待在這嗎？」

「南巡警，你來了。」

從朴巡警的表情和聲音中能感覺到事態嚴重。

「發生了什麼事嗎？」

「警監回家了嗎？」

「沒有，我們怕有人跟蹤，所以分頭行動。檢察官也很快就會到。」

「那麼等人到齊，我再一起解釋。」

就在這時，韓瑞律檢察官打開指揮室的門走了進來。

「你先到啦？朴巡警也在？」

朴巡警起身，向韓檢察官打招呼：

「檢察官，辛苦了。」

「不會。這時間妳怎麼還在這裡？」

南巡警先開口：

「好像出了什麼事。等警監到再一起說明。」

韓警監滿臉疑惑地看著朴巡警。

「啊……我以為警監馬上就會到。那我先跟兩位說吧，因為……」

朴巡警向他們說明自己與閔警正通話的內容，還有先前告知安警衛的事。她一說完，南巡警就難掩憂慮地看向韓檢察官。

「所以現在聯絡不上組長，會不會是出事了？」

「看來是這樣。朴巡警，安警衛和羅警查還沒有跟妳聯絡嗎？」

「還沒。他們去了仁川後就沒再聯絡。」

南巡警看著朴巡警問道：

「朴巡警，組長的手機關機了嗎？」

「可以打，只是沒人接。不，應該是他不能接。」

「檢察官，我們是不是也該去仁川找組長？」

「等警監回來再商量吧。安警衛和羅警查已經過去了，我們還是先等他們聯絡比較好。朴巡警，定位追蹤最後位置是在哪裡？」

「在仁川港碼頭附近，但具體位置不確定。」

「要不要打給安警衛？」

南巡警飛快舉手說道：

「檢察官，我來打吧。」

「好，先打過去，再決定下一步。」

就在南巡警打給安警衛時，都警監也來到了指揮室。

「喂？南巡警。」

「安巡警，朴旼熙刑警已經把事情告訴我們了。有聯絡上組長了嗎？」

「我現在快到仁川港。羅刑警應該先到了，你打給他看看吧。」

「知道了，那我先掛電話。」

南巡警掛斷電話，立刻把情況轉達給韓檢察官：

「檢察官，安敏浩刑警正在前往仁川港……喔！警監，你來了。」

都警監聽完朴巡警說明，看向南巡警問道：

「我在聽朴巡警解釋狀況。還是聯絡不上組長嗎？」

「是的，警監。安警衛說羅相南刑警應該先到了仁川港，我打給他。」

「好，快打。」

南巡警點點頭並打電話給羅警查。

「喔，南巡警，怎麼了？」

「羅警查，你見到組長了嗎？」

「啊？你已經知道啦？」

「朴刑警跟我們解釋過了，還沒找到組長對吧？」

「對，還沒。找過追蹤定位斷訊的地方但沒看到人，所以繼續在附近找。」

「怎麼會這樣。如果你見到組長……不，要是有找到任何線索請馬上聯絡我。」

「好，我知道了。」

韓檢察官看著南巡警掛斷電話，問道：

「還是沒找到組長嗎？」

「對。檢察官，現在該怎麼辦？」

「別待在這了，我們也一起去仁川港找吧，警監你覺得呢？」

「我也同意。」

「那就分成兩組行動。南巡警和我一組、警監和朴巡警一組。」

「好。我先和羅永錫警衛通個電話。連續殺人案的調查有事情要拜託他。」

「是因為預測犯案地點變動的事嗎？」

「是的，檢察官。」

「那我們先出發。走吧，南巡警。」

「我已經把知道的都告訴你了，我自己也想知道黑暗王國的真面目。所以放了金承哲警監吧？」

「你說放就放？還以為你這刑警是老江湖了，難道猜不到接下來會怎樣嗎？」

「該死……。好，我當然知道。你想要殺死我們對吧？為什麼？你們以為殺了警察能全身而退嗎？最好放了我們。我根本不知道你們是誰，只要放我們走，我就當沒發生過。」

「你不會想調查清楚？」

「啊，我會繼續調查黑暗王國，不過我可以假裝綁架沒發生過。」

黑暗中的人聽了閔警正的話，嗤笑道：

「看來你還搞不清楚狀況，讓我好好告訴你吧。」

「好啊，至少讓我死也瞑目。到底為什麼要做這種事？聽起來你也不知道什麼是黑暗王國？你們是職業殺手嗎？是誰指使的？收了多少錢？這可不是錢多還少的問題，要是動手了你們自己也不會有好下場，你可要記住這一點。」

「刑警先生，你的想像力可真是豐富。喂，聽清楚了。根本就沒有所謂的黑暗王國。我笑是因為沒想到你這麼無知。真是可憐的傢伙，你就和你朋友乖乖一起去投胎吧，這是我送給你們最後的禮物。還有，不需要你來擔心我們。兩位就算死了也是被當成意外結案。」

黑暗中響起了嘲笑的笑聲，閔警正也跟著大笑說道：

「黑暗王國不存在？要我相信這種鬼話？乾脆說你不知道，我還有可能相信。不存在？當我很好騙？那你們是為了什麼要殺我們滅口？是因為李敏智和呂南九嗎？」

「真是的……你話太多了。抱歉，我也很忙。到此為止吧，拖走！」

站在後面的短髮男揪住閔警正的頭髮將他拉起身，然後用力踹了他的屁股說：

「快走！」

閔警正一聲不吭，按照指示走向金承哲警監。他所在的地方堆疊著木材，看來這裡是存放木材的地方，然而汽油味卻比木材的氣味更加刺鼻。閔警正仔細一看，金警監坐著的地板上已經灑滿了汽油，一旦著火，這個倉庫很快就會變成一片火海。

「想燒死我們？」

「聞到了？所以不想死的話，就給我老實點。」

「知道了。」

「知道就乖乖坐到你朋友旁邊。」

閔警正聽從指示，而金警監靠著木材堆，已經失去意識。就在閔警正觀察周遭環境的時候，黑暗中的聲音再度響起：

「走之前，再送你幾句話吧。像你們這樣不自量力的傢伙實在太多了，但每次都是怎樣的結局呢？你當然不可能知道。為什麼？因為他們死得神不知鬼不覺，哈哈哈。你們也會有同樣的下場，所以不要白費力氣。」

「這麼了不起？抱歉啊我有眼不識泰山。我會乖乖去死的，只要告訴我一件事就好。我這人不怕死，但好奇心旺盛，你們究竟是誰？不是黑暗王國嗎？趁我死之前告訴我吧？」

「有這麼好奇？」

「對啊，好奇得要死。」

「好，那就讓你死得瞑目吧。先點火。」

「是。」

短髮男掏出了一根菸，放進閔警正嘴裡。

「幹嘛啊？」

「吵死了，咬住。」

短髮男硬把菸塞到閔警正嘴裡後點燃。

「用力吸。」

閔警正咬著菸不吸，但還是無法避免起火。短髮男一點燃閔警正嘴上的菸，就立刻抽走扔到木材堆上，解開閔警正的手銬後跑向門口。

木材堆瞬間燃燒。

「刑警，跑到門口求饒吧，說不定我會放過你。」

「快說你們是誰？」

「要是你能活著出來，我就告訴你，哈哈哈哈。」

「喂！不是說好要告訴我嗎？你們究竟是誰？」

黑暗中的人似乎已經離開，讓人不悅的笑聲消失了。閔警正朝旁邊一看，火勢正沿著木材堆迅速蔓延。

「承哲！醒醒！承哲！金承哲！」

閔警監試圖搖醒金承哲警監但沒有用。他放棄繼續呼喊，想將金警監揹在背上跑向出口，但卻力不從心。

火勢迅速蔓延到整個木材堆，慢慢逼近金警監與閔警正。在黑暗之中，閔警正很難辨認出口的方位，加上滾滾濃煙讓他逐漸呼吸困難。

閔警正再也撐不下去，與金警監一起倒在地上。那一刻，整個倉庫被火焰吞噬，黑暗中瀰漫著濃煙。

●

羅相南警查到達倉庫時已經有消防隊員在場。被火焰吞噬的倉庫面目全非，裡面的木材也被全數燒毀。

安敏浩警衛隨後趕到，問道：

「羅刑警！是發生大火嗎？」

「好像是。我來的時候消防員已經在滅火，火勢太猛，全部都被燒光了。」

「裡面有人嗎？」

「救護車好像來過，要再確認才知道有沒有人傷亡。」

「該不會……應該不是吧？」

「希望不是。」

「不能再拖了。羅刑警，我再回碼頭找找看。」

「我先確認這裡有沒有人員傷亡，有的話，我會再查清楚死傷者身分。」

「確認後馬上聯絡我。」

「好，你快去吧。」

安警衛再次上車開回碼頭，羅警查則找到了忙著滅火的消防隊隊長。

「抱歉，忙碌中打擾了。我是首爾地方警察廳的羅相南刑警。」

「大老遠從首爾過來……有什麼事嗎？」

「我在找人。請問有人獲救嗎？我看救護車好像來過。」

「對。有救出兩個人，已經送往醫院了。」

「兩個人？是男性嗎？他們的身分是……！」

「他們傷勢嚴重，無法確認身分，已經緊急送往仁川百島醫院。你可以去那裡找找看。」

「謝謝。啊！這是我的名片，如果發現其他生還者或遺體，請跟我聯絡。」

「好的。」

「辛苦了。」

羅警查匆忙地將名片遞給消防隊隊長，接著迅速跑回車上。

●

韓瑞律檢察官與南始甫巡警的車正行駛在高速公路上，前往仁川港。

「檢察官，組長會是被綁架嗎？」

「現在還無法判斷，不過從聯絡不上的情況看來……」

「是黑暗王國做的吧？」

「很有可能。」

「他們是怎麼知道的？搜查本部被發現了嗎？不然他們怎麼會跟蹤組長，還綁架他。」

「如果組長真的被綁架了，那麼金承哲警監應該和他在一起。金警監暴露行蹤的機率更高吧？」

「就算是這樣，又是如何得知證物是在金警監手上？如果是跟蹤金警監，代表他們早就知道了吧。」

「怎麼了？你認為我們有內鬼嗎？還是已經有懷疑的人……。」

韓檢察官看了南巡警一眼，低聲問道。南巡警嚇了一跳：

「不是的！我沒有在懷疑誰。」

「那你在懷疑什麼？」

南巡警注意著韓檢察官的表情，小心翼翼地說道：

「如果……不，我們內部才知道的事要是傳到黑暗王國……那麼……」

「也可能是從其他途徑走漏了消息，像是金承哲警監那裡。」

「啊！我倒沒想到這個。」

南巡警看向窗外，尷尬地笑了笑。

「你好像知道些什麼，刻意隱瞞不說，對吧？」

「沒有，檢察官，我哪有在隱瞞什麼。」

「你以為我開車只會看前方嗎？我開車資歷也有八年了，雖然在開車但該看的都有在看。我剛剛看到你的表情了，是什麼事？跟我說吧。」

「真的沒有，還有……不，沒事。對不起，是我說了不該說的話，真的沒事。」

「好吧，既然你都這樣說了。不用客氣，有什麼事隨時都能跟我說，知道嗎？」

「檢察官，謝謝。那個……妳好像有電話。」

「啊！好，等等。」

韓檢察官想拿起放在駕駛座旁支架上的手機，手卻碰到了也想拿手機的南巡警。

「啊！」

韓檢察官嚇了一跳，趕忙縮手。

「抱歉，我是要拿手機……」

「是我不好意思，我原本想幫檢察官拿手機。」

南巡警的臉瞬間漲紅。

韓檢察官拿起手機，打開擴音功能，又重新把手機放回支架上。

「喂？崔警衛。」

「檢察官，妳在開車嗎？」

「沒關係，你說吧。」

「不了，請先靠邊停車。」

「什麼事？那你等一下。我等等回撥。」

「好，我等妳電話。」

聽著兩人對話的南巡警驚訝地問道：

「發生了什麼事嗎？」

「就是說啊，感覺不妙。」

韓檢察官打開警示燈，將警車停在路邊，立刻回撥給崔警衛。

「車停好了嗎？」

「對。怎麼了嗎？」

「請冷靜聽我說。」

「什麼？為什麼……？」

「科長打給我，說組長正被直升機從仁川百島醫院轉診到警察醫院。」

「什麼意思？請解釋清楚一點。」

「組長病危。」

南巡警大吃一驚，忍不住出聲插話：

「崔刑警，為什麼會這樣？」

「南巡警也在聽嗎？」

「什麼叫組長病危？發生什麼事了？」

「詳細的情況我也要去了才知道，我正在趕去警察醫院的路上。檢察官，請妳也一塊到醫院吧。」

「知道了，我們馬上過去。」

警察醫院加護病房外的休息室，徐道慶總警閉眼坐著，崔友哲警衛拄著拐杖一跛一跛地走到他的面前。

「科長，我來了。」

「喔，崔刑警，你腳不方便怎麼還來？我不是說了這裡我會顧著，有事再通知你。」

「我待不住。到底是怎麼回事？」

「先坐下吧。」

徐總警起身想讓座給崔警衛。

「不用了，我沒關係。」

「哪裡沒關係？快坐下。」

「謝謝。組長發生了什麼事？」

「仁川港附近的木材倉庫起火，金承哲警監和閔宇直……全身燒傷，還有……」

徐總警一時說不下去。

「情況危急嗎？」

「……金承哲警監在送醫途中身亡。」

崔警衛聽到此話震驚得瞳孔顫動。

「他死了？那組長沒事吧？」

「他還在加護病房觀察。」

「是人為縱火嗎？是不是有人想謀殺才放火的？」

「我們正在調查現場，很快就會知道了。」

「會對金承哲警監進行驗屍吧？」

「原本要驗，但家屬反對。」

「為什麼？不是應該查明死因嗎？」

「對啊，不過金承哲警監是全身燒傷，承受非常大的痛苦過世，家屬不想再讓他受苦。醫師說他是吸入過多濃煙導致窒息死亡，沒必要進行驗屍。」

「那也沒辦法了……。不過，組長還沒恢復意識嗎？」

徐總警沉默地點了點頭，休息室的空氣頓時變得凝重。

這時，南巡警愁容滿面、氣喘吁吁地跑了進來。

「崔刑警！喔，忠誠！」

南巡警晚一拍才看到徐總警，嚇得趕忙敬禮。

「南巡警你來了。」

「組長現在怎樣？還好嗎？」

「你和我出去談談。」

崔警衛拄著拐杖站起來，帶著南巡警走出休息室。

「你一個人來？」

「沒有，檢察官先去停車。」

「那等檢察官來了再說，你先冷靜一下。組長還沒醒來。」

「剛才說組長病危，還沒脫離險境嗎？」

「對，狀況嚴重還需要觀察。檢察官來了。」

崔警衛舉起手向韓檢察官打招呼，韓檢察官注意到後立刻跑來，問道：

「崔警衛，組長人呢？」

「在加護病房。那個，檢察官，金承哲警監去世了。」

「什麼？難道是被殺害的嗎？」

「不確定，還在調查現場，但看來八九不離十。」

南巡警打斷問崔刑警：

「組長現在狀況怎樣？」

「因為火災全身燒傷。」

「燒傷？」

「科長說仁川港附近的木材倉庫起火，組長因此嚴重燒傷。」

「那金承哲警監也是因為火災去世的嗎？」

「對，醫師說死因是吸入濃煙窒息。」

「那驗屍……」

徐總警神色複雜地走到韓檢察官身邊說：

「韓檢察官，妳也來了？」

「是的，科長。」

「金承哲警監的家屬反對，沒辦法驗屍。」

「是不是應該勸說請家屬同意？這一看就是謀殺，科長你也很清楚。」

「沒錯，我的看法和妳一樣，但鑑識小組說現場燒得只剩灰燼，很難找到證據。」

「他們被救出來的時候，有沒有被綁起來或哪裡受傷？」

「最先發現他們的消防隊員說，身上沒有被綑綁的痕跡，因為全身燒傷也無法做更進一步確認。」

「所以才更應該進行驗屍不是嗎？才能找出他殺的證據。」

「先等現場鑑識結果出來，再看看要不要驗屍吧，韓檢察官。」

崔警衛向前一步面對韓檢察官，說道：

「這樣做比較好，檢察官。」

「……就這麼辦。」

崔警衛聽到韓檢察官的回答，詢問徐總警：

「科長，搜查組以後要怎麼辦？」

「我也在考慮這件事。組長變成這樣，是不是應該中止行動……。也很擔心其他組員的安危。」

南巡警突然走向前，哽咽地說：

「怎麼可以？我願意繼續調查，組長也不會希望中止的。」

崔警衛抓住南巡警的手臂，制止道：

「南巡警冷靜一點，現在不是吵鬧的時候。」

「對不起，科長，但是組長……」

「南巡警，夠了。你先冷靜，我們之後再談，知道嗎？」

崔警衛把南巡警帶到牆邊，給他整理情緒的空間。南巡警哽咽著，背靠著牆緩緩跌坐到地面。

「沒關係。南巡警，我明白你的心意，我也不願意中斷行動，但在閔系長不在的情況下繼續調查會有困難。而且組員也可能會遇到危險，不是嗎？韓檢察官。」

「請科長再考慮一下。我無法確定搜查組……組長不在的話，確實沒有信心能正常運作。不過組員們會希望繼續進行。就像南巡警說的，組長也不會樂見調查停擺。還有，就此打住的話，等於是稱了對方的意。」

崔警衛朝徐總警和韓檢察官走來，說道：

「檢察官說的沒錯，我們不能讓對方稱心如意。不是說天無絕人之路嗎？雖然不能和組長一起行動，但我會連組長的份一起努力的。」

「閔組長真該看看這個場景……。好，既然你們都願意，那我當然也不會缺席。繼續調查吧。」

「謝謝科長。當務之急是找回遺失的證物。我會調查金承哲警監，他也許把證據留在別處。還有組長也可能早有料想到這種情況，另外留了備份。必須檢查指揮室和組長的車。」

「那我去查金承哲警監那邊……」

「崔警衛，你身體可以嗎？還是不要太勉強比較好，再休息一陣子？」

「是啊，崔警衛，你和我留在這裡等大家的回報。」

「我還是可以行動……。身為刑警，這樣太沒面子了。對不起，檢察官。」

「不要這樣說。我先走了。」

韓檢察官走到坐在地上的南巡警面前，說道：

「南巡警。」

南巡警用手迅速擦了擦眼淚，站了起來。

「現在沒時間垂頭喪氣了，組長也不會想看見你這副模樣。」

「抱歉，每次都讓檢察官看到我這副德性。」

「沒關係的，能看到南巡警真實的一面我覺得很好。我們再加把勁吧。」

「是，檢察官。」

「有件事要交給南巡警。你回本部查一下組長的座位和資料櫃裡有沒有證物的備份。」

崔警衛也走向南巡警，搭著他的肩膀說：

「拜託你了。」

「好的，不用擔心。」

「韓檢察官也要小心，那些人應該在觀察我們。」

「我會的。崔警衛不用擔心。」

韓檢察官和南巡警離開加護病房休息室，接著走出醫院主樓，看見都警監和朴巡警正跑過來。

「檢察官，你們要去哪裡？組長呢？」

「來得正好。都警監，跟我一起走吧。」

「要去哪裡？」

「邊走邊解釋。朴巡警請和南巡警一起行動。」

「好的。」

「南巡警，你開我的車吧。警監有開車來吧？」

都警監晃了晃車鑰匙，韓檢察官掏出自己的車鑰匙遞給了南巡警。

「鑰匙給你。我們走吧，警監。」

「好的，車子停那邊。」

韓檢察官立刻朝著他指的方向跑去，都警監一臉困惑地跟在她身後。

「南巡警，組長還好嗎？」

「先出發吧，路上再跟妳說。」

「好。我們快走吧。」

一輛車開進警察醫院停車場的停車格。沒過多久，一輛發出轟隆巨響的車開了進來，迅速地將車停好。才剛熄火，羅相南警查便從駕駛座下了車，衝向醫院主樓門口。

「羅刑警，等等！」

從先開進停車場的那輛車上走下來的安敏浩警衛呼喚著羅警查。

「啊！安刑警。」

「你來得真快。」

「久違地開了快車，快進去吧。」

羅警查剛說完，又立刻跑向醫院主樓入口，安警衛也快速跟上。兩人進入一樓大廳，匆忙查看位置圖尋找加護病房。

「羅刑警，是那邊。」

「好，我知……」

羅警查正想轉過身往安警衛指的方向走，這時一張熟悉的臉孔出現在眼前，他瞬間停了下來。

「怎麼了？」

「等等。」

「你在看什麼？快走吧。」

「等一下，你有看到那個人嗎？」

「誰？戴棒球帽的男人嗎？」

「對，你不覺得很眼熟嗎？」

「我沒見過耶，而且他戴了帽子，看不清楚長怎樣。」

「是嗎？那我是在哪裡看過……？哎，不管了，先走吧。」

羅警查轉身之後又忽然停住腳步說道：

「啊！沒錯，是那傢伙。」

「你想起來是誰了？是通緝犯嗎？」

「不是，是上次我臥底調查時，在俱樂部前面遇到的那個沒禮貌的傢伙，怪不得眼熟。」

「你在說什麼？沒時間了……」

「喔，對，抱歉，快走吧。」

徐總警攔住了要走進休息室的崔警衛，說道：

「崔警衛，你不累嗎？這裡交給我吧，你要不要回去休息？」

「不用了，我沒關係。」

「不行，這樣下去要是你也出什麼狀況就不好了。快點養好身體才能回來帶領搜查組，不是嗎？」

「那我去看一下組長醒了沒。」

「醫師說不知道什麼時候會恢復意識。他要是清醒了我立刻打給你，你先回去吧。」

「……好吧，那我待完今天就回去。」

「你這個人真是……好，就只有今天。」

崔警衛猶豫了片刻，問道：

「科長，那個見過朱明根的線人。」

「嗯，怎麼了？」

「你有從線人那裡聽說什麼嗎？」

「他正在查朱明根的行蹤，但好像還沒找到。」

崔警衛掃視了周遭，接著壓低聲音問道：

「線人也在調查黑暗王國嗎？」

徐總警表情顯得有些吃驚，匆忙左顧右盼之後，靠近崔警衛：

「沒錯，不過他還沒打聽到任何消息。我不是交代過除非必要，絕對不要在公共場合提到這件事？」

「對不起，我會小心的。那個線人我也認識嗎？」

「你明知道我不能告訴你，幹嘛還問？」

「我知道。但實在是太心煩了，才想說有什麼線索都好。」

「收到任何情報都會跟你說的，別擔心。」

徐總警看了崔警衛一眼，抬了抬下巴示意道：

「那邊，羅刑警和安刑警來了。」

崔警衛轉身向羅警查與安警衛揮手，安警衛一來就向徐總警詢問閔警正的情況。

「崔刑警，你跟他們說吧，我出去透透氣。」

「是，科長。」

「科長請慢走。」

崔警衛向羅警查與安警衛轉述了閔警正與金承哲警監的狀況。與此同時，到外頭透氣的徐總警留意周遭狀況，走向了偏僻無人的地方，車禹錫警衛已經等在那裡。

「車警衛，我有交代過你不要來這裡。」

「科長，對不起，我很擔心系長，一定要過來看看。」

「我明白，但你要是身分曝光，這段時間的努力就白費了。」

「我會小心的。」

「好吧。閔系長……」

徐總警向車禹錫說明這段時間發生的一切。

「你是說真的嗎？科長？」

車禹錫握緊了雙手。

「是哪個傢伙……。是他們幹的嗎？」

「還不確定，但我想應該是。」

「那幽靈搜查組之後會怎樣？」

「還是會繼續調查，其他同事會接手閔組長的工作。」

「好，可是……」

「出現意外也是不可避免，車警衛你就別管了，按原先的計畫行動。」

「我知道了。我能去看看系長嗎？」

「好吧，既然都來了就去看看他吧。」

「謝謝。」

徐總警稍微壓低聲音問：

「社交派對上有什麼發現嗎？」

「我確認過鄭珉宇身上沒有刺青。看來不是所有成員都有，不知道是不是只有行動人員才會刺青。」

「不排除這個可能。你查看過參加聚會的人了嗎？」

「原本在宴會上就能全部確認完，但鄭珉宇看來很不喜歡在人前露出身體，我是到了三溫暖才找機會看他有沒有刺青。」

「好。你確定在場所有人肩膀上都沒有刺青？」

「是的，科長。」

「社交派對裡是什麼樣的狀況？」

「一開始看起來只是普通的社交聚會，但到了某個特定場所……變得非常混亂，言語難以形容的亂。」

「到底多亂？亂到沒辦法解釋？」

「就是……」

車警衛走近徐總警小聲地轉述那天的情形。

「什麼？居然有這種地方？」

「我也很驚訝。就像鄭珉宇說的，在清醒的狀態下沒辦法亂成那樣。」

「真是……真的是瘋子。我知道上流社會的人都愛玩，但沒想到會是這樣。」

「我也受到很大的衝擊，很難平復。」

「你現在還好嗎？」

「是的。接受治療之後，現在比較穩定了。」

「辛苦了。所以還沒找到關於黑暗王國的證據？」

「派對的同時，樓上還有另一個聚會。我想那就是我們在找的黑暗王國。」

「真的嗎？」

「我去的場合只有年輕人，我想樓上那個才是真正的聚會。」

「他們下次聚會是什麼時候？」

「還不知道。聽說是不定期的聚會，不過目前已經在那裡舉辦了五年，想必之後也會繼續。」

「也就是說，我們目前除了盯緊主日大樓之外也沒別的辦法了。」

「所以我在那棟大樓租了一間房。」

「什麼？這麼快？」

「想掌握朱明根的行蹤，還要調查社交派對，也只有這個辦法了。」

徐總警點頭，又問：

「不會有危險嗎？這等於是踏進了他們的巢穴。」

「我打算利用鄭珉宇。」

「有辦法嗎？」

「我會試試看。」

「好，你試試吧。好好打起精神，注意安全。」

「是，科長。」

「你去看看閔系長吧。」

朴旼熙巡警在車上聽說閔警正病危的消息，立刻淚流滿面。

「朴巡警，別哭了。」

「組長會好起來吧？」

「雖然可能還需要時間，但組長一定會醒過來的，所以要保持冷靜。就當作是為了組長，我們要努力找出證據，還要揭發黑暗王國的真面目，讓那些人為自己犯下的罪付出代價，對吧？」

「對……那是當然的。」

朴巡警拿衛生紙擦了擦眼淚，忍住不哭。

「其實我也很想哭，我們就忍耐一下吧。」

「好。南巡警，我們是不是也該去組長家找找看？」

「先從本部開始查。以防萬一，還得去找徐議員。」

「徐議員還不知道嗎？」

「崔刑警應該會跟她說吧？啊，到了，朴刑警妳先進去，我晚點就跟上。」

南巡警將車停在離江南市場有一段距離的公共停車場，為避免曝光行蹤，和朴巡警分開行動。

他們小心翼翼地進入本部後，朴巡警才開口說話：

「你有吃東西嗎？」

「還沒。妳也一整天都沒吃吧？」

「對，一回到本部就餓了。」

「我本來想假裝沒聽到……。」

「天啊，你聽到了？」

「嗯，肚子咕嚕咕嚕叫了呢。我們吃個泡麵再開始工作吧。」

「好，我去燒水。」

南巡警和朴巡警用泡麵填飽肚子後，開始在閔宇直警正的座位上尋找證物。不過因為整夜沒睡，加上吃了東西，眼皮逐漸地變得沉重。朴巡警找著找著，不知不覺打起了瞌睡。

「朴巡警！」

「啊！是。因為我昨天熬夜，不小心打瞌睡了……很抱歉，我會打起精神繼續找的。」

「我不是這個意思。妳去小睡一下吧。」

「不用了，我沒事。」

「沒關係，瞇一下也好。妳休息好再換我也去睡一下。」

「啊，好啊。那二十分鐘後請叫醒我，好嗎？」

「好。」

朴巡警躺在沙發上閉眼休息，接著發出了細微的呼吸聲，看來已經進入夢鄉。

南巡警將閔警正座位的所有文件夾都打開來確認，幸好抽屜都沒上鎖，才能一一查看。不過就算翻遍了整個座位還是什麼都沒找到。

睡著的朴巡警被打開資料櫃的聲音吵醒，慌張起身。

「啊，對不起，吵醒妳了？」

「喔……我睡多久了？」

「沒多久，繼續睡吧，抱歉。」

「怎麼會這樣？我已經睡一個小時了？」

「真的嗎？時間過得這麼快？」

「已經下午兩點多了，換我來找吧，南巡警你休息一下。」

「我還可以。」

「休息一下也好，瞇一下精神好很多，還有很多事要做呢。」

「知道了，那我就睡一下，時間到了要馬上叫我喔。」

「好，我會的。」

南巡警一躺進沙發就睡著了。

過沒多久，本部指揮室的門悄悄打打開。朴巡警正在查看資料櫃裡的資料，沒有聽見開門聲。一道黑影打開了門進到指揮室，神不知鬼不覺地走到朴巡警身後，朴巡警感受到黑影逼近，這才嚇一跳轉頭看。

「你是誰？」

黑影迅速用手摀住朴巡警的嘴，同時拿刀抵住她的脖子。

「啊啊！嗚嗚……。」

南巡警聽見朴巡警的尖叫聲，立刻驚醒四處張望。只見朴巡警雙手抓著脖子，癱坐在地上後往一旁倒下。

「朴巡警！」

當南巡警再次抬頭時，黑影已經不見了。

安警衛坐在加護病房的休息室，雙手遮住臉低下頭，肩膀不停地顫抖，微弱的抽泣聲在室內迴盪。羅警查難受地看著安警衛，接著頭往後仰並用力壓了壓眼睛。而崔警衛則坐在安警衛旁邊，望著天花板發呆。

羅警查眼睛充滿血絲，走近安警衛勸他：

「安警衛，冷靜下來，該去看組長了。」

安警衛依舊低著頭默不作聲，坐在一旁的崔警衛對著羅警查搖搖頭，問道：

「羅刑警，會客時間到了嗎？」

「是的，崔刑警。」

「好了，安刑警，這種時候更應該要振作，組長一定會好起來的，所以……」

安警衛擦了擦眼淚，看著崔警衛說道：

「抱歉，崔刑警，我眼淚停不下來。」

「我明白，你一直跟著組長，一定非常難過。會客時間到了，我們進去看組長吧。」

「好。」

安警衛用雙手擦了擦眼淚，站起身。

「安刑警，用這個擦吧。」

羅警查遞來衛生紙。

「羅刑警，謝謝你。」

「你去洗手間洗把臉，這個臉是要怎麼進去看組長？快去。」

「一起去吧。」

安警衛點點頭，和羅警查一起去了洗手間。兩人離開的時候，崔警衛打給徐總警：

「科長，會客時間到了。」

「喔，好我知道了，我馬上過去。」

「那我們先進去了。」

「好，你們去吧。」

崔警衛先進入了加護病房，安警衛在洗手間洗完臉後，深呼吸平復心情。羅警查跟著他走出來的時候，看見了走向加護病房的車禹錫。

「啊！是那小子。」

羅警查在加護病房門口直勾勾地盯著車禹錫。然而車禹錫只是瞥了他一眼，便逕自走入加護病房。

「怎麼回事？那小子為什麼要去加護病房？」

「羅警查，我們快進去吧。」

「啊！好，走吧。」

羅警查和安警衛走入加護病房，東張西望尋找閔警正時，一名護理師走過來問道：

「兩位要探望誰？」

「閔宇直……。」

「好的，請跟我來。」

那名護理師將安警衛和羅警查帶到閔警正的病床前，先進來的崔警衛已經站在一旁。

「喔，你們來了。」

「啊……怎麼會這樣？嗚……。」

安警衛一看到病床上的閔警正就忍不住轉過頭，用手擦拭眼淚。

「為什麼這麼嚴重？雖然知道是全身燒傷，但怎麼沒一個地方是好的？滿身是血……。」

羅警查再也無法忍受看著閔警正淒慘的模樣，撇開了頭。

「對啊，我也沒想到會這麼嚴重，全身纏滿繃帶，根本認不出是組長。」

「這真的是組長嗎？」

晚一步進來的徐總警走到病床前，回答道：

「是他沒錯，羅警查。」

「啊，科長。」

徐警監輕輕抓住安警衛的肩膀，安慰道：

「安警衛，別哭了。這裡每個人都想哭，但不要在組長面前露出脆弱的樣子。」

「嗚……科長，對不起。」

安警衛想忍住不哭，最終還是受不了，走出加護病房。

「真是的……。」

「科長，請體諒他吧，他非常尊敬閔宇直組長。」

「是啊，我明白。」

羅警查用低沉的聲音開口：

「科長，這真的是閔組長嗎？我還是不太相信。」

「我也一樣，多希望這不是他。」

「是哪個傢伙……我不會放過他的。」

「是啊。雖然難受，調查還是要繼續進行，閔組長也會希望如此。我會守在這裡，你們快回本部吧。」

「知道了，科長。」

「崔警衛，你也回去吧。」

「科長，我要再待一下。」

「別再堅持了，跟羅警查一起走吧。」

「是啊，崔刑警。」

「好吧，我知道了。」

「對了，羅刑警，火災現場鑑識結果應該出來了，你去找找看有沒有線索。」

「我明白了，科長。忠誠！」

羅警查舉手敬禮後，和崔警衛一起離開加護病房。

「崔刑警。」

「嗯，怎麼了？」

「你在加護病房有看到那傢伙嗎？」

「那傢伙？你說誰？」

「你沒看到嗎？他時不時偷看我們這邊，真讓人不爽。就是上次在牛津俱樂部要去找朴巡警的耳麥時，遇見的那個沒禮貌的傢伙。」

「他在加護病房？」

「你沒看到啊？剛才進加護病房的時候，他還裝作沒看見我。」

「我沒注意到。那時候是晚上，而且只見過一次，我怎麼會記得。」

「可是我記得啊？長得非常討人厭。」

「別說這些五四三了。話說回來，安刑警去哪了？」

「我去找他。」

「好。」

韓瑞律檢察官和都敏警監來到了首爾地方警察廳情報科，透過情報科刑警的協助，查看了金承哲警監的座位，但一無所獲。之後，兩人也向其他同事們打聽金警監一天的行程。

「他昨天很晚才外出，我問他怎麼了，他只說沒事，迅速往包包裡放了什麼東西就離開了。」

「你有看見他放的是什麼東西嗎？」

「沒看到。有點像是文件夾，但我沒仔細看。」

「金承哲警監看起來很匆忙嗎？」

「沒有。他雖然裝東西的動作很快，不過臉上帶著微笑。」

「微笑？……警監，怎麼會？」

「就是說啊……。他還有說什麼嗎？」

「他只說很快就回來，打了聲招呼就走了。」

「就只有這樣？」

「是的。他說很快就回來……現在卻永遠回不來了……。」

都警監輕輕拍了拍情報科刑警的肩膀。

「不好意思，方便讓我們看一下內部監視器的畫面嗎？」

「檢察官，請跟我來，我帶你們去。」

「謝謝。警監，走吧。」

「朴刑警！」

我急忙衝向朴刑警，她倒在地上，脖子湧出鮮血。然而，我不知不覺間又站回到沙發前。我試著再次接近她卻無法前進，只能焦急地呼喚著她。我哽咽著，大聲呼喚朴刑警。

「朴刑警！朴刑警！」

這時候，倒在地上的朴刑警突然朝我撲了過來，我下意識地緊緊閉上眼，發出尖叫聲。

「啊啊！」

就在這時，我感覺有人搖醒我。

「南巡警？南巡警！」

「喔！咦……朴刑警？妳沒事嗎？」

「我？是我要問你才對吧？」

「什麼？妳的脖子……」

「脖子？你做夢了嗎？夢話說得這麼大聲，我還以為你醒來在叫我。」

「你說什麼？夢話？」

「對啊，你做什麼夢要這麼大聲叫我？」

「……是夢嗎？」

我環顧四周，同時從沙發上坐起。

「你睡的時候還一邊尖叫。做惡夢了嗎？」

「呼，確實是個惡夢。幸好只是夢……。」

「夢到什麼了？」

「沒什麼。我睡了多久……咦！怎麼會？我還在夢中嗎？」

「啊？什麼意思？」

眼前的情景讓人難以置信，我揉揉眼睛，再次看向地板。

「怎麼會，這個……。」

「這個什麼？南巡警，你幹嘛這樣？好可怕。」

我用力捏了自己的臉頰，以為自己還在做夢。

「啊！」

臉頰傳來的劇痛，我皺著眉看向朴巡警。

「你在幹嘛？」

「看來不是夢。」

「你夢到什麼了？」

「不……沒事。」

「你還好嗎？」

「我很好。資料櫃裡有發現什麼嗎？」

雖然在跟朴巡警說話，但我的眼睛不時偷看地板。

「沒有。到底怎麼了？你為什麼一直看地板？那裡有什麼嗎？」

「沒事啦。」

我揮著手尷尬地笑著。

「因為剛剛的夢太寫實了，所以我才嚇到……櫃子裡的資料還沒檢查完吧？」

「對，看來還需要一點時間。你再睡一下吧，我繼續找。」

「不用了，我沒事，趕緊繼續找吧。」

我查看著從櫃子裡找到的資料，同時偷看趴在沙發前方的屍體幻影。一開始以為是夢，但那確實是人的屍體。屍體的臉被頭髮遮住，看不出來是誰，從頭髮長度來看，似乎是名女性。難道和夢境一樣是朴巡警遇害？或是檢察官？還是另一名女性？

我不能告訴朴巡警我看見了屍體幻影。因為剛才的夢境，那個屍體幻影很有可能就是朴巡警。我必須趁她不在的時候再仔細查看。

「朴巡警，現在幾點了？」

「現在……下午兩點三十五分。你睡不到三十分鐘，可以再睡一下。」

「啊，那要不要喝杯咖啡？提個神也不錯……」

「要喝嗎？」

「喝冰美式怎樣？」

「好啊，我去買嗎？」

「哎喲，那就麻煩妳了。出去透透氣再回來吧，我會努力繼續找。」

朴巡警微笑著說：

「好。不要打瞌睡，要認真找喔。」

「遵命！朴巡警！」

我向朴巡警敬禮，笑了出來。

「那我去買咖啡再回來。」

朴巡警開心笑著走出本部，確定她離開之後，我快步走到沙發前查看那具屍體，就在我趴在地上想要確認屍體的臉時，指揮室的門突然打開。我被開門聲嚇到，慌慌張張做起伏地挺身。

「你在幹嘛？幹嘛突然做伏地挺身？」

是朴巡警。

「等一下。二十一、二十二……」

我又做了三下伏地挺身後，顫抖著手爬起來。

「這麼快就買好了？」

「沒有啦，我忘了帶皮夾。不過……南巡警，你從剛才就很奇怪。」

「哎呀，我哪有？我只是覺得身體很僵硬，想伸展一下筋骨。伏地挺身有助提神醒腦。」

「是嗎？那我走了，你繼續吧。」

朴巡警揮著皮夾走出指揮室。我臉上掛著勉強擠出笑容，鬆了一口氣。

第3話

七星的真面目

朴旼熙拿著咖啡走進住商混合大樓，正好看到安敏浩警衛和羅相南警查走在前方。

「羅刑警！」

安警衛和羅警查轉頭，對朴巡警點點頭打招呼。

「妳回來啦。」

「朴刑警，現在不是悠哉喝咖啡的時候吧。」

「別這樣，喝杯咖啡而已。」

「啊……。抱歉，羅刑警。」

「什麼情況還喝得下去？真是……。」

羅警查發著脾氣，走進五金行。

「朴刑警體諒他一下，剛剛去探望組長，所以心情不是很好。」

「我沒事，羅警查也沒說錯。」

「哎，不會啦，快進去吧。」

「組長醒了嗎？」

「不，還沒。」

「現在情況怎樣？傷勢很嚴重嗎？」

「先進去再說。」

安警衛觀察四周之後和朴巡警一起走進五金行。先進入本部的羅警查連看都不看一眼正對他打招呼的南巡警，逕自走到座位上坐下。在南巡警猶豫該不該搭話的時候，安警衛和朴巡警走了進來。

「南巡警，有找到什麼嗎？」

「沒有，什麼都沒找到。」

晚一步進來的朴巡警瞄了一下大家的神情，詢問安警衛：

「安警衛，現在說吧。」

南巡警聽到趕忙插話：

「什麼？朴刑警，發生了什麼事嗎？」

「朴巡警，先給他咖啡吧。」

「啊！南巡警，你的咖啡。」

南巡警走到安警衛身旁，低聲問道：

「羅刑警怎麼了？」

「啊……，他探望完組長之後就很生氣。」

「你們去過醫院了？」

「對。剛才是會客時間。」

「組長情況怎麼樣？」

朴巡警在一旁追問：

「傷得很嚴重嗎？」

「朴巡警聽了不要嚇到。南巡警也不要太傷心。」

安警衛有話不直說讓朴巡警感到煩躁，繼續追問：

「到底怎麼了？」

「組長全身燒傷，纏滿了繃帶，繃帶上都是血……。」

「什麼？怎麼會……。嗚……嗚嗚……。」

朴巡警摀著臉抽泣，南巡警也低下了頭。

「所以我才猶豫該不該說……。」

原本坐著的羅警查突然站起來，大聲喊道：

「不要再哭了！」

「羅刑警。」

「幹嘛哭！就算哭組長也不會馬上好起來。哭什麼哭？有時間哭不如快點做事！」

「是……羅刑警，我知道了。」

南巡警用袖子擦掉淚水，走向資料櫃，安警衛則是安慰著朴巡警：

「朴巡警，妳還好嗎？」

「嗚嗯，咳，我沒事。對不起，我也要快點工作了。」

朴巡警急忙走到資料櫃，安警衛問南巡警：

「南巡警，還有哪裡要找的嗎？」

「組長的座位和這裡的櫃子都找過了，剩下的櫃子也得確認一下。」

「什麼都沒找到？」

「對，我覺得這裡應該都沒有。」

羅警查猛然揮動著手。

「安刑警！火災現場鑑識結果出來了，快過來看。」

安警衛和南巡警立刻走到羅警查的桌前，朴巡警也用衛生紙擦著眼淚走了過去。等大家都到齊了，羅警查開始說明鑑識結果。

「國立科學搜查研究所的報告，認定起火原因是木材上方的小火苗，傷者只有金承哲警監和組長。」

安警衛指著電腦螢幕一處，接著說：

「這裡寫說，由於倉庫燒毀，難以判斷是人為縱火還是意外失火，對吧？」

「怎麼會不能判斷？當然是人為縱火啊，怎麼可能是意外？」

「羅刑警，你冷靜一點。究竟是沒找到線索，還是刻意隱瞞？」

原本看著螢幕的南巡警詫異地看向安警衛，問道：

「所以你覺得鑑識結果有造假？」

「這只是我個人的推測。」

「有找到組長的車嗎？」

南巡警詢問安警衛，羅警查代為回答：

「找到了，在碼頭的一個貨櫃裡。」

「現在車在哪裡？」

「在警察廳。怎麼了？」

「我覺得車裡可能會有證據。」

「我找過了，什麼都沒有。」

安警衛看著南巡警問道：

「那我們是不是應該去查一下組長家？」

「組長家沒人在吧？」

「不，組長的孩子應該會在。」

「我們現在過去嗎？」

「好，走吧。」

朴巡警詢問站起身的南巡警：

「不用去找徐議員嗎？」

「徐議員……」

南巡警沒說完，安警衛先插嘴打斷：

「崔刑警去找徐議員了，我會聯絡他。」

「不用了。安刑警和南巡警去找議員，朴刑警和我去閔組長家吧。」

「羅刑警要去嗎？」

「對，南巡警。你和安刑警去找議員吧。」

韓瑞律檢察官和都敏警監查看監視器畫面，主要觀察金承哲警監在警察廳的期間去過哪些地方。金警監的車開進停車場，停好車後走進警察廳主樓，沒有去其他地方直接到情報科。很快地，他又離開了辦公室走出主樓，這段時間沒有發現特別的情況，不過他離開時並沒有到停車場，而是走向正門。

「他不是開車離開的。」

「沒錯。」

「我能看一下外面的監視器畫面嗎？」

「請等一下。保全室長，請幫忙切換畫面。」

「是。」

他們查看了同一時段警察廳外部的監視器畫面。金警監走出正門後，站在人行道上攔計程車卻攔不到。他四處張望，尋找計程車。這段期間還打了通電話。

監視器畫面突然中斷，切換到其他時間的畫面，金警監也從影像上消失。兩人為了查看金警監是否有搭上計程車，再次查看稍早的畫面，但仍然沒看見計程車，金警監也照樣瞬間從畫面消失。

看來問題就出在這裡。

「保全室長，能讓我看一下金承哲警監消失那段時間的畫面嗎？」

「好的。」

保全室長將影片快轉，停在了金承哲警監走進死角的時候。

「就是這段，檢察官。」

「謝謝。能把同時段的另一台監視器畫面放在旁邊對照嗎？」

「是。」

保全室長依照韓檢察官的指示，將另一段影片畫面並列在旁。

「檢察官，設定好了。」

「警監，你有看到嗎？」

「妳是說那輛黑色的車嗎？」

「對，保全室長，請同時播放兩段影片。」

保全室長點點頭，播放了影片。

「看，那輛黑色的車開進死角後，沒有出現在另一台監視器畫面上。」

「所以那輛車就是綁架金承哲警監的車？」

「目前看來是這樣沒錯。因為沒看見計程車，金警監也忽然從死角消失。」

「那麼得用監視器追蹤那輛車了，還要看一下車牌號碼。」

「對。保全室長，能協助確認嗎？」

「我試試看。」

雖然查看了同一時段所有的監視器畫面，但由於當時已經很晚，所以看不清楚車牌號碼。

「如果是那輛車綁架了金承哲警監，在仁川港附近應該也會拍到。得儘快拿到仁川港的監視器畫面。」

「好，我會請仁川警察廳協助。」

「保安室長，我能拿走影片的原檔嗎？」

「好的，我先複製一份，立刻給您。」

「謝謝。警監，拿到影片之後你先回本部吧。」

「好，我先打個電話。」

南巡警和安警衛來到了徐議員所在的安全屋。

「崔刑警去哪裡了？」

安警衛問徐議員。

「他去幫我買要用的東西，我有阻止了但他堅持要去。」

「那個……徐議員，妳有聽說了嗎？」

「有，南巡警，我已經聽友哲說了。怎麼會……你一定很難過吧。」

「嗯……對啊。議員應該也嚇到了吧？」

「對啊……不過組長一定會馬上會醒過來的。友哲也是這麼說。」

「沒錯，組長一定會醒過來。」

趁徐議員和南巡警的對話的空檔，安警衛開口問道：

「還有另一件事，呂南九拿到的證物，徐議員有留備份嗎？」

「唉……友哲也問過我了。早知道會這樣就該先留個備份。那時候我是直接交給組長。」

「當時的狀況也沒辦法想這麼多。」

「沒錯。我也有跟友哲提過，要不要去找呂南九的母親？」

「為什麼？」

「證物是呂南九的母親寄給我的，說不定她有留備份。」

「啊！的確有可能。安刑警，我們馬上過去吧。」

「現在過去時間太晚了。明天一早出發吧。我還得巡視連續殺人案可能發生的地點。」

「對耶，還要抓連續殺人犯，差點都忘了。」

「大家都因為組長的事心神不寧。而且你看起來從昨天就沒睡吧？今天就先回去休息，不然會累壞的。」

「是啊。安刑警，你還好嗎？我多少有睡一下，安刑警真的是都沒闔過眼。」

「我沒事。謝謝議員，那我先走了。」

「很抱歉沒能幫上忙，組長遇到這種狀況，也很擔心其他刑警的安全。請大家都要保重。」

「好的。議員也要注意安全。」

「我會的。」

●

蔡利敦命案D－5／連續殺人案D－6／本部命案D－7

梅雨季似乎開始了，雨從入夜之後就沒有停過。兩名撐著傘的男人站在某住宅的大門前。

「安刑警，是這家沒錯吧？」

安警衛和南巡警找到了呂南九父母的家。

「對，沒錯。」

可是他們按了門鈴卻無人回應，於是南巡警朝著屋內呼喊：

「有人在嗎？有人嗎？」

依然沒有動靜，這次換安警衛高聲喊：

「有人在嗎？請問呂南九先生的母親在嗎？」

「看來不在家。」

「好像是。可是現在還這麼早，她已經出門了嗎？」

「她也不接電話……。怎麼辦？要在這裡繼續等嗎……？」

「沒辦法，晚上再來一趟吧。」

這時一名鄰居阿姨揉著眼睛走出來，問道：

「一大早是誰在那邊吵？」

「不好意思，您住這裡嗎？」

「看不出來嗎？這間現在沒住人了。」

「啊，是嗎？他們搬家了？」

「不是搬家。兩個人幾天前都過世了。所以你們回去吧。」

阿姨打了個大哈欠，轉身就要進門。安警衛急忙叫住她。

「阿姨，請等等。」

「又怎麼了？」

「您說他們過世了？」

「哎喲，真煩人。聽清楚了，他們家兒子幾個月前死了，聽說他們倆太難過所以自殺了。」

「聽說？是聽誰說的？」

「還能聽誰說？這一帶的人都知道啊。那邊超市的老闆有問過警察，你們好奇就去問他吧。」

「好的，謝謝。」

鄰居阿姨嘴裡碎念抱怨，轉身走回屋裡。

兩人於是找到超市老闆詢問，果然和鄰家阿姨的說法相同。安警衛立刻向轄區警局要求調閱呂南九父母的案件調查紀錄，卻遭到拒絕。兩人無可奈何，只能簡單地了解事情經過，然後回到本部。

指揮室裡靜得嚇人，只有偶而傳來滑鼠點擊的聲音。朴巡警和羅警查坐在辦公桌前，全神貫注地盯著電腦螢幕。這時，韓檢察官提著幾杯咖啡走了進來。

「我有買咖啡，大家喝杯咖啡再繼續吧。」

羅警查揉揉眼睛，伸了個懶腰說道：

「呼，謝謝。」

「檢察官，謝謝妳的咖啡。」

朴巡警和羅警查正在查看前往仁川港的道路監視器畫面，希望能找到綁架金承哲警監的車。

「檢察官不喝嗎？」

「我有這個。」

韓檢察官朝朴巡警晃了晃保溫杯。

「啊哈！是枳椇茶嗎？」

「沒錯，我喝這個就夠了。」

「檢察官，都警監和羅永錫警衛從昨天就不見人影，發生什麼事了嗎？」

「沒什麼。昨天太晚了來不及告訴大家。南始甫巡警在凌晨看見連續殺人案被害者的屍體幻影。」

「真的嗎？但我們預測的日子還沒到不是嗎？」

「對，所以他們今天應該也是在忙這件事。」

羅警查疑惑問道：

「等等？既然南巡警已經看到幻影，那不就好了？只要提前埋伏，等待殺人犯出現就行了吧？」

「的確是這樣，但懷疑還有共犯，加上想掌握下一次可能犯案的地點，以防萬一。」

「說的也是，之前都警監說過不排除會有共犯。雙胞胎……不，應該不會是雙胞胎吧。」

「對，不是雙胞胎。看起來有幫凶。原本今天凌晨要去查看的，但連續兩天熬夜太累了，所以決定休息一天，明天凌晨再去。」

正用吸管喝著咖啡的羅警查隨口說道：

「警監是不是想太多了？既然知道了地點，這次一定可以抓到那傢伙，不會有什麼問題吧。」

「必須做好萬全準備，才能預防突發狀況。再加上犯案比預期來得早，所以下一起案件也可能提前。還有組長的案子也要同時進行。據我所知，警監正在分析火災現場鑑定結果，應該也有去現場勘查。」

「哎……。警監真的很忙。」

「對啊，我們也繼續工作吧。」

「是，檢察官。」

朴巡警和羅警查將視線轉回電腦螢幕，韓檢察官也坐到辦公桌前查看監視器畫面。凌晨拍攝到的畫面不好分辨車輛的顏色與型號，要從中找出相似的車輛著實不容易。

三人不停地查看監視器畫面，直到午餐時間過去。這時，安警衛和南巡警開門走進指揮室，大家抬起頭向他們打了聲招呼，又立刻專注於螢幕畫面。

「你們拜訪的狀況如何？」

韓檢察官詢問回到指揮室的兩人，視線仍停留在螢幕上。

「那個，檢察官。」

「是，請說。」

安警衛沉痛地看著韓檢察官：

「呂南九的父母……去世了。」

「什麼？」

韓檢察官大吃一驚，抬頭看向安警衛：

「去世了？」

「對，是自殺。」

「自殺？確定嗎？」

「我們問過了轄區刑警，是以自殺結案沒錯。」

「有看過調查紀錄了嗎？」

「那個，沒辦法取得調查紀錄，說要正式申請才可以給我們看……有可能嗎？」

「應該很難。既然是以自殺結案，必須要有他殺的證據或其他明確事由才可能提出申請。」

「不太可能去申請搜查令吧？」

「對。這下該怎麼辦？組長家也沒找到……。看來要繼續調查黑暗王國勢必會有困難，組長又不在，真不知道該如何是好。」

昨天羅警查和朴巡警去了一趟閔警正的住家，但找不到任何相關證物。

「現在真不知該從何調查起，又該怎麼調查才好。」

「安警衛，調查黑暗王國之餘，有繼續追蹤朱明根的下落嗎？」

「那個……其實……」

安警衛猶豫著沒能馬上回答，正在看監視器畫面的羅警查立刻探頭說道：

「檢察官，崔刑警正在透過線人掌握朱明根的行蹤，目前好像還沒找到他躲在哪裡。」

「是嗎？既然組長不在，以後調查有什麼進度就即時向我報告。」

「好的。」

指揮室陷入沉默，每個人都在自己的座位上埋頭工作，讓氣氛顯得更加寂靜無聲。南巡警謹慎地開口：

「檢察官。」

「南巡警，請說。」

「我……」

南巡警猶豫了一下，打量周遭的同事，韓檢察官突然打開保溫杯的蓋子說道：

「啊！喝完了。南巡警，你要不要也喝喝看枳椇茶？」

「什麼？啊，好的。」

「那我們一起去茶水間吧。」

「好的。」

南巡警在茶水間把自己看見蔡利敦議員屍體幻影的事情告訴了韓檢察官。他本來打算說出從屍體幻影的眼睛裡看見羅相南警查，但最後還是沒說出口。

車東民和鄭珉宇在主日大樓的大廳碰面。

「怎麼了？為什麼約我來這裡。」

「兄弟，我想約你喝一杯。」

「那為什麼約我在大廳見面？俱樂部在樓下啊。」

「兄弟，我搬到這裡來了。」

「什麼？那我推薦你的飯店呢？」

「我愛上這裡的三溫暖了，哈哈。」

「難不成你是因為社交派對才搬過來？」

「哎……被發現了嗎？你怎麼這麼會看穿人心啊？兄弟，害我很尷尬耶。」

「真的嗎？臭小子，現在露出馬腳了喔？那句成語怎麼說來著？食髓……啊反正就是在說你這副德性。」

鄭珉宇指著車東民放聲大笑。

「哎喲，不要笑了啦，這樣我很糗耶？沒錯，我沒辦法忘記那天的衝擊。還不都是因為你，給我負責！」

「負什麼責啦……。呀哈哈哈，好吧，那今天我請客。」

「那當然了。要去牛津俱樂部嗎？」

「好啊。不過我總覺得哪裡怪怪的……。」

「什麼？」

「你是不是想找藉口要拜託我什麼？」

「哇，真的是什麼都瞞不過我兄弟耶。」

「被我講中啦？你也太小看我這個當大哥的了吧。好，兄弟既然有事，大哥我當然要挺。走吧走吧。」

「OK, Good man!」

車東民伸出拳頭，和大笑的鄭珉宇擊拳後，兩人勾肩搭背走到了牛津俱樂部。他們進到包廂，喝著酒談論社交派對上發生的事。

「喂，你這麼喜歡那個派對嗎？你這傢伙藏很深喔。」

「哎，幹嘛又糗我。這是人之常情吧。總之謝了，我的好兄弟。」

「你是要道謝幾次啦？喂，少廢話，倒酒。」

「好，來。」

「兄弟，別擔心，下次再開派對，我一定帶你去。」

「真的嗎？那先謝謝你。不愧是好兄弟！那應該還會見到明根吧？」

「明根？啊，你說俱樂部社長的兒子嗎？」

「是啊。那時候……」

車東民看了看鄭珉宇的臉色，說道：

「我可以說嗎？」

「小子，怕什麼，儘管說沒關係，那天我是因為喝醉了。」

「喔，那我就直說了。他說他會參加下次的聚會。」

「嘖！該死，那種傢伙……。」

「可是我聽說要是成員才能參加聚會？」

「對啊。」

「要怎樣才算是成員？」

「有個從父輩流傳下來的聚會，必須要先是那裡的成員。」

「加入有什麼條件嗎？」

「我不想知道！之前有說過吧，成員之間會策略聯姻，別再問了，聽到沒？」

「我知道了。那明根會成為成員嗎？」

「我不清楚。」

「兄弟，你都不好奇嗎？跟他聯絡看看怎樣？」

「不要。我幹嘛要聯絡那傢伙？我也沒有他的聯絡方式。那天是剛好在俱樂部遇到。」

「是喔？所以你也不知道他在哪裡？」

「不知道啊。我幹嘛要知道那傢伙在哪裡？想必是待在家吧。」

「原來如此，好吧，那等下次聚會再見。」

「兄弟，你看了那傢伙的模樣也知道吧？他適合參加聚會嗎？根本配不上啊。就算是同情，你也不要和他混在一起，不然你的格調瞬間會被他拉低，知道嗎？」

「是嗎？唉，我是於心不忍，上次聽說他是被爸爸打大的？」

「現在也一樣有被揍吧。那傢伙可憐是可憐啦，但還是不要和他混在一起。你跟那傢伙被當成同類的話，是要我的面子往哪裡擺？所以絕對不可以！」

「ＯＫ。我知道了，兄弟。不聊他了。」

二〇〇四年春天

在人行道旁的路邊攤，一名年輕男性獨自喝著酒。他面前放了三個空燒酒瓶，手裡也拿著一瓶酒，可能是嫌倒進酒杯麻煩，直接對嘴灌著酒。

這時候，一名年輕刑警氣呼呼地走進來，似乎是因為把犯人給追丟了。後方有一名中年男性輕輕拍了拍年輕刑警的肩膀，安慰道：

「沒關係，怎麼可能每次都抓得到？失手也是難免。」

「不，要是我早一步……。全都是我的錯。」

「就跟你說不是了。是那傢伙跑得太快，你能怎麼辦？別自責了，喝一杯吧。明天繼續抓。」

「謝謝你，韓刑警。每次都這麼照顧我……。我一直很感謝你。」

「這有什麼啦，幹嘛謝？別說了，喝酒吧。老闆，給我們一份秋刀魚和燒酒。」

一旁獨自喝酒的男人好像嫌他們吵，皺著眉瞪了兩名刑警。

「喂，你們是警察吧，安靜點，這家店是你們的嗎？」

「什麼？」

「李刑警，別這樣。你跟我換位置。」

韓刑警將李刑警從那名挑釁的男人旁邊拉開。

「怎樣？我有說錯嗎？」

「年輕人，抱歉，太吵了對吧？我們會小聲一點，你繼續喝吧。」

「我本來就是要來喝酒的。警察不去抓犯人竟然在這喝酒，國家就是因為你們才變這樣。」

「什麼？你這傢伙……」

李刑警再也忍不住，起身想撲過去，韓刑警連忙阻止他：

「李刑警，忍耐一下，他好像喝醉了，你就當沒聽到吧。」

「也不看自己才幾歲竟敢對刑警沒大沒小……可惡，氣死我了。」

正在喝酒的男人重重地放下燒酒瓶，扯開嗓門回應：

「喂！氣死你又怎樣？」

韓刑警連忙勸阻道：

「年輕人好像喝多了。你說的對，警察的職責是抓犯人，不過我們也是工作結束後才來放鬆休息，體諒一下吧。你應該也是壓力太大才自己來喝酒，看你也喝了不少，別喝了快回家吧？」

男人聽了韓刑警的話好像稍微消了氣，又拿起燒酒瓶說道：

「少……少管閒事！看你們警察這副鳥樣，拜託認真點啦！不然我也不用在這喝酒！不為國家好好做……操！可惡，酒都變難喝了。多少錢？」

「酒錢我來付吧。」

「幹嘛？我看起來像乞丐嗎？」

「是想跟你道歉。你說的沒錯，警察應該要好好做事才對，我們還不夠努力。」

「對啊，知道就好好幹！」

「你一定很辛苦吧，加油！」

韓刑警舉起拳頭做手勢替他打氣，男人眼神渙散地盯著他說：

「你又知道什麼了？」

「我偶爾經過這裡都會看到你，每次都一個人喝酒……。生活很辛苦吧？最近年輕人也很不容易，不過可以的話，還是不要借酒澆愁……」

「吵死了！囉嗦個屁！」

年輕男人似乎有些慌張，大聲嚷嚷之後便離開了路邊攤。

「那傢伙在囂張什麼……」

「李刑警，沒關係，讓他走吧。」

年輕男人離開路邊攤，搖搖晃晃地走進了一家旅館，房門內有名戴黑色棒球帽的男人在等著他。

「搞什麼？為什麼不接電話？」

「這麼晚了有事嗎？」

「還會有什麼事？任務下來了。」

「又要幹嘛？」

「你怎麼了？喝多了嗎？」

「你有看過我喝醉嗎？」

「那你在不耐煩什麼？」

「不說了。這次是什麼事？」

戴著棒球帽的男人從包包裡拿出了一個信封，又從信封裡抽出一張照片和一份文件。

「這個人做了什麼？」

「幹嘛問？依照指示處理就好了。」

「媽的，至少讓我知道理由吧？為什麼要處理掉這個人？」

「你最近是怎麼了？都說過這是為了國家做事，幹嘛明知故問。」

「東九，我們……」

「喂！不是說過不能叫名字！你到底怎麼了？哪裡有問題？還有你幹嘛住在這種地方？那筆錢快花掉，聽到沒？」

「錢？媽的，我不需要那個，東……好，五星。我們要做這種事到什麼時候？連下手的對象是怎樣的人都不知道，要怎麼繼續做下去？你都無所謂嗎？」

「七星，你怎麼了？這是國家命令。我們的雙手是為了國家沾血，已經當著天地和國家面前發過誓了。」

「是啊，為了國家，要我獻出生命也在所不惜，反正本來就爛命一條。但被我們殺死的……真的是危害國家的人嗎？雖然說是命令，但……。」

五星抓住七星的肩膀搖晃喊著：

「喂！七星，你清醒點！我們不能有自己的思考和判斷，你忘了嗎？只需要聽從命令、按照指示執行任務。這次我就當沒聽見，下次再這樣，我只能向上面報告了。」

「東九，不，五星。好，我知道了。但你能不能像以前一樣喊我的名字？」
「怎麼了？為什麼變得這麼脆弱？發生了什麼事嗎？」
「媽的，你就喊我一次名字吧。我們不是朋友嗎？不是嗎！」
「你這傢伙到底……好吧。」
五星抓住七星的雙臂搖晃著，大聲說：
「吳民錫。民錫！打起精神回到原本的狀態吧。你是我們的王牌，怎麼會變成這樣？」
「好，東九，謝了。你該走了，我處理完後會聯絡你。」
「要在指示的時間內完成。」
「好。」

現在。蔡利敦命案D-5／連續殺人案D-6／本部命案D-7

車東民吃力地扶著酩酊大醉的鄭珉宇進了電梯。
「喂，我們要去哪裡？」
「你醒了？」
「不要走，再喝一杯吧，這麼早就要回家了嗎？」

「好，那去我家喝吧。」

「哇嗚，你就是為了這種時候才搬來的嗎？真是陰險的傢伙！」

鄭珉宇瞪大眼，露出狡詐的笑容。

「哎，才不是。不過兄弟，有件事我很好奇。」

「你還想知道什麼？問吧，我全部告訴你。」

「為什麼這裡的電梯不能按十七樓？」

「啊哈，十七樓？怎麼了嗎？」

「我好奇那裡是幹嘛的，想去看看，但按不了。」

「當然啦。那裡可不是誰都能去的。除了有專用電梯，還要感應金卡才能上去。」

「這樣啊？哇……兄弟你有那張卡嗎？」

「我？當然有啊。」

「現在有帶嗎？」

鄭珉宇笑開來眨眨眼點頭。

「真的啊？那可以帶我參觀一下嗎？」

「你這陰險的傢伙！幹嘛那麼想去？那裡不是每天都有開放。」

「我知道，只是好奇有多厲害。」

「布置得讚翻了，好奇嗎？」

「嗯……現在能去嗎？」

「現在？哎喲，不行啦。」

「為什麼？」

「現在去那裡幹嘛？我們再喝兩杯吧，你是住幾樓怎麼還沒到？」

「啊！我忘了按十二樓。」

「什麼啊！快按，我們再喝一杯吧？」

「好，知道了。」

「下次我會帶你好好參觀，不要生氣喔，嗯？」

「誰生氣了？我沒有啊。」

電梯停在十二樓，兩人搖搖晃晃地走向車東民住處。

夜晚下起了雨，潮濕的空氣卻沒能帶走悶熱。

我望向窗外，看到韓瑞律檢察官走向咖啡廳，她也注意到坐在咖啡廳角落的我。她收起雨傘走進了店內。

我站起身向她揮手：

「檢察官，這裡！」

韓檢察官微笑著走過來，問道：

「我沒遲到吧？」

「沒有，時間還早。外面很熱吧。」

「是啊，明明下雨了，不知道為什麼還這麼熱。」

韓檢察官輕輕掀起瀏海，用手往臉上搧涼。

「請坐這裡吧，來杯涼快的咖啡……啊！你要喝枳椇茶吧？可是這裡……」

「不，沒關係的，我喝咖啡也可以。啊，不了，我喝冰水好了。」

我把面前的水杯遞給了韓檢察官，說道：

「那喝這杯吧，我沒喝過。」

「謝謝。」

韓檢察官感覺很渴，一口氣灌下了冰水。

「檢察官好像很渴，要點杯冰咖啡嗎？」

「不用了，不是馬上要走了嗎？沒關係。」

「要不然我們出去喝杯枳椇茶……。」

「真的沒關係。白天已經喝很多枳椇茶了，我喝水就好。」

「為什麼會開始喝枳椇茶？」

「當上檢察官就開始喝了，對恢復疲勞很有效。」

「看來妳很喜歡？」

「對，我爸以前每天都喝。因為我爸愛喝，所以我媽每天都會煮。」

「所以妳才會隨身帶著茶啊。伯父要喝，所以檢察官也……」

「不是的，我爸已經去世了。」

「啊……抱歉，檢察官。」

「沒關係。時間還沒到嗎？」

聽到韓檢察官這麼說，我急忙拿出手機查看時間。

「現在可以進去了。」

「那先請求店家協助吧。」

我表明警察身分請店員協助配合，然後拿了「清潔中」的牌子，對韓檢察官說：

「檢察官，我們走吧。」

「好的。」

我先進入了男廁查看，確定裡面沒人後，再請韓檢察官進來，接著把「清潔中」的牌子掛在廁所門把上後鎖門。狹小的廁所裡有兩個小便斗與一個馬桶。

「檢察官，沒關係嗎？」

「什麼意思？」

「這裡是男廁……」

「我們是來案發現場，南巡警。」

「啊！是的，沒錯。」

「你是在馬桶那裡看到的嗎？」

「是的，檢察官，當時馬桶的隔間是開著的，所以我可以看到裡面。」

「好。南檢察官，我有大致聽說過情形。這次最好不要介入，先看就好。這裡空間狹隘可能會有危險。」

「我知道了，檢察官，請稍等一下。」

我閉上眼睛，片刻後又慢慢睜開眼睛。眼前是馬桶，周圍沒有其他人。我已經進入了超自然現象。

「南巡警，你看到蔡利敦議員了嗎？」

「沒有，這裡沒有人。」

「時間還沒到嗎？」

「好像是。啊！有個戴帽子的男人進來了。」

「是殺人犯嗎？」

「對，就是他。」

「他看不到你吧？」

「我就站在他後面，他好像沒有發現。」

「太好了。」

「啊，他又出去了。」

「可能是先來查看，等蔡議員進廁所之後再跟著進來。」

「好像是這樣沒錯。啊！檢察官，蔡利敦議員進來了。」

「馬上就要開始了。」

蔡利敦議員急忙地打開馬桶隔間的門，門關上不久之後傳來馬桶沖水聲。

這時，殺人犯再次進入廁所，站在隔間門旁邊等蔡議員出來。隔間門打開的那一刻，殺人犯舉刀架住了蔡議員的脖子。

「南巡警，現在的情況如何？」

「請等等。那個人正在威脅蔡議員。」

「是嗎？你要看清楚詳細情形，知道嗎？」

「是，檢察官。」

蔡議員不敢發出聲音，被犯人推到馬桶上坐著。我探頭想看隔間裡的狀況，這時羅相南警查走了進來。

所以真的是他？出現在屍體眼睛裡的是羅相南警查？會不會只是剛好走進來？

我因為看到羅警查暫時停下了動作，這時候隔間門再次打開，凶手走了出來。蔡利敦議員像是全身失去力氣，坐在馬桶上頭歪向一邊。

犯人與羅警查面對面，這正是我在蔡議員眼睛裡看到的場景。議員是這時候遇害的嗎？殺人犯與羅警查兩人互相凝視了片刻，一動也不動。羅警查不知道這個人是殺人犯嗎？不對，他進來的時候一定有看到蔡議員失去意識。

「南巡警，事情怎樣了？為什麼都不說話？」

「檢察官，請等一下。我看完再說明。」

他們兩人好像在對話，可是……我聽不到。這又是怎麼回事？我為什麼聽不到聲音？這時凶手若無其事地經過羅相南警查身邊，走出了廁所，而羅警查卻沒有阻止他。

「檢察官，凶手走出去了。」

「是嗎？你有確認他的長相和穿著了嗎？」

「沒有。檢察官，那個……」

羅警查沒有追出去，只是看著失去意識的蔡議員，打了通電話。我立刻走出廁所，但凶手已經不見蹤影。

「欸？我怎麼還在廁所裡？」

「南巡警，你睜開眼睛了，看得見我嗎？」

「喔？檢察官。」

原來我不自覺地睜開了眼睛。

「都確認完了？你已經回到現實了嗎？」

「我原本想追出廁所找凶手，結果卻從超自然現象中出來了。」

「你有看見凶手的長相嗎？」

「沒看到。」

感覺有點奇怪。羅警查已經看到殺人犯了竟然沒逮捕他，不，根本是直接放他走。看到蔡議員的屍體後不知道打給了誰，是報警……不對，是叫救護車嗎？

「南巡警。」

「……。」

「南巡警！你在想什麼？」

「啊！沒事。凶手有說話但我聽不到。所以我一直在想這件事……」

「你聽不到？他是自言自語嗎？」

「不，那個……他打了電話，對。」

我不忍心告訴韓檢察官真相。

「你是突然聽不到的嗎？」

「不確定。啊！這麼一想，徐議員那時候我也聽不到聲音。好像要暴露自己的存在才能聽到。」

「看來應該是。那該怎麼辦？你不能直接在這裡介入吧？」

「明天我躲起來，聽聽看……」

我一邊說著，轉頭打算找個能躲的地方，韓檢察官開口打斷我：

「這裡看起來沒地方躲。」

「啊……。又不能大大方方現身……。而且要是我直接出現也聽不到他本來要說什麼了。」

「就是說啊，得想其他辦法。」

為什麼要放走殺人犯？他們兩人認識嗎？還是說羅相南警查是黑暗王國的一分子……。我該不該告訴檢察官這件事呢？

「南巡警，還有其他要調查的嗎？」

對了！我原本應該還要查看蔡議員手上的東西。可惡，居然忘了。

「我們走吧，凌晨還要去巡視A點。」

「……。」

「南巡警。南巡警！」

我感覺有人碰我的肩膀，這才聽到韓檢察官在跟我說話。

「啊！是，妳說什麼？」

「你想什麼想到出神了？我們該走了吧。」

「抱歉，走吧。」

我懷著遺憾的心情，跟在韓檢察官身後走出男廁。

「檢察官，先坐下來談談吧。」

「有事要跟我說嗎？好的。」

我們找了空桌坐下後，韓檢察官便急著問：

「說吧，什麼事？」

「有件事我沒告訴妳。」

「什麼事？」

「第一次看見蔡利敦議員屍體幻影時，我在他的眼睛裡看見……羅相南刑警。」

韓檢察官瞬間瞪大了眼睛，提高聲音激動地說道：

「你說什麼？所以凶手就是羅警查……」

我連忙揮手打斷韓檢察官的話，解釋道：

「不是的，韓檢察官，不是他。我看見了他和凶手在一起。那時候只看到側面不敢肯定所以沒說。但剛才進入超自然現象確認過是羅刑警沒錯。」

「他是剛好來案發現場嗎？」

「……好像不是。他目睹了現場，卻沒有逮捕殺人犯。」

「你是說他袖手旁觀？他沒有阻止？」

「他是在人死了以後才進來所以阻止不了，問題是他沒有逮捕凶手。」

「是凶手逃跑，他來不及抓？」

「不是的。殺人犯沒有逃跑，反而若無其事經過羅刑警，走出廁所。」

「聽起來的意思是，羅刑警不僅沒有逮捕凶手，還讓他走？」

「是的。」

韓檢察官的眼睛再次瞪大，微微顫抖著問道：

「為什麼？為什麼不逮捕他……難道羅警查是共犯……不，難道他是黑……是那個組織的人嗎？」

「我不清楚。看起來不像是共犯，只是他沒打算逮捕犯人這點很奇怪，不確定是不是有什麼隱情。」

「為什麼會覺得看起來不像共犯？既然這樣，那他為什麼不逮捕凶手？」

「必須聽聽看他們的對話才能確定。」

「太危險了。洗手間那麼狹窄很難在場偷聽，只會讓你自己陷入危險。」

「可是……一定能想出辦法的。」

韓檢察官深呼吸後說：

「好，我們再想想辦法。這件事還有誰知道？」

「只有組長知道。組長起初也不相信，要我先保密再觀察一陣子，所以我才沒說出來。不過現在組長躺在病床上，我認為應該要跟檢察官報告。」

「原來是這樣。這件事暫時就我們倆知道就好。」

「我也是這麼想。」

「好，那我們回本部吧。」

羅相南警查四處張望，摸著肚子走向朴旼熙巡警。

「朴刑警，妳不餓嗎？」

「這麼快就餓了？不是吃過晚餐了。」

「對啊，有吃晚餐。那妳要不要吃宵夜？」

「我不用了。」

「哎喲，別這樣嘛。好像會找到很晚，我們吃完宵夜再繼續工作如何？」

「你自己吃吧，我不餓。」

「妳說真的？我哪好意思一個人吃。」

「你只是因為懶得點餐吧？」

「什麼？不是啊，我哪有……。算了，我點來自己吃，妳就不要後悔。」

「我不會後悔的，你點吧。」

「哎，真是的……。」

羅警查打開抽屜翻找宵夜外送的傳單，這時候指揮室的門打開，都敏警監和羅永錫警衛走了進來。朴巡警立刻起身打招呼：

「警監你來了。羅警衛，好久不見。」

「朴巡警好，真的很久沒見了。」

在桌子下方找著傳單的羅警查也探出頭來打招呼：

「警監、羅警衛，你們來啦？」

「羅警查，有發現什麼嗎？」

「報告警監，還沒找到。」

「這樣啊。真是的……。我還以為都到這地步了，應該能發現些什麼，看來沒那麼簡單。」

「那個，警監，我要叫外賣，你要一起吃嗎？」

「我吃過晚餐了，你們還沒吃飯嗎？」

「是宵夜……。羅警衛，我想點宵夜……」

「我也不用。羅警查，你和朴巡警一起吃吧。」

「不……。那我也不點了……」

羅警查不高興地把傳單放回抽屜，都警監走到朴巡警的座位前問道：

「朴巡警，檢察官有說她什麼時候會過來嗎？」

「沒有。警監和檢察官出去的時候，她沒跟你說嗎？」

「她只說要去見科長，沒特別說什麼。南巡警和安警衛去哪裡了？」

「他們一起出去的，但我不清楚他們是去哪裡。」

「大概是去見崔友哲刑警了吧。」

羅警查插嘴道。

「崔警衛？」

「對。好像是呂南九父母的案件，因為發生在京畿南部警察廳的轄區。」

「他們是要去調閱案件紀錄的吧。」

「是，警監。羅警衛，你不是去過火災案件現場？有看到鑑識結果了吧？你相信嗎？」

羅警衛走到羅警查旁邊，坐下來回答道：

「鑑識結果看起來沒問題。我直接到火災現場附近查看後，發現倉庫正門和後門有很多腳印，還留下好幾道輪胎痕跡。目前正在針對足跡和胎痕做更精密的鑑識，綁架組長的車應該也在其中。」

「用輪胎痕跡能分辨出是哪輛車嗎？」

「可以透過輪胎痕跡分辨車型，再以此去比對附近的監視器畫面。我已經到現場把所有通往倉庫路上的監視器影片都拿回來了，目前正在進行分析。」

「啊，這樣嗎？哇嗚……。」

這時安警衛打開門進入指揮室：

「我回來了。」

「安警衛，這麼晚才回來。」

「警監、羅警衛好。幾天不見，你們好像瘦了。」

羅警衛還沒回答，都警監先回話：

「安警衛，只有你一個人嗎？南巡警沒和你一起？」

「南巡警說派出所有事要處理，所以我們就各自行動了。」

「這樣啊。聽說你去找崔警衛，狀況怎樣？」

「我去問他有沒有辦法可以調閱紀錄，崔警衛拜託了以前的同事，但還是不行。」

「現在要看案件紀錄不容易，以前還可以私下借來看。」

「是啊，羅警查。」

不久後，韓檢察官和南巡警回到了本部。大家休息了一下立刻集合開會。會議結束後，韓檢察官、南巡警與都警監前往看見連續殺人案被害者屍體幻影的地點。

蔡利敦命案D-4／連續殺人案D-5／本部命案D-6

我與韓檢察官、都警監一同來到了連續殺人案A點的案發現場。

「南巡警，你只需要確認有沒有共犯，還有屍體眼中凶手後方的人是誰就好了。」

「光看屍體幻影的眼睛，還是沒辦法確定是不是朱明根。」

「目前為止看來，凶手就是朱明根沒錯，他一定有參與其中。所以你沒必要現身。我們只要在案發當天，在這裡當場逮捕他就行了。現在的目的是要確定連續殺人犯就是他，想成是在看他重演犯案過程，重點在於掌握他的移動路線。明白嗎？南巡警。」

「警監，但我還是得確認犯人的長相吧？」

韓檢察官碰了我的手臂說道：

「南巡警，最好依照警監的建議行動。」

「聽說你在徐敏珠議員案的時候遇到危險，南巡警。」

「不，我只是被刀刺傷，有點痛但沒有大礙……並不像你們想得那麼危險。」

「很難說，你要是身體受到傷害怎麼辦？不需要做到這樣，千萬不要逞強。」

都警監斬釘截鐵地叮嚀著，韓檢察官也神情擔憂地對我說道：

「南巡警，聽警監的吧。」

「好，我只會旁觀。」

「時間到了，開始吧。」

我向都警監點點頭，閉上眼，片刻後又慢慢地睜開眼。四周沒人，看來我已經進入了超自然現象。

「有看見什麼嗎？」

黑暗中傳來都警監的聲音。

「什麼都沒有，四周很暗。」

「這樣嗎？看來案發時的天色會比現在黑。」

「喔？下雨了。」

「下雨了？」

「是的。」

「你第一次看見被害者的屍體幻影時沒提到過會下雨。」

「因為當時只有看見屍體幻影，沒辦法看出天氣，可是當時被害人的衣服沒濕⋯⋯。」

「和你第一次看到的有什麼不同嗎？」

「現在還不清楚，要等案發時才會知道。」

「好，繼續觀察。」

就在這時，一名看起來醉醺醺的女性，沒撐傘而是用包包遮在頭上，搖搖晃晃地走了過來。從她的衣著看來，應該就是那位被害者。殺人犯應該快出現了。

「那名女性被害人正走過來。」

「你只需要從旁觀察就好。」

喝醉的女人搖搖晃晃地經過我，然而殺人犯並沒有出現。怎麼回事？我小心翼翼地跟在她後面，問道：

「警監，現在幾點了？」

「三點十七分。」

「真的嗎？預測的案發時間已經過了，但什麼事都沒發生。」

「是不是出了什麼問題？」

「通常來說，案發⋯⋯喔！」

「怎麼了？」

「警監，開始了。」

一名戴黑色毛線帽的男人從背後抱住那名女性，將她拖到了我所站的陰影處。男人持刀將女人推向牆壁，受到威脅的女人只能乖乖聽話，緊閉雙眼全身顫抖，不敢發出聲音。男人揮動從懷中拿出的某樣東西，接著女人無力地跌坐在地。

鮮血沿著女人的頭部流下來，男人踢倒昏過去的女人，接著……

「呃！」

「南巡警，你沒事吧？」

「嗯……警監。」

「你怎麼了？你現在全身在發抖。」

「我嗎？」

的確，我不自覺地渾身顫抖，流下了淚水，太用力皺眉導致眉心抽動。

「南巡警看起來很痛苦，我忍不住抓你的手臂，對不起。好像是我害你離開超自然現象了。」

「不是的，因為非常可怕……我也看不下去。但我必須回去確認。請等一下。」

我再次閉上眼又睜開眼。那名殺人犯把女性的手臂放在鐵塊上，被害人的衣服已經被鮮血染紅。殺人犯戴著毛線帽和護目鏡，他用戴著手套的手擦掉護目鏡上的血跡，俯視著女人。

殺人犯俯視女人許久，毫不在意是否會有人經過，大膽地留在犯罪現場。此時，另一名與殺人犯打扮一模一樣的男人，提著高爾夫球袋走了過來。晚來的男人撿起了放在女性手臂下方，刻有星形模樣的鐵塊。這時候，站在男人後方的殺人犯才環顧四周，離開了犯罪現場。晚來的男人也扛起沉重的球袋離去。

第4話 警告訊息

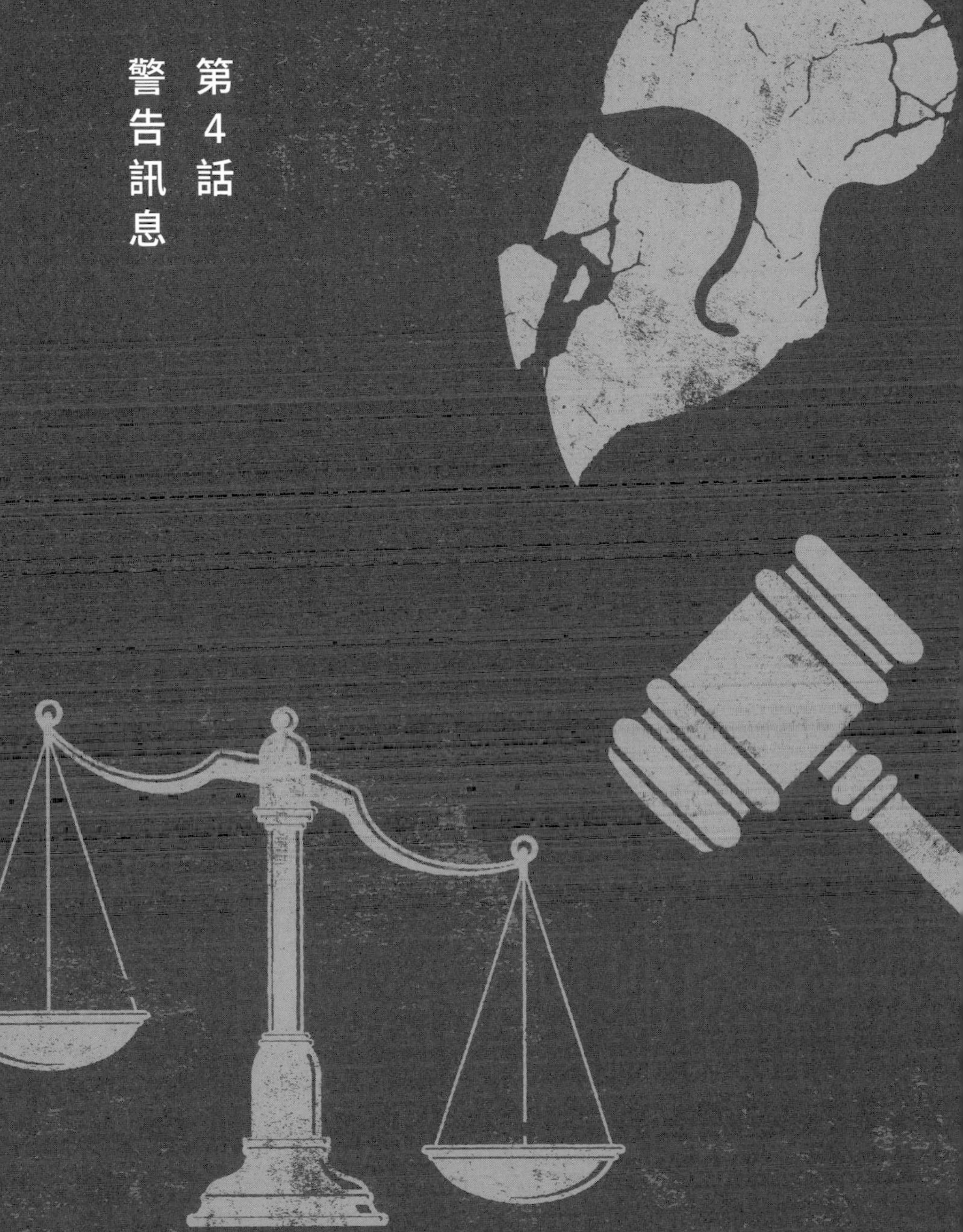

二〇〇四年某個雨天

在漆黑的夜晚街道上，吳民錫淋著雨一步一步地走著，被雨水浸濕的身體冒出蒸氣。雨不斷地下著，吳民錫用手擦了擦眼睛。

微弱的光線通過打開的浴室窗戶照射在浴室門上。過沒多久，浴室的門打開，燈光照著黑暗的客廳各個角落，彷彿在尋找著什麼。光線停在某扇門前逐漸擴散，門把轉動發出細微的聲響，接著門緩緩敞開。

光線沿著房間床上熟睡的男人腿部緩緩爬上了全身，窗外傳來閃爍的光線。這時房內瞬間亮起，一名戴著頭巾的男人拿著手電筒站在床前，下一個瞬間雷聲大作。

頭巾男慌張地躲到床底下，正在睡覺的男人被雷聲吵醒翻了個身。床底下的男人用嘴咬著手電筒，從口袋裡拿出釣魚線，纏繞在戴著手套的雙手上後用力拉緊兩端。

頭巾男探出頭注意床上的動靜，接著他走向仍然沉睡、毫不知情的男人身後，睡著的男人因襲來的劇痛驚醒，他坐起身，痛苦地用雙手抓住了頭巾男的手。

就在這時，房門被推開，窗外又出現一道閃電，照亮了站在房門前的孩子。

「爸爸！好可怕，我怕打雷。」

「咳咳！咳……。」

「爸爸？你在幹嘛？爸爸！」

孩子不敢走進房裡，坐在房門前嚎啕大哭。頭巾男看見孩子哭泣的模樣，鬆開了手中的釣魚線，床上的男人向前倒下，雙手抓著脖子大口喘氣。頭巾男急忙離開房間，衝出大門迅速逃離現場。孩子這才跑了過來，撲進父親的懷抱。

男人逃出房子，淋著雨漫無目的地狂奔。跑了一陣子後脫下頭巾丟掉。雨水猛烈地打在吳民錫的臉上。

◉

吳民錫停在路邊攤前，擦去臉上的雨水後走了進去。韓東卓刑警正在裡頭喝酒，吳民錫找了個位子坐下，點了碗麵和燒酒。韓東卓瞥了一眼吳民錫。

「被雨淋成落湯雞啦，出門要帶傘啊。不要仗著還年輕就隨便淋雨。」

「少管閒事。」

「好啊，反正我也沒心情管。」

吳民錫和韓東卓安靜地喝著酒，這次換吳民錫先搭話，只不過他的視線盯著前方。

「為什麼今天只有你一個人來？」

「因為……」

韓東卓沒有轉頭看吳民錫，開口說道：

「不是說少管閒事嗎？」

「不想說就算了。」

「你不想自己喝酒對吧？像這樣的日子更是不想自己喝，而且下雨。」

吳民錫沉默，將杯中的酒一飲而盡。

「我的後輩今天死了。」

吳民錫轉頭看著他，但韓東卓只是盯著手中的酒杯。

「在追捕殺人犯的時候被那傢伙殺了。我卻……。」

「……。」

「這種時候，正常人不是都會安慰一下嗎？」

「喔……。我不擅長安慰人……。」

「算了。不過你又是怎麼了？幹嘛要淋雨淋成這樣？」

「因為沒帶傘。淋雨還需要原因嗎？」

「好像不是耶，我有看到你在哭。」

「你看錯了。那是雨水，男人不會流眼淚。」

「為什麼？男人不能哭嗎？我倒是很想哭，只是眼淚流不出來罷了。」

「……。」

「想問為什麼嗎？因為眼淚早就流光了。男人可以哭，不要因為是男人就硬是忍著，想哭就哭吧。」

「夠了，我都說我沒哭了。」

「好，知道了。不想說就算了。不過真羨慕你不是想哭卻哭不出來，我真想哭一場……。」

「真是夠了……。我就說吧。我不知道自己在幹嘛，對自己感到很失望。」

「雖然不知道發生了什麼事，但只要努力過就夠了。不過絕對別做壞事，尤其是殺人。要是你殺人我絕對不會放過你。」

吳民錫沒回應，瞥了韓東卓一眼。

「小子，怕什麼，我是警察啊。要是心裡過不去就別做了。你還年輕，選擇還很多。看你這體格當警察也不錯，而且警察是公務員……」

「警察？看起來不怎樣。警察有好好工作嗎？只會把無辜的人關進牢裡不是嗎？」

「你這麼說就太過分了，年輕人。是啊，警察不是所有工作都有做好，不過你剛剛那句話，可是會讓為了國家和人民犧牲的警察們在九泉之下含冤的。這話我聽不下去，尤其是今天。」

「是嗎？」

「別說了，安靜喝你的酒吧。」

「國家和人民……。」

「是啊，一想到無數為國為民犧牲的前輩和後輩，我就想替他們揍你。不過看在你還年輕，想法粗淺，這次就放過你。再繼續說我可是不會忍的。」

「你以為只有你……只有警察才為國為民犧牲嗎？這種話誰都會說。警察真的是為了國家和人民嗎？不是為了自己的榮華富貴嗎？」

說完的瞬間，韓東卓衝向吳民錫，抓住了他的衣領吼道：

「王八蛋，你算什麼東西？」

「放手。警察可以這樣對老百姓嗎？看你這副德性，被我說幾句也是活該。」

「什麼？你這傢伙！」

韓東卓高舉拳頭。

「怎樣？想打人？好啊，打打看啊？不敢？」

「媽的！」

韓東卓憤怒甩開他的衣領，一拳打向桌子。

「我就知道，只會出張嘴。」

「你這傢伙！」

韓東卓聽了這句話，忍無可忍揮出拳頭，然而吳民錫單手抓住了他的拳頭。

「呃！這小子……。」

「這麼沒力，真是的……。回去喝你的酒吧。」

吳民錫用力甩開韓東卓的拳頭，韓東卓被那股力道推得坐回了原本的位子。

「你是做什麼的？力氣不是普通的大。」

「所以不要隨便找別人麻煩，不然可能落得和你同事一樣的下場。」

「什……你說什麼！」

「不要誤會，我可是真的擔心你。」

「哎，好話壞話都給你說了。」

「我先走了。少喝點。」

吳民錫將一萬韓元紙鈔壓在酒瓶底下，離開了路邊攤。

現在。蔡利敦命案D－3／連續殺人案D－4／本部命案D－5

朱明根依舊下落不明，黑暗王國的調查不見進展，也還沒能找到綁架金承哲警監的車輛。雖然懷疑火災原因是人為縱火卻因為沒找到證據，只能以意外失火結案。

徐敏珠議員為了出席臨時國會會議，由安警衛與崔警衛陪同前往國會議事堂。崔警衛和徐議員一起坐在車後座，他詢問負責開車的安警衛：

「要是組長在，他會怎麼做？」

「我也在想這件事。」

徐議員輕輕抓住崔警衛的手臂：

「不過幸好南巡警找到了下一次的案發地點，對吧？」

安警衛看了一眼後照鏡，接話道：

「對啊。韓檢察官也不分日夜奔波，還會親自前往現場。」

「不是只有檢察官，大家都一樣辛苦。」

「友哲，不要再愁眉苦臉了，這樣也解決不了事情。」

「我知道，我只是太生氣又覺得煩悶。組長被他們害成那樣，我們卻什麼都沒查到，只能到案發現場尋找證據……。再這樣下去大家都會有危險。而且敏珠，妳一直待在安全屋裡也不是辦法。」

「你說的沒錯，不過我們必須循序漸進揭開黑暗王國的真面目。現在也只有這個方法。」

「循序漸進？要到什麼時候？我們現在有查到任何線索嗎？他們可是擊中了我們的要害，想要謀殺組長，組長躺在加護病房好幾天了。事到如今，我們應該中止行動，否則所有人都可能陷入危險。」

崔警衛憂心忡忡，嗓門越來越大，安警衛聽到他的話大吃一驚，從後照鏡看著他說道：

「崔刑警，你這話是什麼意思？中止？」

「我知道你們在想什麼。但光憑我們能怎樣？該收手了，以後還會有機會，到那時候……」

「這對搜查組來說真的是最好的選擇嗎？不是說好要齊心協力揭發黑暗王國，伸張正義嗎？」

「對，的確是這樣。但看看我們現在的情況，和沒帶槍就上戰場沒什麼兩樣。這樣下去，不要說攻擊對方了，只怕會先全軍覆沒。這樣真的是對的嗎？」

「崔刑警，我不認為我們應該就此退縮。」

「不，安刑警……啊！搞什麼？」

正在停紅燈的前方車輛突然倒車撞了上來，在後方的車也沒有停車，而是加速撞上他們的車尾。

「鎖上車門！安刑警，快！」

「是！」

安警衛匆忙地鎖上所有車門。車子前後出現了戴著面具，手持鐵棍的人。他們圍住三人的車，毫不猶豫地拿起鐵棍大砸特砸。崔警衛抱緊徐議員大喊：

「敏珠！低下頭！」

安警衛連忙拔出配槍，但不斷落下的鐵棍攻擊，讓安警衛無法瞄準。崔警衛晚了一步取出槍，正想瞄準之際，那幫人迅速回到自己的車上。

「安警衛，快下車，隨便逮住一個也好，快！」

「是！啊，可是門……」

安警衛想下車卻發現車門打不開。

「怎麼了？打不開？」

「對，好像故障了。」

崔警衛急忙打開後座車門衝下車，但對方早已揚長而去。崔警衛只能茫然地望著他們遠去的車尾。

韓檢察官和南巡警來到首爾拘留所，準備會見被羈押在這裡的中國人。

「檢察官，妳會說中文嗎？」

「一點點，基本的溝通應該沒問題。」

「真的嗎？哇！什麼都難不倒萬能的檢察官。」

「沒這回事，我不會的還很多。來了。」

兩名中國人用眼神示意向他們問候，並坐到椅子上。韓檢察官簡單打了招呼後，開門見山問道：

「聽說你們記得在李弼錫議員家門口看到的人。」

「是的。」

韓檢察官從身旁的包包裡拿出了幾張照片，放在兩名中國人面前，問道：

「能幫我看一下這些照片裡有沒有那個人嗎？」

照片中是企圖殺害徐敏珠議員的男人，以及一些有殺人前科的黑幫成員。

「沒有，這裡面沒有。」

「是嗎？你們確定？」

兩名中國人都點點頭。

「他們的意思是沒有吧？」

「對，他們說不是這些照片裡的人。」

這時候，其中一名中國人對韓檢察官說了幾句話。

「檢察官，他在說什麼。」

「他說組長來問過，為什麼我們又來問。」

「啊？真的嗎？」

韓檢察官再次問那名中國人：

「能把你跟組長說過的話，再跟我說一次嗎？」

兩人猶豫片刻，然後開口說道：

「那個……到拘留所的隔天，閔組長就來問趙檢察官的事。我們把從趙檢察官那裡聽到的都告訴他了。」

「聽到了什麼？」

「趙檢察官坐計程車的時候和某個人通過電話，行車記錄器都有錄到。」

「還記得通話內容嗎？」

「我聽不懂韓文，所以不清楚。」

「喔，說的也是。」

「不過他雖然不會說韓文，但聽力還不錯。」

「真的嗎？所以有聽懂對話內容嗎？」

「沒有。不過趙檢察官死前說過一句話，我也有跟閔組長說過了……。」

「說了什麼？」

「……。」

兩名中國人互相交換眼神，猶豫不決。

「沒事的，你們儘管說。趙檢察官說了什麼？」

「我們跟組長說過了，你們可以去問他。」

「啊……。因為組長出了意外，還在醫院觀察。」

兩名中國人聽見韓檢察官的話，不約而同眼神顫抖著低下頭。

「檢察官，他們怎麼了？」

韓檢察官將從中國人口中聽到的內容轉述給南巡警。

「我不清楚原因，但他們似乎很害怕。」

「他們到底聽到了什麼？」

「今天就到此為止吧。」

「這麼快？檢察官，先問出他們究竟聽到什麼吧。」

「看他們這個樣子，不會輕易開口的。下次再來吧。」

韓檢察官從皮夾裡拿出筆，在衛生紙上寫下電話號碼，遞給了兩名中國人並說道：

「我不清楚發生了什麼事，但你們不用害怕，需要幫助的話就打這支電話。你們對組長說過的話……如果現在很難開口，可以回去考慮過後再聯絡我。」

兩名中國人不發一語，只是點了點頭。

「那我們先離開了。南巡警，走吧。」

十七樓電梯門打開，車禹錫警覺地觀察著四周，謹慎地走出電梯。前一晚，車禹錫趁鄭珉宇入睡後，從他的皮夾取出金卡，再通過幹員的協助複製了一張卡，並用複製卡上了十七樓。

十七樓電梯門前是寬闊的大廳，正前方有一扇歐式大門，旁邊有條長廊，車禹錫躡手躡腳地朝長廊走去。

這時候，從走廊深處傳來聲音，車禹錫嚇了一跳，立刻將身體貼在牆面上觀察動靜，然而什麼都沒看到。聲音似乎來自走廊內的一個房間，車禹錫小心翼翼地走向聲音來源，側耳傾聽門後方傳來的對話。

「七星，現在可以行動了嗎？」

「謝謝您的體諒，我有好好休息了一陣子。」

「好，本來想讓你多休息，但你不在事情就無法進行。」

「沒問題。我已經休息夠了。」

「那就好。他是你很要好的朋友？」

「是的，是我小時候在保育院的朋友。」

「天哪……。你肯定很傷心吧。怪不得從沒見過你這個樣子，憔悴了不少。」

「對不起，讓社長看見我這個樣子。」

「不會，沒關係。你這樣才像是有點人性。不過……人是怎麼走的？」

「出了意外。」

「哎呀，還這麼年輕……天哪……。七星啊，你自己也要小心，知道嗎？」

「是的，謝謝關心。」

「幹嘛謝，我又沒做什麼。話說回來，朱理事過得怎樣？沒做出什麼多餘的事吧？」

「是的，我不在的時候，他也一直待在飯店裡。」

「好，你好好盯緊他，別讓他出去。飯店應該安全吧？」

「如果社長不放心，我可以把他帶來這裡。」

「還是在這裡比較安全，準備好房間把人帶過來。」

「好的。抱歉，請等一下……。」

「怎麼了？」

吳七星匆忙跑出門外查看，然而走廊上沒有任何人。

「有人嗎？」

「不，抱歉，我聽到有動靜，所以確認一下。」

「好吧。總之把他帶過來，準備好飛美國。」

「出國行程會稍作延期。」

「為什麼？」

「護照準備工作有拖延到。在找銷贓的人時出了點問題。很抱歉，我會儘快處理好。」

「儘快解決，聽說警察的行動不太尋常。」

「據我所知，搜查本部已經被解散，還有其他問題嗎？」

「你休假期間大概沒接到消息。有情報說他們正在祕密進行調查，所以不要再耽擱，儘快把人送去美國，知道嗎？」

「我知道了。」

「去忙吧。」

●

「檢察官，妳睡一下吧。」

「不用了，我怎麼能在開車的人旁邊睡覺。」

「哎喲，沒關係啦。妳凌晨還去了命案現場，應該整晚沒睡吧。」

「南巡警不也沒睡？我陪你聊天，你小心開車。」

「欸？難道是擔心我的開車技術才睡不著嗎？雖然我開車經驗沒檢察官長，但開警車的技術可不是開玩笑的。不用擔心。」

「噗呵，警車嗎？」

韓檢察官摀著嘴笑了出來。

「不要嘲笑我，我是說真的。」

「別誤會，我不是嘲笑南巡警，是因為你的表情很好笑。」

韓檢察官指著自己的額頭，接著說道：

「你的額頭上寫著『我好冤枉』。」

韓檢察官說著又忍不住噗哧笑了出來。

「吼喲。沒錯，我真的很冤，檢察官竟然不相信我的開車技術。」

「才不是。因為我聽說過坐副駕的人就是要負責陪聊天，不能讓開車的人打瞌睡。」

「誰說的？」

「我爸。」

「啊……。這樣啊。」

南巡警發現自己似乎害韓檢察官想起過世的父親，歉疚地看了一下韓檢察官的表情。

「我沒事，不用看我臉色，專心開車吧。」

「檢察官，對不起。」

「哎呀，沒事啦。」

「……既然都提到了，我能順便問一下嗎？我很好奇檢察官的父親是怎樣的人。」

「嗯，我爸啊……」

那是我國中的時候。在週末的晚上和我爸一起吃飯，電視新聞播著有關刑警貪汙的報導。

「爸，新聞裡說的刑警不是你嗎？」

「不是的，瑞律。」

「真的嗎？」

我爸蹲下來，輕輕握住我的肩膀，直視著我的眼睛說道：

「對。爸爸為了不讓我的乖女兒覺得丟臉，一直都比任何人還要誠實。妳要記住我說的話，爸爸是負責抓那些貪汙刑警的刑警。妳要相信爸爸。」

「嗯，爸爸，我相信你。」

「謝謝我的乖女兒。以後不管別人怎麼說，妳都要記住爸爸今天說的話，好嗎？」

「嗯！」

「爸爸現在有急事要出去一趟。妳得一個人吃飯了，抱歉。」

「不會啦，爸爸。不過你要早點回家喔。」
「好，我會的。奶奶馬上就來了。在奶奶來之前，瑞律可以自己先吃飯、看電視吧？」
「嗯，爸爸不用擔心。」
爸爸抱住了我，說道：
「爸爸愛妳，瑞律。」
「我也愛你！」

「那是我們最後一次見面。」
「啊……。」
「在大樓施工現場發現了我爸的屍體，他們說他是自殺……。」
「檢察官，對不起，我又多嘴問了不該問的。」
「沒關係，我相信我爸說的話。雖然他被說成是貪汙的刑警，揹著罪名離開，但我爸絕對不是那種人，他是被冤枉的。」
「是啊，這麼看來，伯父和閔組長一樣都是被冤枉了，只不過伯父沒能洗刷罪名，含冤離開人世。」
南巡警深深嘆息，手用力打了方向盤。
「沒錯，我接手閔宇直組長的案件時也常想起了我爸。」

「一定的。不過……」

南巡警瞥了一眼檢察官。

「這只是我的推測。有沒有可能是謀殺？也許伯父因為被人嫁禍，在查明真相的過程中被殺害……」

「沒關係，你說。」

「我也想過這個可能。這也是我會成為檢察官的原因之一。起初我想當警察，不過感覺就算當上警察也難以洗刷我爸的罪名。」

「啊……。原來是因為這件事。真了不起，要考上檢察官可不容易……」

「考上檢察官是我人生唯一的目標，所有心思都放在這了。」

「哪有啊，檢察官不僅中文很好，還很會騎機車啊？那妳當上檢察官後，有重新調查伯父的案子嗎？」

「我查過了過去的調查紀錄，但沒發現什麼可疑之處，我爸自殺的現場鑑識照片也沒有不尋常的地方。但我還沒放棄，也許哪天會有什麼發現。」

「要是有我能做到的事，我很樂意協助。」

「很感謝你這麼說。」

「這不是客套話，我是說真的。」

「我知道你是真心的。謝謝。」

「不介意的話，能請問伯父的名字嗎？」

「我爸？我爸叫韓東卓。東方的東，卓越的卓。」

「韓東卓刑警。」

在門外偷聽的車禹錫發覺房間裡的談話聲突然中斷，馬上放輕腳步跑進對面的房間。幸好房門沒鎖。

他進入的地方是一個宴會廳，廣闊的大廳盡頭有講台，對面的盡頭則有泳池。大廳的天花板各處都掛著華麗的水晶燈，散發出高貴的氣氛。整體空間和他在十六樓看見的宴會廳差不多，但裝潢更加精緻豪奢。

車禹錫在裡面逗留片刻後，小心翼翼地推開門打算離開房間。這時，剛才傳出談話聲的對面房間有人走了出來，是吳七星室長。於是車禹錫輕輕闔上門，從狹窄的門縫觀察著。

吳室長掃視了一下走廊後走向電梯。車禹錫聽見電梯門關閉聲後，謹慎地走出房間跑向電梯。這時候，朱必相從身後朝他走來，並說道：

「你是誰？」

「……。」

「你是怎麼上來的？」

原先面對電梯的車禹錫這才回頭，答道：

「啊……不好意思，我按錯樓層了。」

車禹錫搔著頭，不好意思地笑了笑。

「按錯樓層？啊，你是誰家的公子？」

「說來話長。看來我是找錯地方了，先告辭了。」

車禹錫轉身按下電梯鈕。

「不好意思，能不能讓我看你的卡片？」

車禹錫瞬間皺起了眉頭，但很快地換上和善的笑容轉身：

「卡片？」

「對，這裡可不是誰都能上來。如果方便的話，能借我看一下嗎？」

「那……沒問題啊……。嗯……。」

車禹錫稍微猶豫，從皮夾拿出一張卡片。

「我能看一下嗎？」

朱必相逕自拿走車禹錫的卡片，仔細檢查之後說道：

「沒錯，古典金。失禮了。你是好奇才跑上來的嗎？」

「抱歉，對……。」

朱必相將卡片還給他，大笑說道：

「沒關係，好奇是人之常情，偶爾會有跟你一樣跑上來的少爺，不用覺得難為情。」

「少爺？啊……這樣啊。」

車禹錫配合朱必相，露出尷尬的笑容。

「但僅此一次，下不為例，知道嗎？」

「好的，我先告辭了。」

車禹錫急忙走進打開門的電梯。

「等等。」

朱必相按住了電梯的按鈕。

「還有什麼事嗎？」

「我也一起搭。不介意吧？」

「當然了，請進來吧。」

車禹錫和朱必相一起搭乘電梯下樓。

崔友哲警衛和安敏浩警衛護送徐議員到國會議事堂後，返回幽靈搜查組本部。這時本部裡只有羅相南警查一個人在。

「怎麼了？你們為什麼這種表情？」

安警衛將前往國會議事堂路上發生的事情告訴了羅警查。

「真的嗎？光天化日之下攻擊刑警？不對，還攻擊國會議員。」

「他們一看見我拿槍就立刻逃跑。要是沒有槍，只怕我現在沒辦法在這裡說話了。」

「真是萬幸。徐議員肯定嚇壞了吧，崔刑警？」

崔警衛似乎正在沉思，沒有回答羅警查，皺眉盯著螢幕畫面。

「議員受到很大的驚嚇，但她沒有表現出來。」

「所以崔刑警才會這樣嗎？」

「應該不只這件事吧？他當然很擔心徐議員，不過也會擔心其他組員的安全。」

「不會吧。對方的目標應該只有徐議員。」

「對吧，雖然我也是這麼想……。」

這時，南巡警打開指揮室的門走了進來：

「我回來了。」

羅警查揮手示意他過來：

「南巡警，你剛才去哪了？」

「我和檢察官去了一趟首爾拘留所。」

「檢察官人呢？」

「馬上就到。」

南巡警湊到坐著的羅警查耳邊低聲問：

「崔刑警為什麼愁眉苦臉？我不敢跟他打招呼。」

「別管他。有太多事要煩了。」

「怎麼了嗎？」

「等檢察官來，安刑警會再跟你們說明。」

檢察官回到指揮室，安警衛解釋了白天在路上發生的事。安警衛一說完，崔警衛便走到韓檢察官面前說：

「檢察官，請停止調查吧。」

「什麼意思？」

「這是警告。我仔細想過了，很明顯是對方要警告我們別再繼續調查。」

「對方故意要恐嚇我們嗎？」

安警衛插嘴問，崔警衛轉頭回答他：

「是的，安刑警，對方如果真的想殺人大可以用卡車衝撞，或是趁下車的時候攻擊。但是他們選擇光天化日之下攻擊，沒有傷害任何人就撤退，很明顯是在警告。」

韓檢察官堅決地看著崔警衛，說道：

「好，就當作是這樣吧。但也不該因為這樣就停止調查吧？」

「檢察官，這不只關係到徐議員，是對所有人的警告，我們每個人都有可能遇到和組長相同的狀況。下一個目標很可能就是檢察官。」

「你是要我們舉雙手投降嗎？休想。我們決定聚在這裡之前早就知道有什麼風險了，不是嗎？組長也清楚其中的危險仍然繼續進行調查，現在你卻要喊停？好，想退出的人趁現在說出來吧。」

崔警衛稍微激動，提高了聲音說道：

「檢察官。我不是那個意思。我們的身分已經曝光了，以這種狀態繼續調查不會有結果，只會造成無辜的人犧牲。我們還是先退一步吧？我是想建議等組長恢復後再重新開始調查，也不失為一個方法。」

羅警查聽了崔刑警的話，點頭附和道：

「聽崔刑警這麼說，確實如此。對方知道了我們的身分，我們卻不知道他們是誰。組長不在的情況下，很難繼續調查，檢察官。」

安警衛煩躁地皺眉說道：

「羅警查，怎麼連你也這樣說？崔刑警，你能保證還有機會嗎？既然已經知道我們是誰，就算現在停止調查，對方有可能就這樣放過我們嗎？絕對會一個個除掉我們。這麼一來大家的處境反而更危險。現在還能團結對抗他們，但是若解散本部，光憑自己的力量很難抵抗對方的攻擊。」

南巡警也點頭表示同意，並補充道：

「沒錯，我的想法和安刑警一樣。他們會對組長下手，顯然也是為了分裂我們。就像安敏浩刑警說的，即使停止調查，也無法保證對方不會繼續攻擊我們。應該趁對方再度攻擊之前，儘快想辦法查明真相。」

韓檢察官原本看著南巡警，這時轉頭看向崔警衛：

「崔警衛，你聽見了吧？對方就是想看到我們這樣爭吵，這種時候更應該團結。我了解你現在因為徐議員而心煩意亂，但我們應該齊心協力揭發黑暗王國，把那些傢伙一網打盡。這也是組長希望的，我相信組長也會為了完成這個目標，趕快好起來。」

「檢察官，我明白妳的意思。安刑警、南巡警，你們說的沒錯。但希望大家不要認為這是最後一次機會。一定還會有別的機會。我們現在就像沒帶槍就上戰場，我擔心繼續調查下去，不只是會一無所獲，還會有同事犧牲。我們先退一步，重整旗鼓後再繼續調查。過於勉強只怕就算下次有機會也抓不住。」

「我明白你的意思了。但我會繼續進行調查。願意留下的人就留下。」

「檢察官，請不要感情用事。」

「我不是感情用事。正如崔警衛所說的，接下來可能還會遇到危險。我不會強迫大家犧牲，所以請當作是我的請求。請願意留下來的人和我一起繼續調查。」

南巡警緊咬雙唇後開口：

「檢察官，對方應該也知道了我們的行蹤，是不是該換個地方？」

南巡警想到即將在這裡發生的命案，想藉此機會搬遷指揮室。

「南巡警說的對，怎麼辦？」

羅警查一臉嚴肅地看著韓檢察官，附和南巡警的想法。

「就算想搬，也很難馬上安排好。」

「檢察官說的沒錯。不是想搬就有得搬。」

聽見崔警衛的聲音變得沉著冷靜，韓檢察官露出微笑，看向南巡警說道：

「南巡警，我懂你的顧慮，但這個地方應該還沒被發現，不然他們早就攻進來了，怎麼還會去攻擊徐議員的車？以後大家進出本部的時候要更加留意，很抱歉這麼說，但各位要保護好自己。我會再和科長商量本部的事情，儘快打聽新地點。」

「好的，檢察官。」

韓檢察官走向崔警衛，對他說：

「崔警衛，麻煩你了。」

「……知道了，檢察官。」

「謝謝。」

二〇〇四年初夏，工地內

幾名壯漢包圍跪在地上的吳民錫，他的鼻子和嘴都在流著血。

「七星，別再逼我們了。」

「東九……。」

一名穿西裝的男人一拳打在吳民錫臉上。

「呃！」

吳民錫承受不住衝擊，往一旁倒下。

「這裡沒有叫東九的人。把他給我扶起來。」

「是，大哥。」

倒在地上的吳民錫臉貼著地，苦笑說道：

「大哥？你們現在和黑社會沒兩樣。」

「七星，你只要碰過錢就會了解，擁有權力這件事有多容易讓人上癮。不是輪到你嚐嚐這種滋味了嗎？為什麼突然說不做了？說這什麼屁話？你可是我們組裡的王牌。」

「東……五星，你別跟著他們，收手吧，好嗎？」

「五星待得好好的，你還想挑唆他？五星，過來。」

五星猶豫著走到大哥面前。

「看清楚了，七星。」

站在吳民錫身旁的西裝男從口袋掏出刀走向東九，那一刻，本來站在東九後方的兩個男人跑上前，分別抓住東九的雙手。

「要幹嘛？一星哥，為什麼這樣對我？」

東九聲音顫抖，吳民錫大吼：

「你在做什麼？你想對東九做什麼？住手。想殺就殺我。喂！一星！」

「住手！」

拿刀走向東九的西裝男停下腳步，看著一星。

「七星，你剛才是叫我一星嗎？」

一星露出不懷好意的笑容說。

「很好。叫我一聲大哥來聽聽，我就饒了五星。」

「你說什麼？為什麼？為什麼要殺東九？我們是夥伴不是嗎？你到底怎麼了？」

「你還搞不清楚狀況嗎？我們現在投靠新組織，那就得入境隨俗啊。我是你們的老大，還搞不懂嗎？」

「老大？你當自己是日本黑道？還是黑社會？我們是為了國家和人民……」

一星噗哧笑了出來，打斷吳民錫的話：

「瘋子。對啦，沒錯。我們是為了國家和人民犧牲奉獻，把那些食古不化、骯髒又不聽話的傢伙處理掉。不過，你好像還搞不清楚。你真的不知道國家權力現在落到誰的手上嗎？我們現在要替那些人建立的國家盡心奉獻，你也應該要加入不是嗎？」

「如果所謂的奉獻是這樣，那我不幹。乾脆殺了我吧，不要碰東九。」

「我也很想馬上宰了你。誰曉得你什麼時候會從背後捅我一刀呢。偏偏上面把你當寶貝，沒有比你更優秀的人才了。不過我在這裡做掉五星這小子，上面也不會說話的。為什麼？因為他每次都辦事不力，老留下爛攤子。真是的。這次連不該碰的刑警都碰了。」

「什麼意思？」

「啊？五星沒告訴你啊？啊哈，這小子，夥伴之間不能隱瞞這種事啊。要我告訴你嗎？這小子殺了個重案刑警，而且是眾目睽睽之下。」

「一星哥，我別無選擇，不那樣做的話……」

「閉嘴，臭小子！」

一星狠狠賞了五星一耳光。

「呃！」

「什麼事都做不好……。給我閉嘴。」

「一星哥！這樣懲罰他就夠了吧。以後我會喊你大哥，你放了東九。」

「終於聽懂人話啦。以後不要再胡說八道，吵著說不幹了，知道嗎？」

「好的。」

「好，今天就饒了你，下次再這樣，我也別無選擇。」

「是，大哥。」

「不過啊，做錯事就得付出代價，不是嗎？這樣上頭才不會有意見。七星，你能體諒吧？」

「什麼意思？」

「放心，不會殺了你們的。聽到沒？要留一口氣。」

一星身後的壯漢們異口同聲：

「是！大哥！」

一星走出工地上車離開。待一星的車子離去，壯漢們立刻包圍吳民錫與東九，安靜的工地裡傳出哀號聲。

「喂！統統不准動！手舉起來！」

這時候，韓東卓刑警舉槍從柱子後面走出來，然而那些壯漢置若罔聞，繼續揮著棍棒。

「你們這些傢伙！我說住手！住手！」

砰！

韓東卓朝空中開槍，壯漢們被空包彈的聲音嚇到，這才回頭看。

「現在才聽到？手舉起來！」

拿著棍棒的壯漢們猶豫不決，後退了幾步。

「在幹嘛？放下武器，手舉高！」

「喂！快跑！」

其中一名壯漢大喊後拔腿逃跑，其他壯漢跟著逃之夭夭。韓東卓沒有追上去，而是跑向倒在地上的吳民錫和東九，問道：

「你還好吧？年輕人。」

吳民錫好不容易睜開眼看著韓東卓：

「怎麼會？你……。」

「快醒醒。那個年輕人好像昏倒了。」

吳民錫吃力地坐起身。

「你怎麼會知道這裡……？」

「我不是跟你說過了，我為了逮到那個殺了我後輩的傢伙，一直都在調查他，跟著嫌犯才找到這裡。」

「嫌犯是誰？」

「我說是誰，你會知道嗎？」

「不……那個……。」

「我也不確定是哪個傢伙，只知道是一群不知道是黑道還什麼組織中的人，還在調查……。」

吳民錫垂下視線說道：

「你走吧，我會照顧他的。」

「你可以嗎？你自己也……好吧。你叫什麼名字？我們沒有互相介紹過。我是刑警韓東卓。」

「我叫吳民錫。」

「好，民錫。我可以叫你民錫吧？」

「你已經叫了。」

「哈哈，也是。讓我幫你吧。究竟發生什麼事？你是做什麼的？那些人又是幹嘛的？據我所知，他們不是黑道，只是形式作風和黑道差不多……。」

「我也不清楚。我只是走在路上就被他們……。」

「是嗎？好，先送他去醫院吧。」

「謝謝。」

吳民錫和韓東卓一人一邊攙扶著東九走出工地。

現在。蔡利敦命案D－3／連續殺人案D－4／本部命案D－5

「找到方法了嗎？」

「我有試著回想當天的案發現場。凶手殺害蔡議員後走出廁所，如果我趁這時候站在隔間門旁的角落，也許能看見他的長相。」

南巡警和韓檢察官正前往發生蔡議員命案的咖啡廳。

「這麼小的地方有空間嗎？」

「對啊，必須再去確認一下。」

「好，就這樣辦吧。」

韓檢察官和南巡警走進咖啡廳的男廁。南巡警來到隔間查看有沒有可以藏身的地方，他注意到隔間門旁邊有個垃圾桶。

「如果我躲在這裡，可能就不會看到我。」

「這裡有垃圾桶，你有辦法站嗎？」

「沒問題的，可以先將垃圾桶收起來。檢察官能站在前面確認能不能看到我嗎？」

「好。凶手當時站在哪裡？」

「他站在門口看著前方。」

韓檢察官站在隔間門口，看向馬桶方向。

「不，不是那裡……等一下。」

南巡警走出隔間，抓住韓檢察官的肩膀，重新調整方向。

「是這裡。」

韓檢察官紅著臉，彎著身體。

「這裡嗎？」

「對，請看一下從那裡能不能看見我。」

「好的……。請把手從肩膀……」

「啊！檢察官，抱歉。」

南巡警沒注意到韓檢察官的表情，趕忙放開她的肩膀。

「沒關係，我在這裡看，你快進去。」

「好的，麻煩了。」

南巡警不好意思地走進隔間，躲在隔間門旁邊。

「看得到我嗎？」

「看不到。」

「是嗎？那就沒問題了。只要趁凶手作案完出去的時候，我在這裡查看時間就行了。」

「沒問題嗎？到時屍體就在你面前……」

「那個……嗯，可以。我看過很多比這更嚴重的屍體。」

南巡警拿出手機查看時間，說道：

「檢察官，該準備了。」

「好的，我在這裡等。」

南巡警朝韓檢察官點點頭，接著閉上眼，好一陣子沒有動作。

「如何？開始了嗎？」

「是的，檢察官。蔡利敦議員進來了。」

「好，自己小心。」

蔡利敦議員走進隔間，沖水後打開馬桶水箱的蓋子，放了什麼東西進去。隨即門被打開，戴著棒球帽與口罩的凶手掐住蔡議員的脖子，將他推回隔間。

凶手從口袋裡拿出針筒扎入蔡議員的脖子，蔡議員當場發作，像是昏倒般跌坐下來。凶手冷漠地看著他，沒多久後發作緩和下來，凶手想要扳開蔡議員緊握的拳頭。

這時忽然傳來洗手間門被打開的聲音，凶手停下動作，匆忙跑出隔間。

「韓檢察官，就是現在。十分鐘後請搖醒我。」

「好，了解。」

南巡警拿起手中的手機確認時間，果不其然，時間飛快流動著。這時候，外頭傳來聲音。

「你做了什麼？」

羅警查從洗手間門縫看見了倒地的蔡議員。凶手什麼都沒說，只是瞪著羅警查。

「我知道你是誰。」

「知道就讓開。」

收到懲戒通知的隔天

叮咚！叮咚！

羅相南警查按下了公寓的門鈴。

「是我，相南。」

大門很快地打開來，一名膚色黝黑，滿臉青春痘的男人走了出來。

「怎麼了？這麼晚了還跑來？」

「哪有怎麼了？我來看你啊。」

「有什麼事嗎？」

「什麼事？來看朋友還需要交代原因啊？」

「不是啦……。好吧，進來吧。吃晚餐了沒？」

「嗯，這裡！」

羅警查拿出藏在身後的黑色塑膠袋，走進屋內。

「你買酒來？下酒菜又是辣炒年糕？」

「對啊，臭小子，鼻子真靈，一下子就發現了。」

「你哪次來不是買酒和辣炒年糕。」

「廢話少說，杯子拿來坐好。」

「喂！這裡是我家欸。」

「我知道。所以才叫你拿杯子啊。」

羅警查笑嘻嘻地，眼睛瞇成一條幾乎看不到的細縫。

兩人喝著燒酒配辣炒年糕，聊起警校時期的趣事。就在這時，那位朋友的電話響了。

「等一下。」

「怎麼了？在這裡接就好。」

「我想順便去上廁所，你繼續喝。」

朋友到廁所接電話，羅警查躡手躡腳地跟上去偷聽。直到聽見馬桶沖水聲，羅警查才急忙跑回桌前坐下。

「交女朋友了？」

「什麼女友，才沒有。」

「臭小子，沒女友很驕傲嗎？」

「你有嗎？」

「沒有啊。」

羅警查打了朋友的手臂放聲大笑，他笑得太激動，眼看要失去平衡往後摔，連忙抓住朋友的手臂。這時朋友露出肩膀上清晰的王冠刺青。朋友連忙拉好衣服，握住羅警查的手扶他起身。

「搞什麼？有這麼好笑嗎？」

「當然要笑，不然要哭嗎？不過你肩膀的那個刺青。」

「嗯，怎樣？」

「你上次說是在哪裡刺的？」

「怎麼了？」

「越看越帥，我也想刺一個。」

羅警查滿臉笑容地說道。

「警察刺什麼青？少亂說話。我後悔去刺青。」

「為什麼？很好看啊。」

「哪裡好看？不要再聊刺青了。」

「好啦。你沒事吧？」

「我能有什麼事？」

「你講完電話之後就一副像拉屎沒擦乾淨的表情，好像很不爽。」

「哪有。我沒事啦。」

「是嗎?那繼續喝吧。」

第5話
尋找證物

「范秀，別這樣。」

「你怎麼知道我在這？」

「我跟著你過來的，偶然聽見你講電話。」

「媽的！少管閒事，讓開。」

「我都看到了，怎麼能不管？」

「就當沒看到吧，那傢伙不是該死嗎？」

「什麼意思？死不死為什麼是你決定？是誰？究竟是誰指使你的？」

「不要知道太多對你我都好。」

「和你肩膀上的刺青有關嗎？」

「不要再問了。我可不想殺了你。」

「什麼？范秀……。」

「快讓開！」

「你告訴我是誰要你做的，我就當沒看到。」

「知道了又怎樣？你是能做什麼？沒時間了，讓開。」

凶手說完便經過羅相南警查身旁離開廁所。羅警查只是看著他並未追上去。接著他拿出電話打給了誰。

「崔刑警，我有事報告。……好，在那裡見。」

羅警查結束短暫的通話後走出了男廁。這段期間，南巡警打開馬桶水箱的蓋子查看，發現裡頭漂浮著一個塑膠袋，裡面有個ＵＳＢ隨身碟。他想繼續查看倒地的蔡議員手中有什麼東西時，有人搖晃了他的肩膀。

「南巡警，你還好嗎？」

「啊！這麼快就過十分鐘了嗎？」

「對啊。你有聽到他們的對話嗎？」

「檢察官，請再等一下，我還有事要確認。」

南巡警再次閉眼，然而這次卻沒見到蔡議員的屍體。南巡警走到馬桶前查看並揮手。

「南巡警，你在幹嘛？」

「那個……因為我沒看到蔡議員。」

「沒看見？可是你這次為什麼眼睛是睜開的？」

「我眼睛是睜開的嗎？」

南巡警轉頭看向聲音來源，韓檢察官的臉突然近在眼前，嚇了他好大一跳，立刻向後退。

「啊！檢察官……」

「怎麼了？幹嘛？」

「啊……。沒事。我以為我正在看超自然現象，原來不是。」

「為什麼突然看不見了？」

「大概因為過了案發時間。明天得再來一次了。」

「你還想確認什麼事？」

「蔡議員的手裡好像握著什麼東西，凶手看起來也想要拿。」

「是要給閔組長的東西嗎？」

「我覺得應該是。對了，在馬桶水箱裡有一個USB隨身碟。」

「隨身碟？」

「對，放在塑膠袋裡，蔡議員一進廁所就藏到水箱。」

「會是什麼東西？為什麼要藏起來？」

「不知道。和他手上拿的東西好像不一樣……。」

「如果案發當天直接問蔡議員就能知道了吧。」

南巡警點頭，韓檢察官看著他繼續說道：

「除了這個，你有聽到對話內容了嗎？羅警查和凶手說了什麼？」

「檢察官，他們……」

南巡警對韓檢察官轉述羅警查與凶手的對話。

「所以他們本來就認識？凶手名叫范秀？」

「是的，他戴著帽子和口罩，照理說應該認不出來才對，但羅警查一下就認出是他，大概是一路跟蹤他。

從對話聽起來兩人應該是朋友。」

「不管怎樣，太好了，至少能確定羅警查不是黑暗王國的人。」

「我們現在要怎麼辦？應該和羅警查談談吧。」

韓檢察官點頭，但同時皺起眉頭，似乎在苦惱什麼：

「的確該跟他談談，不過我擔心，他早知道這件事卻沒告訴我們，獨自行動又不逮捕凶手放他走。」

「他們好像很熟，會不會已經有事先阻止他了？當然他確實放走了現行犯……。」

「問題就出在這。啊！不然這樣如何？」

車禹錫走進地鐵站的公共電話亭，拿起話筒撥號。

「朱明根似乎會搬去主日大樓。」

「什麼時候？」

「預計這兩天會搬。」

「確認房號之後回報。」

「是，收到。」

「還不知道下一次社交派對的日期嗎？」

「還不清楚。」

「好。鄭珉宇最近在做什麼？」

「沒有特別幹嘛。」

「查一下和鄭珉宇有往來的對象，一併回報。」

「收到。不過這裡有很多檢察官。」

「檢察官？」

「是的，不只一兩個。」

「他們一起行動？」

「不是的。三三兩兩在這棟大樓來來去去。」

「大概什麼時候？」

「幾乎都是晚餐後，介於晚上八點到九點之間。」

「在特定地點聚會嗎？」

「似乎不是。電梯每次停的樓層都不一樣。」

「好，有去查他們到那裡做什麼嗎？」

「還沒查到那裡……。」

「最好調查一下那些檢察官為什麼去哪裡。」

「好的。有新消息嗎？」

「還沒，要再等等。應該馬上會有吧？」

「知道了。」

「時刻提高警覺，不要暴露身分。」

「明白。回頭再聯絡。」

車禹錫走出公共電話亭後離開地鐵站，走向主日大樓。路途中，他感覺到有人尾隨，於是轉向走到人煙稀少的巷子。他打算進了巷子後確認跟蹤自己的人是誰，奇怪的是卻沒看見人。不知道是打草驚蛇了，還是自己誤會了。

車禹錫走出小巷子，再次走向主日大樓。這時候，後方突然冒出一名男人對他說：

「你是誰？」

車禹錫聽到陌生的男人聲音回頭一看，因為路燈反光，無法看清楚那人的臉。

「你是誰？你認識我？」

「你是警察嗎？馬上發現我在跟蹤你。」

「你為什麼跟蹤我？」

「注意自身安全。這次只是簡單警告，下次不會這麼輕易放過你。」

「什麼？你到底是誰？」

車禹錫跑向利用路燈掩飾的男人，但對方身手矯健，很快地消失在黑暗之中。車禹錫連忙追上去，然而他已經混入人群，消失無蹤。

都敏警監跟在羅永錫警衛身後進入房間，掃視一圈後瞪大了眼問道：

「羅警衛，這是你的臥室？」

「對。警監，抱歉有些髒亂。最近太忙了，沒空整理。」

「我不是嫌髒。這裡不像臥室，更像國科搜的研究室。哪來這麼多設備？有透明白板又有顯微鏡……。」

「慢慢湊齊，結果就變這樣了。」

都警監指著白板，問道：

「這些是仁川倉庫火災現場的照片？」

「是的。我把上次拍的照片洗出來，貼上去了。」

「這不是連續殺人案的被害者照片嗎？你貼在房裡還睡得著？」

「都敢驗屍了，照片會怎樣嗎？」

「那是在解剖室，這裡是你的臥室。」

「我習慣了，沒關係。請來這裡確認照片。」

羅警衛坐在電腦前，手指了指螢幕，畫面中有幾張火災現場照片。

「這裡可以看到起火點。」

羅警衛放大了一張倉庫火災現場照片。

「似乎是從堆放木材的這裡開始起火的。從消防局的簡報內容來看，他們接獲報案趕抵現場時，倉庫已經燒毀了。還有住在附近的報案民眾也表示火勢蔓延地非常迅速。」

「是啊，雖然木材容易起火，但還不至於能讓倉庫瞬間燒毀。正是因為這樣才會懷疑是人為縱火。」

「沒錯。還有，如果是從木材開始起火，應該會先燒盡再蔓延到別處才對，但現場情況卻不是如此，整體一次氧化起火可以看作人為縱火的證據。光是一個菸蒂就瞬間燒毀整間木材倉庫，太不合理了。」

「是啊，你看到鑑識結果了吧？」

「有，我不太能理解。國科搜似乎想隱瞞什麼，不公開詳細的現場照片。這些是我晚上偷偷進去拍的。」

「沒錯。我也無法相信鑑識結果，上頭應該有介入。黑暗王國已經開始動作，妨礙調查也很正常。」

「我也是這麼想。」

「這些是什麼？好像是車輪的照片。」

「是的。這是留在倉庫正門和後門的輪胎痕跡。」

「有不尋常的地方嗎？」

「經過確認，我認為倉庫正門有一輛車，而後門則有兩輛車。請看這張照片。」

羅警衛取下白板上的幾張照片，遞給都警監。

「這張是在正門的胎痕，下一張是後門那兩輛車的胎痕。每輛車都是從不同方向來，再往不同方向離開。不過，其中兩輛車是朝同一方向，其中一輛則是朝完全不同的地方開。」

都警監一言不發，只是點頭聽著。

「我在倉庫正門發現組長足跡時，猜測組長是從停在正門的車下來走進倉庫。從後門有金承哲警監的足跡來看，他應該是被車子載到了後門再被拖進倉庫。所以他們是被不同的車綁架到倉庫。」

「看來是這樣沒錯。剩下的照片裡的胎痕和其他車的大小明顯不同。」

「沒錯。從車輪看來，像是四輪驅動的ＳＵＶ，好像是特殊用車。」

「特殊？」

「是的，請看這些照片。」

羅警衛點開三張照片，顯示在螢幕上。

「這些是在正門與後門的火災灰燼。」

「有一個比其他兩個地方乾淨。」

「是的。有兩輛車是火勢變大之前離開，另外一輛在起火後待了一陣子才走。」

「就是你說的特殊用車吧。」

「對。確認過不是消防車或救護車。和原先到這裡的車輛比對之後，胎痕並不一致。」

「那輛車為什麼要留在那裡那麼久？」

「我不清楚。也許在找東西？比方說證物之類的……」

江南街道上人聲鼎沸，談笑嬉鬧的人群享受著深夜的街道，熱鬧到讓人懷疑這裡是否真的曾經發生過連續殺人案。

然而，五光十色的夜晚街道背後，有人徹夜與犯罪搏鬥，甚至在與罪犯的鬥爭中喪生。那些人真的明白我們付出了多少犧牲才守住這絢爛的夜色嗎？

身體疲憊，也許因為是夜晚，一些沒來由的念頭讓我憂鬱；又或許是因為我正在前往預測案發的A點。雖然大可不用再查看，但我還是想確定誰是共犯，真凶究竟是不是朱明根。

凌晨時分，在前往案發現場的路上，仍有很多酒家亮著燈，而從這其中一家店喝完酒返家的女性將成為被被害者。

我到達現場後用手機查看時間，幸好沒遲到。我鬆了一口氣，觀察四周後閉上眼睛，又慢慢地睜開眼。

「怎麼回事？」

和先前看到的不一樣，這次沒下雨。我真的進入超自然現象了嗎？莫非又出現其他變數？我暫時壓抑住困惑在原地等待，喝醉的被害女性很快就會走過來。

然而，過了一陣子還是沒看見被害女性。我眼前看到的不是超自然現象嗎？我又拿出了手機確認……時間流逝的速度一如往常。換言之，這不是超自然現象。

這麼說來，命案不會發生了嗎？還是凶手提前落網了？

「南巡警，你來這裡做什麼？」

「喔！警監，你怎麼來了……？」

「我覺得你應該會來，回家路上就順道過來看看。」

「啊，警監你來得正好。我正覺得奇怪，我看不見超自然現象了。」

「看不見？你是說看不見屍體幻影嗎？」

「對，啊不是的，不只屍體幻影，整個超自然現象我都沒看到。」

「所以是不會發生命案了？」

「也許……凶手在犯案之前被逮捕了。」

「先被逮捕？你確定嗎？」

「不確定……只是我看不見超自然現象代表命案不會發生，也就是說被害者不會死了。」

「有沒有可能命案發生在不同地點？或者發生在不同時段，或不同日子的機率又有多少？」

「我還沒想過……不過根據我至今的經驗，只有在屍體幻影的當事人沒有死，或是當事人知道自己會死的時候，我才會看不見幻影。可是這次的被害者不可能知道自己會死……。若是被害人活下來，那就只有凶手提前落網，或是他沒有犯案這兩種情況。」

「嗯，若是如此就太好了。但我們還是要做好準備。凡事都要有備案。」

「是！那麼警監回家小心。」

「南巡警，如果不介意的話，要不要喝一杯？」

「喝酒嗎？我當然樂意。」

「好，我們走吧。」

二〇〇五年一月，某個下雪的日子

叮咚、叮咚。

韓東卓刑警聽到門鈴聲，走向玄關問道：

「是誰？」

一個小女孩跟著他跑了出來。

「爸爸，是誰來了？」

「天氣很冷，不要出來。」

小女孩假裝回到屋裡，其實偷偷探頭看著。

「請問是哪位？」

「我是吳民錫。」

「啊！等等。」

韓東卓趕緊打開大門讓吳民錫進屋。他看見吳民錫的頭和肩膀上有積雪。

「謝謝。」

「你怎麼會知道我家？」

「我有急事要跟你說，很抱歉這麼晚來打擾。」

「別這麼說。天氣很冷，快進來吧。」

韓東卓帶著吳民錫走進客廳。

「瑞律過來打招呼。她是我女兒。」

「你好，我是韓瑞律。」

「喔，你好，我是韓刑警的……」

「他是爸爸的後輩。」

「你是警察？」

「不是……」

韓東卓這次也打斷吳民錫的話，說道：

「對，叔叔是警察。瑞律，爸爸要和叔叔去房間聊天，妳能先待在客廳看電視嗎？」

小女孩點點頭，韓東卓對女兒笑了笑，帶著吳民錫走進房裡。

「你要跟我說什麼？」

「韓刑警，你在調查什麼案子？」

「幹嘛突然問？你知道這個要做什麼？」

「我不清楚你在調查什麼案件，但請不要再查了。」

「吳民錫，你大半夜跑來就是為了說這個？」

「這不是普通的小事，關係到人命所以我才來的。」

「人命？」

吳民錫看了眼房門口，壓低聲音說：

「有人想讓你死。」

「誰……」

韓東卓大吃一驚，忍不住提高音量，又連忙壓低聲音：

「誰說的？」

「這……」

「你不方便說？」

「抱歉，但是已經下了命令要除掉你。」

「你之前說過，那些上頭的人嗎？」

「是的。」

「你還是不能跟我說他們是誰？」

「對不起，因為這不僅關係到我……」

「我知道了。是你收到命令嗎？」

「不是我。」

「這樣的話，我願意先把一切都告訴你，我相信你。」

「不，不用告訴我，你只要停止調查就好了。」

「我做不到。」

吳民錫聽他這麼說，低頭深深嘆了口氣。

「我是負責調查警察貪汙的監察班班長。我不清楚你聽說了什麼，不過我正在江南警署刑事科臥底調查。我得到情報，據說洪斗基署長一夥收受李弼錫議員的資助，替他做事。我正在調查這件事。」

「你為什麼要這樣？幹嘛要相信我說出這些？」

韓東卓把手放在吳民錫的肩膀上說道：

「民錫，你為了救我特地過來。我相信你在來之前肯定很煩惱。一旦被組織知道了，你也會丟掉性命，不是嗎？」

吳民錫頭低垂著，點了點頭。

「謝了。但目前調查還沒有任何眉目，我只知道李議員經常和檢察官接觸，是因為這件事嗎？新任檢察官好像經常和李議員聯絡和碰面。當然，我想這可能是上面的指示。」

「對。因為你驚動了檢方，所以不要再插手了。你現在面對的敵人比你想像中的還要難對付，受害的不會只有你，你身邊的人都會有危險。」

「什麼意思？能說得更清楚一點嗎？」

「韓刑警，我在保育院殺了人，在那之後……」

現在。蔡利敦命案D－2／連續殺人案D－3／本部命案D－4

一輛計程車停在南順奶奶醒酒湯店前，都敏警監和南始甫巡警下了車。

「這裡可以嗎？」

都警監搭上南巡警的肩膀，笑著說道：

「是解酒湯店啊？這樣喝了酒馬上就能解酒，真不錯。」

「對啊。喝酒配豬骨解酒湯，隔天不用另外解酒了。我們快進去吧。」

南巡警說著並走進醒酒湯店。

「奶奶，我來了。」

原本在店內的春川阿姨開心地走到門口迎接：

「你來啦？奶奶在廚房裡。」

「阿姨，給我們大碗的豬骨解酒湯和兩瓶燒酒。都警監你先坐，我去跟奶奶打招呼，馬上來。」

「好，你去吧。」

南巡警進入廚房，過了好一陣子才回來。這時都警監的桌上已經放了豬骨解酒湯和小菜。

「南巡警，先前讓你很沮喪的兄弟事件，就是在這家餐廳嗎？」

「對。現在由奶奶和她媳婦一起經營，我偶爾才會來。原本怕她們會不自在，幸好她們非常歡迎我來，我的歉意才減輕了一些。」

「原來如此。南巡警，我原先就知道你這人不簡單，但這下又對你刮目相看了。換成是我可能辦不到，這句話可是在稱讚你。」

「謝謝警監。」

「謝什麼謝？我幫你倒一杯。這還是我們兩個第一次一起喝酒。」

「對啊。」

南巡警笑著接過酒杯。

「既然你都這麼常來這裡探望她們，為什麼不去見組長？」

「我……不忍心看組長那個樣子，總是忍不住哭出來。等他恢復意識我再去探望。」

「好吧，看來是我多嘴了。」

「不是的。不過都警監，你對每個人說話都很客氣，有什麼原因嗎？」

「啊，哪有什麼原因。因為我在美國生活很久，不懂韓國那些敬語的用法，所以被說對長輩或上司很沒禮貌，也因此發生很多次爭執，引起不必要的誤會。那之後我就努力注重說話的禮儀，久了就成習慣了。」

「原來如此。」

「希望不會造成你的壓力。」

都警監和南巡警喝酒聊天，喝得醉醺醺的都警監放下酒杯，直視著南巡警說道：

「南巡警，其實我約你私下見面是有原因的。」

「什麼原因？」

「我們內部好像有間諜。」

「間諜？」

都警監抿緊雙唇，點了點頭。

我和都警監熬了一整夜，想小睡一下卻不小心睡過頭，中午過後才趕到幽靈搜查組指揮室。

「大家好……。」

我走進指揮室打了招呼，突然聽見打呼聲停下腳步。羅相南警查躺在沙發上呼呼大睡。我看了看時鐘，還沒到看見超自然現象的時間。我都是在同一時間來本部查看沙發前的屍體幻影，不過因為通常都有同事在場，無法仔細確認。

我必須叫醒羅警查並想辦法支開他。如果我查看屍體幻影的時候他突然醒來，那可就麻煩了。我今天一定要看清楚，這樣才能阻止命案發生。

我搖醒躺在沙發上的羅警查，說道：

「羅刑警，醒醒。羅刑警。」

「喔！哦，是南巡警啊。你什麼時候來的？」

「我剛來沒多久，起來吧，已經兩點多了。」

「什麼！這麼快？哎，我以為才瞇一下而已。不過你怎麼這麼早來？離開會時間還很早。」

「那你呢？又在這過夜了？」

「是啊。我孤家寡人，不一定要回家睡。」

「我也是一個人住，但在家睡更舒服啊？」

羅警查拍拍沙發說：

「我睡這就很舒服了，看來我是天生的跑現場的命。」

笑得豪邁的羅警查歪頭看著我：

「不過南巡警最近和韓檢察官都去了哪裡？你們好像不是在調查連續殺人案。」

「不要用那種眼神看我。我們是為了組長的案子才一起行動的。」

「去了哪裡？」

「那個……我們在查組長出事之前去過的地方。」

「那些傢伙到底怎麼知道組長和金警監約好要見面？警察廳情報科裡會不會有他們的人？」

「也可能是在我們這裡。」

「什麼？」

我想起都警監凌晨說的話。

「警監，你說間諜，是指黑暗……」

我忘了自己在餐廳，險些說出黑暗王國的名字。

「不對，警監意思是有人在通風報信給他們？你知道是誰嗎？」

「我不知道。我只是確信那個人不是你。」

「謝謝你相信我。不過你為什麼會這樣想，也許消息不是從我們這，而是從其他地方走漏的。」

「也有可能。只是有太多不尋常的狀況了。閔組長的事也是如此。朴巡警不是說那天接到可疑男人的電話嗎？對方自稱金承哲警監留下聯絡方式。但確認那個號碼後發現和金警監完全無關。我們將對方的聲音與金警監比對之後，根本是不同人。對方是直接打來本部，但知道本部電話號碼的只有我們組員。」

「也可能是從金承哲警監那裡得知本部的電話號碼。」

「我們在警察廳前的排水孔發現金警監的手機。他被綁架時，手機被故意丟在那了。」

「對方怕被追蹤才丟的嗎？」

「我不這麼認為。確認過金警監被綁架時的監視器畫面，事發過程很短暫。手機裡有很多資訊，有可能是金警監為了避免資訊落到他們手裡才故意丟掉的。如果是他們搶了金警監的手機，大可將手機內的資訊移轉之後再丟棄。」

「聽起來的確有道理。」

「徐敏珠議員的車輛遭到襲擊，除非得到我們內部的消息，否則不可能知道她的路線。仁川港的監視器也是，他們比我們更早掌握情況，提前下手。國科搜那邊似乎也刻意排擠我和羅警衛，不與我們分享內部消息。我認為對方正在監視我們。」

「那會是誰？」

「你有覺得誰可疑嗎？」

「你問我嗎？」

「是的。我看你最近只和檢察官一起行動，在想你是不是察覺到哪裡不對勁。」

「不是的。我其實是因為……」

「喂，南巡警！你這話是什麼意思？」

「啊！抱歉，沒事。我的意思是，若不是金承哲警監的話，那也只有我們了。」

「雖然這麼說沒錯……你不會在懷疑同事吧？」

「沒有，我只是說說，你不用在意。」

「就是說啊，不可能的。怎麼會。」

羅警查反覆自言自語。

「羅警查，朴旼熙刑警今天也不能來嗎？」

「她說今天會議之前會趕到。突然有什麼工作要去處理。」

「這樣啊?朴刑警也很辛苦。還有時間，不然我去接她好了?」

「接她?要去哪裡接?又還沒到她會來的時間。」

「去警署啊。朴旼熙刑警自己一個人過來可能會有危險……。」

「為什麼南巡警要在意這個?」

「因為是同事……」

「是嗎?那我也一起去吧?」

「一起?哎，幹嘛兩個人一起……那羅警查你去，這次可要好好表現喔。」

羅警查頓時滿臉通紅，提高了音量：

「才不是那樣!你幹嘛老是取笑我?」

「我會保密的，你快去吧。」

「真的嗎?」

「對啊，快去接她吧。」

「喔……好吧。那我走了。」

羅警查搔著頭困惑地走出本部。好不容易支開羅警查，我終於能查看屍體幻影了。

我坐在沙發上深呼吸一口氣後，拿出手機查看時間。就是現在，我平靜地閉上眼，接著再次睜開眼。

崔友哲警衛和韓瑞律檢察官正在我面前交談，我聽不到他們的聲音。要拿出手機看時間嗎?要是沒人叫醒我，會變得怎樣呢?能自然而然地回到現實嗎?

在我思索的時候，崔警衛生氣地拍了一下桌子，然後離開了指揮室。不行出去……。我看見的屍體幻影是韓瑞律檢察官嗎?韓檢察官失望地嘆了口氣，坐在沙發上，雙手抱住頭陷入了沉思。

過了一陣子，指揮室的門打開，一名穿著黑色夾克，戴著面具的怪漢跑了進來。

韓檢察官以為是崔警衛回來了，從沙發上站起來，她睜大圓眼看著怪漢，下意識想逃走，但衝進來的怪漢用刀刺傷了她的腹部。

韓檢察官發出尖叫與呻吟，瞬間坐倒在地。但怪漢沒有停手，繼續揮舞著刀子。等到他確認韓檢察官停止呼吸後，才匆匆逃出指揮室。

我立刻跟在他後面，但已經不見他的蹤影。我只能看到這些嗎?還是他躲去哪了呢?

我別無選擇，重新回到指揮室。我依然看得見倒在沙發旁的韓檢察官。她還活著嗎?所以我才能看到韓檢察官的屍體?

我先跑到韓檢察官面前，觀察她是否活著。這時候，崔警衛打開指揮室的門走了進來，他似乎想查看韓檢察官的情況，將她身體翻過來後立刻轉身跑了出去。他穿過了我坐在地上的身體，我大吃一驚閉上了眼。

當我再次睜開眼時，已經看不到韓檢察官或崔警衛。我似乎已經脫離了超自然現象。

韓瑞律檢察官有危險。指揮室的地點已經暴露了。

我要怎麼告訴其他組員這件事?我一個人有辦法阻止這一切嗎?如果真的像都警監所說，內部有間諜……那會是誰?

二〇〇五年一月，某個下雪天，韓東卓房裡

「韓刑警，我在保育院殺了人，在那之後……」

吳民錫淡然地述說著從未對任何人提過的往事。

「穿西裝的叔叔把我帶到一個叫精進保育院的地方。名義上是保育院，其實是培育殺人兵器的培訓所，每天都在學習殺人的技術。我曾經試著逃跑過幾次，但都失敗了……那天我被打得全身瘀青後才去睡覺。」

吳民錫像是回憶起那天的痛苦，雙手顫抖著，過了一會才繼續說：

「等到成年該入伍的年齡，就能離開精進保育院，但去的地方是隸屬於國家安全企劃部的部隊。」

「部隊？國家安全企劃部？」

「他們在祕密培養部隊。你聽過『黑暗部隊』嗎？」

「沒聽說過。」

「那是安企部祕密培養的部隊，栽培為國為民奉獻的特殊幹員。但沒過多久就解散了。政權交替，安企部變成了國情院，部隊隨著組織改編解散。部隊解散之後可以重獲自由，但早已習慣那種日子的我們，沒辦法像一般人那樣過普通的生活。所以有些人抵擋不住惡意的誘惑，走上了歪路。」

「所以你在替黑道工作？」

「如果是黑道還好。你知道黑暗部隊是做什麼的嗎？黑暗部隊負責剷除反對與挑釁當權者的勢力。你猜得

到，隨著政權交替，過去安企部擁有的強大權力現在落到哪個單位手上嗎？」

「該不會……」

「大檢察廳中央調查部。」

二〇〇五年一月

傳統韓屋大門前，高聳的松樹看上去樹齡已超過百年，黑色豪華轎排成一列，像是在守護著什麼。此處是首爾知名餐廳，政商名流經常在此聚會。

有人在遠處的車上盯著現任檢察官、國會議員與大企業總裁接二連三進入韓屋。寒冷的冬日，車子無法發動，他看著餐廳門口不滿地說：

「班長，議員和檢察官的會面早已是公開的祕密，人盡皆知。我們為什麼要一直暗中監視？」

「徐刑警，你仔細看。UK電子沈會長不是正因逃稅嫌疑接受調查嗎？你沒看見他和負責調查的檢察官進了同一家餐廳？」

「當然看見了。但我們負責的是抓貪汙的警察，不是貪汙的檢察官。向大檢察廳監察部檢舉不就好了。」

「你怎麼變得這麼嘮叨？吵死了，安靜盯著。馬上就會來了。」

「誰要來？」

班長突然低下頭，指了前方說道：

「來了！說曹操，曹操就到。在那邊！」

「哪……那不是蔡利敦議員嗎？」

「不，是他後面那個傢伙。蔡非盧警衛，聽說他以警大第二名的成績畢業……。有老爸當靠山。」

「所以是為了查警察違法才來這裡的嗎？」

「那是其中一個原因。再等等吧，線報說會有重要人物參加。」

「線報？是誰提供的線報？」

「這是重點嗎？」

「不是啦……我的意思是那個線報可不可信……」

班長瞪了一眼徐刑警，說道：

「就是因為可信，我們才會在這裡發抖埋伏啊。看那邊。好像來了。」

「喔？那輛車……。那不是安企部的車嗎？」

「你怎麼知道？」

「安企部部長參加過警大畢業典禮。最後面那個人不就是安企部的金基昌部長嗎？」

「對。他是警察出身，在警察廳接受菁英培訓，後來通過司法考試，當上了大檢察廳中央調查部部長，是難得一見的人才，最後還當上了安企部部長。」

「對啊，不可能出現第二個有這種資歷的人了。但有什麼用？改朝換代之後他現在也只能被打入冷宮。」

「嗯，大家都以為是這樣。」

徐刑警沒聽到班長的自言自語。

「金基昌為什麼會來這裡？他早就遠離這個圈子了，為什麼會叫他來？」

「主角總是最後登場。」

「沒頭沒腦地在說什麼？什麼主角？金基昌嗎？」

「是啊，或者該說是幕後掌權者吧。所以我們一定要弄清楚他們聚在這究竟有什麼企圖，都看到了就不能置身事外。」

「班長打算怎麼做？涉及檢察官和國會議員，如果金基昌真的是幕後掌權者，那國情院肯定也牽涉其中。光靠我們兩個哪有辦法調查？到此為止吧，這樣下去我的小命會不保。」

「怕了？那你退出吧，我自己繼續查。」

「班長，你為什麼要這樣？」

「我怎麼了？老百姓因為貪汙和濫用權力的人吃盡苦頭，保護他們不就是警察的職責嗎？」

「現在還不清楚實情，怎麼能輕易斷定？。」

「是啊，還不清楚，所以才要調查啊，徐弼監警衛。」

「幹嘛連名帶姓還加職稱？我壓力很大。」

「你很清楚我韓東卓一向說到做到吧？」

「當然知道，所以我才害怕。這件事沒辦法請警察同事協助，又沒什麼好處，誰會幫我們？檢方有可能出手嗎？他們哪可能積極調查牽涉到自己人的案子？不用想就知道不可能。就算我們揭露了真相，事情還沒結束就會丟掉飯碗。調查這種事只會讓我們裡外不是人，還會被降職，為什麼要堅持查下去？」

「哎，臭小子，你什麼時候變得這麼沒膽？」

「我不是沒膽，只是陳述事實。班長你現在要調查的是檢察官、國會議員和國情院不是嗎？現在的韓國能進行這種調查嗎？一個小警察能做到嗎？絕對不可能。現在收手還來得及，到此為止吧。」

韓班長握住徐警衛的肩膀，說道：

「對，會很辛苦，也許就像你說的，我們會被盯上或是降職。不過，難道要對不法視而不見嗎？那不如別當警察了，不是嗎？還當警察幹嘛？」

「班長！」

韓班長放在徐警衛肩膀上的手加強力道，喊著他的名字：

「弼監。」

「不要這樣叫我。」

「我現在還能相信誰？幫我一次吧。就像你說的，那些都是動不了的大人物。但如果放任不管，只會讓這個國家繼續腐敗，最後長滿蛀蟲。到那時候你不會後悔嗎？放任那種人踐踏無辜的人民，你也無所謂？」

「班長……。」

「不會只有我們兩個人，還有很多優秀的警察和檢察官，內部也會有人幫助我們。」

「內部？難道是有內部舉發？」

「沒錯。所以我們首先要逮到蔡利敦議員的兒子，蔡非盧警衛，他一定有問題。」

徐警衛大大嘆了一口氣，垂下頭說道：

「呼……我明白了，我會查一下他在哪個警局。」

「不用，我已經知道了。他在銅雀。」

「你已經調查過了？」

「我事先打聽過才來的。現在只是剛開始。我先打個電話，有個能幫助我們的盟友。」

韓班長朝徐警衛使了個眼色，拿出手機打電話。

「是我，韓東卓。」

「過得好嗎？怎麼會這麼晚打來？」

「明天可以見個面嗎？挑你方便的時間，我都行。」

「那一起吃午飯吧，中午我應該有空。」

「好。延佑，你知道蔡非盧警衛吧？」

「當然，我們在同一間警局工作，他是我上一屆的前輩。」

「知道了，明天見面再談。」

「怎麼了？感覺好嚇人。內部調查科的刑警約我見面，好緊張。」

「是嗎？幹嘛緊張？你心虛？」

「哎喲，我只是說說。警監明天見。」

韓班長掛斷電話後，徐警衛詫異地問道：

「延佑是誰？」

「我在警大教過一年左右的書，那時候認識的。每次我上課，他都坐在最前面，問我現場調查的事……問到我緊張出汗。總之是從那時候開始慢慢變熟的。我回到第一線之後也有保持聯絡，偶爾約見面。」

「所以是你的徒弟。他叫什麼名字？」

「說是徒弟好像有點怪。他是李延佑警衛，在銅雀警局刑事科工作。」

「原來如此，你打算向他打聽蔡非盧警衛的事嗎？」

「打聽消息之外，我還想讓延佑加入調查。」

現在。蔡利敦命案D—1／連續殺人案D—2／本部命案D—3

幽靈搜查組組員正聚在一起開全體會議。組員輪流報告自己的調查進度，但消沉的氣氛依然未見好轉。

「抱歉，朱明根藏得很好，我們還沒找到他。如果要進入住家或辦公室需要取得搜查令，目前狀況不可能申請，事情有點棘手。」

羅警查抱怨著看了韓檢察官一眼。

「是的。現在這種情況，即使我們申請搜查令也絕對會被駁回。而且還會被發現我們正在進行祕密調查，往後的行動也會受到限制。」

「對，我明白。只是心急才抱怨一下。」

「要繼續用這種方式調查嗎？遵守法律能做得了什麼？還是不顧一切直接衝進去吧？根據科長的情報，朱必相和黑暗王國有關，不是嗎？現在還不遲，直接扣押搜查主日大樓，應該能找到什麼吧？」

都警監原本在翻資料，這時回頭對崔警衛說道：

「我知道大家都很煩躁，但魯莽行動只會讓調查被迫結束。即使再辛苦，收集黑暗王國的情報時也必須謹慎小心。我們不就是因為這樣，才取名為幽靈搜查組嗎？」

「警監，話是這麼說，但這種方式太沒效率了，至今也查不出什麼不是嗎？光憑科長線人提供的情報，要怎麼鬥得過他們？」

「崔警衛說得沒錯。我們幾乎沒有查到關於黑暗王國的情報。好不容易找到的證物也被搶走，行動也曝光了，現在的情況相當不利。不過反過來想，對方也對我們抱有警戒心，監視而且想阻止我們調查，這也會讓他們有曝光身分的風險，如果能利用這一點，或許反而能找到機會。」

崔警衛聽完韓檢察官這番話，苦笑著說道：

「意思是要我們去當誘餌嗎？」

「不是誘餌。」

「難道不是嗎？妳就是要我們冒著生命危險去抓人啊？」

崔警衛皺起眉頭，提高音量說道：

雙方劍拔弩張，安警衛連忙出面安撫崔警衛：

「崔警衛，別激動。你很清楚韓檢察官不是這個意思，對吧？」

「安刑警，不是嗎？警監，我有說錯嗎？她的意思就是要我們去當誘餌，不是嗎？檢察官妳好像搞錯什麼了，我們在這裡是為了揭發黑暗王國、伸張正義沒錯，但這不代表我們得像棋子一樣用完就丟。也許檢察官以為在辦公室翻翻文件，發號施令就好，但不能這樣對待我們這些每天在前線賣命的人。」

在一旁的朴旼熙刑警拉了拉羅警查的手臂，低聲說道：

「阻止一下崔刑警吧，這樣下去真的會……」

羅警查無奈地點頭，打斷他們：

「崔刑警，你先冷靜。檢察官，崔刑警是因為鬱悶又心急才這樣說，請妳諒解。」

南巡警也出面，對韓檢察官說：

「檢察官，崔刑警……」

「我明白。我不會曲解崔刑警的話。很抱歉。我一直努力親自到現場，不想成為那種坐在辦公室出張嘴，發號施令的檢察官……我知道自己還不夠好，不及閔組長的一半。不過我相信只要互助合作，一定能慢慢地解決這個問題；也相信有各位在身邊就可以互補不足之處。但看來是我錯了。我應該要像閔組長一樣領導大家，成為強而有力的依靠。我深刻體悟到身為領導者應該扮演的角色。」

一直閉著眼沉默的都警監這時開了口：

「崔警衛，我能理解你的心情，但我沒想到會連你也這麼說。檢察官很難獨自撐起原先組長的責任，我也一樣。我曾經相信崔警衛會在檢察官身邊輔佐她承擔這項重責大任。然而現在看來，反而是你在打擊堅守崗位的檢察官。現在不是我們內部起爭執的時候，越是緊要關頭，就更該團結一致抵抗外敵不是嗎？崔警衛，別忘了一開始的初衷。組長會變成那樣、徐議員會遇到危險不是任何人的錯。隨時冒著受傷的風險，不就是我們身為警察的宿命嗎？崔警衛，這是我的請求，請你帶領重案系刑警助檢察官一臂之力。」

「……。」

崔警衛低下頭不說話，雖然只是短暫的沉默，但嚴肅得彷彿空氣凝結。

南巡警出乎意料的一句話打破了沉默：

「我看見了蔡利敦議員的屍體。」

韓檢察官驚訝地瞪大了眼看著南巡警。

第6話
內鬼的真實身分

二〇〇五年二月

韓東卓和李延佑警衛見面後，返回警察廳的路上接到了吳民錫的電話，立即趕往鐘路避馬街一家安靜的小酒館。當他抵達的時候，吳民錫正在那裡獨自喝著酒。

「韓刑警，你真的不打算收手嗎？」

「對，我調查之後，更覺得有必須繼續查下去。」

「你能怎麼做？韓刑警，繼續調查真的會惹禍上身，不是只有你會出事。立刻停止，我是為了你好。」

「謝謝你擔心我。你不考慮離開那裡嗎？」

「我說過那是不可能的。要是能脫身，我早就走了。」

「我會幫你的，不過你也得幫我。我一定會把你從那裡救出來。」

吳民錫拿起酒杯又放下，說道：

「韓刑警，除了這個，應該還有很多能讓你出人頭地的案子吧？不如我去幫你打聽其他情報，你不要再管這個案子了，怎麼樣？」

「臭小子，我看起來像是只想著要升官的刑警嗎？」

「難道不是？你應該是想破個大案子，用最快的速度升遷吧？刑警不都是這樣？」

韓東卓大聲回應：

「你幹嘛老是這樣說警察？要是我貪圖升官發財，還會碰這種案子嗎？還是說，你以為只要這樣誣賴我，我就會嫌髒不想繼續查？」

吳民錫一口氣喝光杯中的酒，啪地一聲重重放下酒杯：

「當那樣的警察不是更好，更輕鬆嗎？你幹嘛活得這麼辛苦？你還有個可愛的女兒，要長命百歲才能看著她長大。」

韓東卓立刻瞪視著吳民錫：

「怎樣？你這是在拿我女兒威脅我嗎？敢動我女兒，不管是誰我都不會放過他，給我記住。」

「哇，你也會說這種話啊？我不是在威脅，是因為擔心才勸你。」

「我說最後一次。幫我吧，好嗎？」

韓東卓把手放上吳民錫的肩膀，吳民錫馬上推開他，冷淡地說道：

「刑警，我也說最後一次。你再不聽勸，我也沒辦法幫你。」

「臭小子，當然有辦法啊？吳民錫，聽清楚我接下來說的話。」

吳民錫好奇地看著韓東卓。

「爸爸現在有急事要出去一趟。妳得一個人吃飯了，抱歉。」

「不會啦，爸爸。不過你要早點回家喔。」

「好，我會的。奶奶馬上就來了。在奶奶來之前，瑞律可以自己先吃飯、看電視吧？」

「嗯，爸爸不用擔心。」

爸爸抱住了我，說道：

「爸爸愛妳，瑞律。」

「我也愛你！」

韓東卓班長安撫女兒，解釋自己不是壞人。在看過刑警貪汙的報導之後，他便立刻離開家前往警察廳。

就在這時，徐弼監警衛打來，韓班長將車停在路邊，接起電話：

「徐刑警，怎麼了？」

「班長，你看到新聞了嗎？」

「看到了，我正因為這件事要趕去警察廳。」

「不行，不要過來，這裡已經被記者包圍得水洩不通。還有檢方也來說要扣押搜查，把東西都收走了。」

「真的嗎？你還好嗎？」

「檢方要我明天以證人身分到檢察廳。他們已經申請拘捕令要逮捕你，應該很快就會下來了。所以你最好躲一下，現在情況有點奇怪。」

「我能去哪？躲起來更可疑。我問心無愧。」

「誰不知道你問心無愧？可是你一旦被逮捕，也許就脫不了身了。事情不單純，我看他們搜查的樣子，感覺只是走個形式，像是已經知道結果了。要是被拘留的話只怕會永遠出不來。」

「也不能因為這樣就逃跑，輿論會給我扣上貪汙的帽子。不行，我要當著記者的面說清楚。說不定一些有良心的記者會相信我。」

「班長……。」

「先這樣。」

韓班長掛斷電話，重新打檔出發。但這次是一通陌生號碼的來電，韓班長以為是記者，於是接了起來。

「喂？」

「韓東卓刑警嗎？」

「我是。你是哪家的記者？」

「記者？不，我叫柳五星。是因為七星才打給你……。」

「七星？」

「啊！我是說吳民錫。」

「吳民錫，我認識他。怎麼了？發生了什麼事嗎？」

「民錫現在很危險，需要韓刑警的幫忙。」

「出了什麼事……他現在在哪裡？」

「你還記得上次你救了我們的那個工地吧？」

「記得。我現在過去。」

「謝謝。」

韓班長掛斷電話，立即驅車前往工地。

現在。蔡利敦議員命案D─1／連續殺人案D─2／本部命案D─3

安警衛驚訝望著南巡警，問道：

「南巡警，什麼意思？蔡利敦議員的屍體……？你是說幻影嗎？」

「是的，組長出事之前有和蔡利敦議員見過面。在同一天，我看見了蔡利敦議員的屍體幻影。」

「在哪裡看到的？」

羅警查驚訝地眨著眼看南巡警。

「比起這個，更重要的是，蔡利敦議員決定給組長和黑暗王國有關的東西。」

安警衛瞪大眼睛問道：

「給組長嗎？你知道是什麼嗎？」

「我不清楚，但唯一能肯定的是，那一定是有助於揭發黑暗王國的線索。只要我們找出那天蔡利敦議員想給組長的東西，也許更有機會查明黑暗王國的真面目？」

崔警衛仍然低頭凝視桌子，不發一語。羅警查也噘著嘴思考著。都警監看了看組員們後開口：

「很好。卡在瓶頸的調查有機會重見天日了吧？這次要搶在他們之前行動。還有，雖然南巡警提過了，連續殺人案仍然有疑慮，所以我和羅警衛先進行調查了。」

「是指南巡警看不見被害者的屍體幻影這件事嗎？」

「是的，安警衛。雖然考量凶手落網或命案沒發生的可能性，所以決定守在案發現場觀察。但為了以防萬一，已經調查了下一名、也就是第五名被害者可能遇害的地點。」

「這麼快？」

南巡警大吃一驚，都警監看著他繼續說道：

「對。從南巡警看見被害者屍體幻影的那天開始就持續調查。由於命案比預測的還要早發生，而且可能有共犯，所以認為下一起命案也會提早。然而，南巡警忽然看不見第四名被害者的屍體幻影，這讓我有些擔心。不會有被害人當然好，但還是應該要做好準備，以防要是被害者在其他地點遇害，或是命案發生在其他時段。因此我試著預測可能發生命案的地點。如果地點改變的話，應該不會距離原先看到屍體幻影的地方太遠才對。盡可能在相同時段，在區域內分散安排人力巡視。」

檢察官表情沉重地說：

「警監還是認為會發生命案。」

「不排除這種可能，所以我才想做好準備。」

崔警衛這時抬起頭說：

「我們最好在命案發生之前逮住朱明根那傢伙。要是南巡警的判斷是對的，也許在案發之前，我們已經先抓到了連續殺人犯。」

「我也希望是如此。」

南巡警喃喃自語。

「好，那麼請崔警衛集中追查連續殺人犯。」

「我會的，那個……檢察官，剛才是我太激動失言了。很抱歉。」

崔警衛低頭向檢察官致歉。

「別這麼說，崔警衛，謝謝你。」

「那我要出發去調查殺人犯了。」

崔警衛站了起來，羅警查也跟著他起身，說道：

「我也一起去。」

「好，我和南巡警負責調查蔡利敦議員的案件，都警監和羅警衛負責調查閔組長的案件，至於連續殺人案就依照警監說的進行吧。」

都警監點了點頭站起來。這時安警衛開口詢問韓檢察官：

「檢察官，我要做什麼？」

「安警衛你和崔警衛一起去抓朱明根吧。崔警衛的身體還不適合單獨行動。」

「好的。」

●

羅警查在公寓門口觀察四周，著急地按下門鈴，然而屋內沒有回應。羅警查又拿出手機打電話，但過了好一陣子還是沒人接，只好掛斷。

「這小子跑去哪了？怎麼不接電話？」

羅警查自顧自地抱怨，蹲坐在門邊。

直到太陽西下，天色開始變黑時才有人走向大門。

「喂！你在這裡幹嘛？」

羅警查蹲了太久，吃力地爬起來說：

「哎喲喂呀！朴范秀，你跑去哪這麼晚才回來？」

「幹嘛啦？一見面就發脾氣。」

「我在這等了超久。」

「搞什麼？有什麼事？你不是說你很忙？」

「對，我很忙。再忙也得來看看你。」

「有什麼事？進去再說吧。」

朴范秀打開大門走了進去，羅警查跟在他身後追問道：

「你明天要幹嘛？」

「明天？還能幹嘛？當然是工作。」

「什麼工作？」

「幹嘛問這個？明知故問嗎？」

「你要去林蔭道的咖啡廳收集情報嗎？我上次剛好聽到你在廁所講電話。」

朴范秀瞪著他大聲說道：

「你幹嘛偷聽我講電話？」

「我又不是故意的，我以為你是在和女朋友……不重要啦。總之，你明天要去那裡嗎？要做什麼？」

「你不是都聽到了，去收集情報啊，怎樣？」

「你要收集的是蔡利敦議員的情報嗎？」

「對，問這個幹嘛？」

「誰委託你的？」

「你覺得我會說嗎？這是商業機密。」

「真的只有要收集情報？」

「對啦，到底想怎樣？幹嘛一直問？」

「沒什麼。我知道了，那我先走了。」

「什麼跟什麼？這樣就走了？」

「對，我很忙。」

「臭小子，無不無聊。」

羅警查帶著困惑的神情走出大門。

二〇〇五年二月

一名前來的弔喪的人走進殯儀館。空蕩蕩的接待室裡只有一個人坐在那，而靈堂裡也只有一名哀傷的女孩穿著喪服獨自坐著。

弔客走進靈堂，女孩起身還禮。那名弔客身穿警察制服，看來是名警察。他到靈前上香、行舉手禮。

「只有妳一個人嗎？」

「奶奶在外面，要叫她嗎？」

「不用了。妳很堅強，是叫瑞律嗎？」

「是的。」

原先低著頭的瑞律抬起頭看著弔客。

「你爸爸會去更好的地方。不要相信那些新聞報導，知道嗎？」

「我知道。爸爸也叫我不要相信，我爸爸是抓壞警察的警察⋯⋯。我相信爸爸。」

「真聰明。沒錯，妳說的對。有吃東西吧？」

「有。」

弔客點點頭，拍拍瑞律的肩膀後走出靈堂。他朝一名獨自喝酒的男人走去。

「你好，我是銅雀警局的李延佑警衛。」

「啊，你好，請坐。」

男人指著對面的座位，李延佑警衛脫下警帽，坐了下來。

「我是警衛徐弼監。」

「你和韓東卓警監是同部門的同事嗎？」

「是的。班長有跟我提過你。沒想到我們會在這種地方見面。」

「韓東卓警監提過我？」

徐警衛環顧四周，確認接待室裡沒其他人後低聲說道：

「關於蔡非盧警衛的案子。」

「啊，原來如此。為什麼都沒有人來弔唁？」

「人情冷暖，人還在的時候才算是同事。就算來弔唁也馬上就走了。大概是因為那些報導吧，聽到內部調查科刑警自己涉嫌貪汙，誰還想牽扯上關係。他是臥底的事也公開了，那些同事肯定覺得被背叛了。」

「原來如此。那麼徐警衛你……」

「我原本就被盯上了，無所謂。再說，我光明正大地有什麼好怕？不是嗎？」

「是的，你說的對。」

「你呢？沒關係嗎？要是傳出去，你的上級應該會不高興。」

「就像你剛才說的，我也光明正大。」

「對耶，我才剛說完。」

徐警衛苦笑了一聲。

「你去過韓警監出事的現場了嗎？」

「當然去了。」

「有他殺的跡象嗎？」

徐警衛一聽見他殺，眨了眨眼問道：

「是吧？你也這麼認為？」

「當然。那天韓警監來找過我，對我說了一些話。我不認為他會因為這種事自殺。」

「班長說了什麼？」

「他那天……」

韓東卓班長和李延佑警衛坐在一起用餐交談。

「警監，你說的是真的？」

「真的。雖然大檢察廳中央調查部部長沒有出席，不過他的得力助手，中央調查部第一科科長有到場。前任安企部部長和檢方高層會面的原因究竟是什麼？」

「在這種敏感時期，甚至有政治人物在場。」

「馬上就要舉行國會議員選舉了。」

「趙德三檢察官又是怎麼回事？新任檢察官能出席那種場合，有點……」

「他看起來是負責傳話的角色。應該是趙德三檢察官安排了那場會面，大概不想留下通話紀錄。我想他應該無法直接參與。」

「他們只是在利用新任檢察官？」

「我想是的。不過有點奇怪。我查了一下，趙德三檢察官曾與李弼錫議員助理見過面，但是李弼錫沒有參加那個聚會，李議員應該也有關才對……。」

「警監，我能做什麼？」

「你只要密切關注蔡非盧警衛就好。他也有參加聚會，肯定扮演了某種角色，必須查出他做了什麼。」

「這就夠了嗎？」

「有線報指出蔡利敦議員、ＵＫ集團沈會長、柳明企業柳社長經常不定期會面。這次聚會柳社長也有親自出席。」

「他會不會是要在選舉前提供政治資金？」

「不太可能直接在餐廳做這件事。我想錢應該早就通過某種祕密途徑送到手了。雖然還不清楚具體情況，不過他們聚在一起肯定有其他原因，說不定是為了在選舉之前，共同策劃非法競選活動，又或者只是單純的委託和行賄。還有……」

「還有什麼我不知道的事嗎？」

「李警衛，那個……」

韓班長將從吳民錫那裡聽到的事一五一十地告訴李警衛。

「為了安企部祕密栽培的部隊嗎？」

「沒錯。部隊成員和他們的聚會關係密切。他們會利用祕密部隊除去自己的政敵。」

「除去的意思是，殺了他們嗎？」

「未必是殺人。總之，他們想不受限制地擴張自己的權力。檢察官、前任安企部部長、政客、財閥。必須弄清楚這些人聚會的目的是什麼。蔡利敦的選區是銅雀，據說他們常在那一區域聚會。你能處理嗎？」

「我明白警監的意思了。我會著手調查的。」

「感謝你這麼爽快答應，李警衛。」

「我沒忘記警監在課堂上說過的話。」

「什麼？我說了什麼？」

韓班長一臉困惑，李警衛微笑著回答：

「警監說過：隨著社會逐漸民主化，當權者往往不願意放棄手中的權力，不惜犯下更嚴重的罪行。當他們被逼入絕境便會建立聯盟，更加巧妙地在法律框架內利用公權力，以鞏固財富與權勢。而依附在他們身上的警察內部幫凶會同流合汙，為了保護當權者的勢力，不惜做出各式各樣的腐敗行徑。而我們這些調查警方不法的人，在未來將會擔任更重要的角色。」

「沒錯。那你為什麼去了重案系？」

「因為我的個性沒辦法逮捕自己的同事。」

「那蔡非盧警衛呢？」

「雖然我無法親手逮捕同事，但不代表我會視而不見，更不會掩蓋不法行為。我只是不希望那變成我當警察的目的。」

「我明白你的意思了。那這次的任務，我還能託付給你嗎？」

「當然可以，請不用擔心。」

「李警衛，謝了。」

「你真的答應他了？你也明白吧，這案子可不是我們能承擔的規模。」

「是的，警監也很清楚這一點。」

「對，他曉得。好說歹說想要阻止，他還是不聽……。」

「要是不知道就算了，已經知道了總不能置身事外吧？」

「對啊，沒錯，但結果還是變成這樣了。」

李延佑警衛環顧四周後，低聲問徐弼監警衛：

「所以你認為是他們害死警監嗎？有懷疑的對象嗎？」

「目前為止還沒有……不過為了找他殺的線索，我去過案發現場。」

「有找到什麼嗎？」

「沒有。我只找到了一些奇怪的字，但離案發現場有些距離。」

「字？」

「對，寫在泥地上。」

「寫了什麼？」

「英文和數字混合。a492什麼的？」

「你有拍照嗎？」

「當然有。」

「如果你不介意，能給我看嗎？」

「怎麼了？你覺得跟這件事有關嗎？」

「我不確定，但總有種預感。」

「那我們馬上去看吧。」

徐警衛和李警衛走出接待室，在出口看著靈堂的一名男子匆忙轉身，直到確認兩人離去後，才謹慎地走進靈堂。

現在。蔡利敦命案D—1／連續殺人案D—2／本部命案D—3

一家正在演奏爵士樂的雞尾酒酒吧裡，韓檢察官正在四處張望。坐在吧台的男人舉手呼喚：

「韓檢，這裡！」

韓檢察官走向他，用眼神打招呼示意後，坐在男人身旁問道：

「張首席，怎麼會找我？」

「幹嘛這麼生疏？叫我前輩就好。」

「可以嗎？」

「當然，有什麼關係。」

「嚴奇東科長最近好嗎？」

「他很好。他偶爾也會問起妳的事。」

「真的嗎？真是我的榮幸。」

張檢察官沒說話，微笑著點點頭。

「不過怎麼會晚上找我來，有什麼事嗎？」

「我太晚找妳了，對吧？」

「你說時間嗎？不是的，前輩，沒關係。」

「不，我是說妳被降職到統營的事，很抱歉這麼晚才聯絡妳。」

「啊哈，原來是這件事。」

「妳不會辭職吧？」

「辭職？我辭職對誰有好處？不用擔心，我一定會重新回到首爾的。」

「太好了。聽說妳正在休假？」

「怎麼回事？前輩打聽了很多我的消息呢。聽說大檢察廳很忙，不是嗎？」

「是很忙沒錯，但再忙也要照顧我疼愛的後輩啊？」

「有什麼好照顧的啦？我休完假就回去了。」

「抱歉，我最近太忙了，不知道發生這種事。」

「前輩願意找聊聊，我就很感激了。」

「好。真是抱歉。妳要喝什麼？」

「要不要喝一杯馬爾地夫？」

「馬爾地夫？啊，妳是說莫吉托吧？」

張檢察官會心一笑，朝調酒師招手：

「來杯莫吉托。」

「前輩，所以怎麼會找我來？沒出什麼事吧？」

「能有什麼事？我就只是想看看妳好不好而已。」

「那就謝謝前輩了。我正好有事想問你，太好了。」

張檢察官不發一語，直盯著韓檢察官。

「你還記得蔡非盧議員收賄案吧？」

「怎麼了？」

張檢察官的表情瞬間扭曲。

「當時我們從警方那裡取得的證據資料，前輩也有看過吧？」

「對啊。」

「你看到證據資料毀損，沒有覺得哪裡可疑嗎？」

「什麼意思？警方不是都道歉，承認因為疏失導致毀損？案子都過去了，現在問這個幹嘛？」

「沒什麼。我只是看到前輩就想起那個案件。」

「韓檢，最近有奇怪的傳聞……看來是真的？」

「什麼傳聞。」

「我聽說妳暗中調查檢察官同事，真的嗎？」

「你從哪裡聽到的？當然不是，我為什麼要暗中調查同事？」

「妳不要太相信警察。我沒見過背叛自己人，還能安然度日的，記住了。」

「前輩，我懂你的意思。所以呢？你應該不是因為這件事才約我出來吧？」

「其實是科長要我推薦一些有用的人才，所以我跟他提到妳。他要我問妳的意願，所以才約妳過來。」

「我？為什麼這麼突然？」

「還能為什麼？要把能幹的人留在身邊啊。我原本覺得妳在首爾地檢待得很好，所以沒提。不過聽說妳被調去統營，怎麼能讓寶貴的人才流落外地？所以我才推薦了妳。」

「真的嗎？謝謝前輩。那我休完假就能去上班了吧？」

「哎呀？這麼爽快就答應啊？」

「我當然樂意啊。」

「好啊，那明天立刻去上班吧。」

「明天嗎？」

「怎麼了？不行嗎？妳有事？」

「很抱歉，我還是休完假再去吧，前輩。」

「真是的，把假省下來，以後再用就好了。沒事亂休假……妳認真的嗎？」

韓檢察官輕輕咬了咬嘴唇，點點頭。

「韓檢，妳搞清楚狀況。這種大好機會不是隨時都有，知道嗎？那裡可是大檢察廳。」

「我知道，但是……」

張檢察官突然發脾氣說道：

「妳還搞不懂我的意思嗎？還是妳明知道還裝傻？」

「什麼意思？」

「我不清楚妳打算做什麼，但勸妳最好趁現在立刻收手。一旦被上面的盯上了，妳永遠別想升遷，甚至連檢察官都當不成。」

「前輩……。」

「我給妳機會，是因為珍惜妳這個人才。我開了一條康莊大道給妳走，為什麼非得要去惹得一身腥？」

「一身腥？我不清楚前輩為什麼這樣說。但要知道，走上康莊大道的轎子也可能會變成靈車。」

張檢察官用力放下酒杯，瞪著韓檢察官怒罵：

「妳說什麼？妳這臭丫頭。」

「抱歉，我先離開了。」

「喂，韓檢察官，妳再繼續這樣下去會很危險。」

「我知道，看來我已經被盯上了。先告辭了。」

韓檢察官起身，用眼神示意道別後便轉身離開。

現在。蔡利敦命案當天／連續殺人案D—1／本部命案D—2

南始甫巡警與韓瑞律檢察官走在住宅區的小巷弄，路燈閃爍著黃光。南巡警正在查看停在路邊的汽車，接著他指著一輛車，看向韓檢察官。

「檢察官，就是這台。」

「好，快上車吧。」

韓檢察官快速上了那台車的後座，已經坐在駕駛座上的朴刑警回頭打招呼：

「檢察官。」

「朴巡警，辛苦了，沒有什麼狀況吧？」

「是的，嫌犯朴范秀一直待在家裡，沒有人來找過他。」

朴巡警稍微用眼神問候比較晚上車的南巡警，南巡警也用眼神回禮，稍微揮揮手。

「朴刑警，只有妳一個人嗎？他還沒來嗎？」

「來了，他等一下……」

這時候車門打了開來，羅相南警查坐上了副駕駛座。

昨晚

韓檢察官和南巡警站在朴范秀家門前，靜靜觀察著和他一同回家的羅警查。沒過多久，他們低調地叫住了從朴范秀家中出來的羅警查。

「羅相南警查。」

「喔？檢察官？」

「請和我們談一下。」

羅警查看見站在韓檢察官後方的南巡警。

「南巡警，你怎麼會來這……？」

羅警查的目光再次回到韓檢察官身上，問道：

「檢察官，你們在跟蹤我嗎？」

「我們也無可奈何，先上我的車再說吧。」

「好的。」

韓檢察官帶頭上了車，南巡警觀察羅警查的表情跟在他身後。羅警查坐進後座後，南巡警才上了駕駛座。

「檢察官，為什麼要跟蹤我？」

「比起這個，你為什麼會來這裡？」

「我的私生活有必要報告嗎？」

「私生活？好。你剛才是從哪裡出來？」

「我朋友家。為什麼要問這個？」

羅警查好像快發飆了，南巡警連忙出聲解釋：

「羅警查，是因為蔡利敦議員的命案。」

「蔡利敦議員？那和我有什麼關係？」

「和羅警查沒關係，但和你剛才見面的朋友有關係。」

韓檢察官接著說道：

「你來找朋友，不也是因為同樣的原因？」

「我聽懂了。你們認為我朋友是殺人犯？不是的。我也是懷疑才來確認，但不是他。他只是在背後調查蔡議員，僅此而已。你們是為了這個才跟蹤我？」

「對，沒錯，我們跟蹤了羅警查。」

聽到韓檢察官的回答，羅警查漲紅臉說道：

「什麼？你們憑什麼直接斷定？不是連長相都沒看到嗎？南巡警，你找到新線索了？」

「我在蔡利敦議員命案現場，看見了羅刑警還有你朋友。」

「你……你是說那什麼超自然現象？」

「是的。」

「怎麼會看見我？難道我……不可能，我為什麼要做那種事？所以是我朋友……」

「就是你想的那樣。我聽見你和凶手的對話，聽起來很親近。所以今天報告蔡利敦議員的命案相關情報後，就開始跟蹤你。」

南巡警話一說完，韓檢察官立刻補充道：

「而你果然來見了凶手。你的朋友叫朴范秀，對吧？」

「怎麼會……沒錯。但你不是說他戴著口罩，看不到臉嗎？南巡警，難道不是嗎？」

羅警查困惑地看著南巡警。

「你在命案現場喊了你朋友的名字，我們跟你的刑警朋友打聽誰是范秀，他們說是你最要好的朋友。」

「南巡警……。檢察官，不會的，范秀不會做出這種事。」

朴范秀和羅相南警查是知己，從小就在一起，也是同期當上警察。

然而，某一天，朴范秀因涉嫌瀆職暴行被停職處分，從此迷失了人生目標，終日酗酒。後來又被捲入不光彩的事件，最終沒能復職離開了警隊。當時他正在處理國會議員兒子的施暴案件，他在被國會議員兒子施暴時行使正當防衛，不過因為傷到的是國會議員的兒子，最終被判瀆職暴行，遭到嚴厲處分。

「他到現在都一直在協助警方，沒有惹過麻煩。他不可能殺人。檢察官，我想其中有什麼誤會。」

「羅警查，應該是你對他有誤解。南始甫巡警已經親眼看見，也聽到了。」

「南巡警，你確定嗎？沒聽錯吧？我人在現場嗎？不……不可能。南巡警，你再好好回想一下，好嗎？」

「我也希望是自己搞錯了。」

羅警查慌了手腳，急忙轉頭看向韓檢察官。

「所以你們也在懷疑我嗎？」

「這倒沒有。」

「不然是要我逮捕自己的朋友嗎？」

「也不是。」

「不然要幹嘛？」

「羅刑警，你現在才來？」

羅相南警查還沒回答，朴旼熙巡警搶先回答：

「不是的，南巡警，他先去查看嫌犯有沒有在家裡。」

「對。南巡警、檢察官，你們來啦？」

羅警查用眼神問候韓瑞律檢察官。

「羅警查，確定人有在家嗎？」

「從窗戶有看到人影，應該在家。」

南巡警看著手機上的時間，喃喃自語：

「差不多該出門了……。」

這時候，朴巡警指著車外頭，緊張地呼喊韓檢察官：

「檢察官！他出來了！」

昏暗的客廳，從門縫裡流露的微弱光線裡可以聽見哼歌聲。光線的前方是浴室，鏡子裡映出朱明根在洗手台前刮鬍子的模樣，他的下巴滿是白色泡沫。

他哼著不知名的旋律，小心翼翼地刮乾淨耳朵下方的細小毛髮。刮完鬍子後，他又拿出一把小剪刀修剪鼻毛，仍然持續哼著歌。

接著，他脫下浴袍走進浴缸，用蓮蓬頭粗暴地沖臉，又將除毛膏塗抹全身，哼著歌坐進浴缸閉上雙眼。

這時候外頭的門鈴聲響起卻被歌聲和水聲淹沒，浴室裡的人完全沒聽見。門鈴又響了一次，緊接著傳來按密碼的聲音。大門打開後室內燈光亮起，吳七星室長走了進來。

「理事，您在浴室嗎？」

朱明根似乎沒察覺，沒有回應。

吳室長打開客廳的燈，走到浴室前說道：

「理事，我是吳室長，我來了。」

「喔？來啦。等一下，我馬上出去。」

「沒關係，您慢慢來。」

吳室長將肩上的高爾夫球袋放在客廳桌子旁，坐在沙發上。浴室裡的哼歌聲停了下來，取而代之的是吹風機的聲音。過了一陣子，房內漸漸恢復寧靜，朱明根從浴室走了出來。

「七星哥，你剛打完高爾夫球嗎？」

「我去拿了理事要的東西，需要偽裝所以才穿高爾夫球裝。」

「是嗎？我還以為你又去打球了。都拿來了吧？」

「是的，都在球具袋裡。可是為什麼不銷毀沾到血的衣服？」

「沒關係。我打算收集起來，一次燒掉。」

「那麼交給我處理吧。」

「隨便。我看一下你有沒有全部拿過來。」

朱明根從球具袋裡一一拿出東西，放到桌上。

「那個很重的鐵塊是什麼？」

「這個？」

朱明根拿起一個銀色的鐵塊，上頭刻有星形圖案。

「為什麼是星形圖案？能跟我說這個的用途嗎？」

「獻給惡靈的祭品上要留下標記，這樣惡靈才知道是他們的祭品。」

「這……。」

吳室長雖然覺得他說的話荒誕無稽，但不想惹怒他所以忍著沒出聲。

「要快速打昏人就得用這玩意。」

朱明根做出拿鐵塊砸人的動作，露出詭異的笑容。

「是明天嗎？」

「對，就是明天。」

「沒問題嗎？要是您父親知道了……」

「閉嘴！不是都說了，這都是為了爸爸。一定要完成。」

「請跟我說您會在哪裡下手，我會負責善後。」

「我不能說。那個神聖的地方只有我和惡靈才能知道，不能隨便告訴別人。」

「那我該如何……」

「七星哥你自己看著辦，不善後也無所謂。」

「知道了，我會做好準備。」

這時候，從吳室長的口袋裡傳來手機鈴聲。

「我接個電話，是朴管家打來的。」

「喔，你接吧。」

吳室長從沙發站起來，走到門口接電話。

「喂？朴管家。……什麼意思？……社長親口說的嗎？這太不合理了。好，好，我知道了。我會轉達。」

吳室長露出困惑的神情，走回沙發坐下。

「七星哥，怎麼了？出了什麼事？」

「您明天不能去那裡了。」

「什麼意思？」

「警察都知道了。」

「知道什麼？」

「明天的犯案地點……」

朱明根打斷吳室長，痛罵道：

「該死！胡說八道！那不是犯案，是供奉惡靈的神聖儀式！」

「是的，儀式。警察知道會在哪裡舉行儀式，打算去埋伏。」

「怎麼可能？警察怎麼可能會知道？是爸爸想阻止儀式才這樣說的嗎？」

「不是的。據說有個警察能看見屍體，雖然我也不太相信。」

「什麼屁話？看見屍體和這件事有什麼關係？」

「他看見您殺人……不對，看見您要用來舉行儀式的祭品。」

朱明根一臉不信，嗤之以鼻說道：

「那又是什麼屁話？這種胡扯誰會相信。我不管，無論如何我都會做。不，我必須做。」

「這是社長的指示，如果您不聽……」

「不聽又怎樣？會死嗎？反正怎樣都是會死，我無所謂。」

「隔天再舉行儀式不行嗎？」

「不行，我得到了啟示。惡靈會在那一天來找我拿祭品。惡靈可不是隨時都會來的。」

「還是換別的地點？」

「操，你到底在說什麼？七星哥，怎麼可能換？用你聰明的腦袋瓜想想吧，知道嗎？真不像話。」

「那個儀式……」

吳室長原本想說「那個儀式難道就像話嗎？」但還是吞了回去。

「儀式怎樣？」

「沒事。我也不相信警察看得到屍體這種事，但我認為還是聽社長的指示比較好。」

「得了吧！照計畫進行，聽懂沒？」

「地點是江南的和平塔附近嗎？」

朱明根不發一語，因震驚而顫抖的瞳孔看著吳室長。

「看來沒錯。」

「那裡……你怎麼會知道？」

「社長說的。您真的打算在那裡殺人……不，舉行儀式嗎？」

朱明根輕輕點了點頭。

「看來……真的有警察能預知未來。」

「還真是什麼怪人都有，預知未來？他是巫婆嗎？還是巫婆跑去當警察？」

「我不清楚，所以請隔天再……不，請換個地點吧。」

「不行。我不相信。那傢伙是怎麼知道的？怎麼可能？」

「非得在那裡不可嗎？」

「對，惡靈說一定要在那裡。」

「我明白了。」

第7話
連續殺人犯逮捕行動

朴范秀走在路上，一輛車停在面前，羅相南警查突然從後座下車。

「喂！你搞什麼？」

「范秀，上車吧。」

「幹嘛？不行，我有事，下次再……」

「廢話少說，快上車，臭小子！」

羅警查硬是抓住朴范秀的手臂，將他推上汽車後座。

「你幹嘛？怎麼了？」

「我知道你現在要去哪裡。」

「你在說什麼？」

「朴刑警，開車吧。」

「是。」

「喂！你要帶我去哪裡？我要去工作。停車！」

「范秀，我知道你想做什麼。」

「什麼？」

羅警查翻找著朴范秀的衣服口袋。

「你到底想幹嘛啦？」

羅警查從他的口袋裡翻出了藥瓶和針筒，朴范秀立刻抓住他的手臂大喊：

「喂！羅相南！」

「這是什麼？」

「相南，我們兩個私下聊吧。不然這位小姐也會有危險。」

「危險？」

正在開車的朴巡警轉過頭回了他一句：

「沒關係，我都知情，不用顧慮我。」

「妳都知道？相南，不要這樣。你就當作沒看到，放我走吧。否則你會有危險。」

「是誰下的指示？你為什麼要殺蔡利敦議員？」

「啊？你怎麼會……？」

「就跟你說我都知道了。」

「你怎麼知道的？你這傢伙一直在跟蹤我嗎？還是你竊聽？」

「我沒有。范秀，不要動手，反正來幫我們吧。」

「幫？相南，我不清楚你要我做什麼，但如果我現在不過去就死定了，反正蔡議員遲早都會死的。」

「這話是什麼意思？」

「他們全都在看我會不會殺蔡議員，如果我不出現也會有別人去殺蔡議員，然後再連我一起滅口。所以你就當沒看到吧。反正蔡議員那傢伙也該死，不是嗎？」

羅警查抓住朴范秀的肩膀說道：

「你有聽到自己說了什麼嗎？這世上有誰是該死的？范秀，你清醒點，我不清楚你為什麼要做這種事，離開那種地方吧，我會……」

朴范秀甩開羅警查的手說道：

「那種地方？你真的都知道？你知道他們是誰？」

「他們？你說黑暗王國嗎？」

「黑暗王國？」

「不是嗎？你不是黑暗王國的成員嗎？」

「你在說什麼？」

「羅警查，到了。」

「再繞一圈，朴刑警。」

「相南，時間快到了。我不去的話就死定了，連你也一樣。放我走吧，好嗎？」

「朴刑警，開車！」

「是。」

羅永錫看著螢幕，同時對都敏警監說明。

「先前不是說在火災現場的胎痕之中，有一台四輪驅動的特殊車輛嗎？已經知道是什麼了。」

「你找到了？是什麼？」

「那是特警隊的車。」

「特警隊？那天沒有人看到特警隊到場。」

「沒錯。第一個發現失火報警的人也說沒看到，消防隊員趕到現場的時候也沒看到特警隊的車。」

「看來這起案子有警方介入。」

「很有可能。」

「他們留在現場的時間比其他車輛要久，是為了尋找遺失的證據嗎？」

「除此之外，無法解釋他們為什麼這麼晚才離開。」

都警監像是對眼前狀況感到頭痛，扶著額頭說道：

「似乎很合理，但還是有點奇怪。查過那輛特警隊的車隸屬於哪一區的警察廳嗎？」

「還沒查。」

「先查清楚。如果真的有警方介入會刻意開特警隊的車嗎？這麼容易辨認的車型，還在火場中找證據……綁匪和共犯……。」

都警監猶豫著，陷入沉思。

「警監？」

這時候傳來了手機鈴聲。

「警監，你好像有電話。」

「啊，等一下。」

都警監從口袋拿出手機接聽。

「是，檢察官。……好，我和羅警衛馬上過去。……是，我明白妳的意思。」

都警監掛斷電話，對羅警衛說明通話內容後，兩人便一起離開。

車後門打開，韓檢察官和南巡警上了車。

「羅警查，狀況如何？」

「是，檢察官。就相信他一次看看吧。」

朴巡警皺著眉，回頭問道：

「檢察官，我們真的能相信他嗎？」

「現在也只能選擇相信了。我們也開始吧？」

羅警查和南巡警下車，朴巡警立刻發動車子。

沒多久後，蔡利敦議員走進咖啡廳，在咖啡廳裡張望一下後直接走向廁所。在他進去之後，朴范秀壓低帽子跟了上去。

朴范秀走進廁所後沒多久，突然慌張地衝出來，接著，一名咖啡廳客人走進洗手間，又立刻驚慌失措地衝出來，對咖啡廳店員說：

「快來人啊！有人倒在男廁裡！」

「什麼？」

「快叫救護車！動作快！」

救護車迅速趕到，警察和鑑識小組也接連進入咖啡廳。急救隊員們扛著擔架走出廁所，將擔架抬上停在咖啡廳外的救護車。擔架上的白布下露出了一隻手臂。救護車離開，鑑識組的車尾隨在後。

車禹錫正在跟蹤吳七星組長。自從他在主日大樓見到吳室長，便想起吳室長是上次到牛津俱樂部包廂找朱明根的人，於是預測他一定會和朱明根見面，便開始跟蹤觀察著他。

穿著高爾夫球裝的吳室長走進一家飯店，沒有停留太久又馬上回到主日大樓。車禹錫注意到吳室長搭的電梯停在了九樓，然而，他感覺到後方有一道炙熱的視線，回頭後驚訝地發現鄭珉宇緊盯著他。

「啊！兄弟。」

「你在看什麼？」

「你怎麼會來這裡？」

「還能為什麼？我來辦事。」

「什麼啊！你不是來找我的？」

「不是，我幫我爸跑腿。」

「什麼？你會親自跑腿？」

「嗯，有些事我得自己跑一趟。」

「你要去幾樓？要一起去嗎？」

「不用了。事情處理好我再聯絡你，不要亂跑準備好等我。你沒有要搭的話讓個路吧。」

「喔，抱歉。」

原本擋在電梯口的車禹錫趕緊往後退。

「怎麼了？幹嘛這麼慌張？你不是要上去嗎？」

「喔，對啊。」

「開個玩笑啦，幹嘛嚇成那樣，快按上樓吧。你怎麼老是心不在焉？」

「喔，沒有啦。我只是在想別的事。」

車禹錫這才回過神按下電梯按鈕。

「想什麼？又在想那天嗎？你這狡猾的傢伙。」

鄭珉宇瞇起眼看著車禹錫，不壞好意地笑著。

「哎喲，才不是。我沒有……」

「好了啦。你今天反應特別誇張，有夠土的。電梯來了，進去吧。」

「好，你要去幾樓？」

「十樓。」

車禹錫按下十樓鍵後就出神看著前方。

「欸，你不按自己的樓層嗎？」

「啊！對耶。我都忘了。」

車禹錫搔搔頭，按下十二樓按鈕。

「喂！振作一點。看你從那天之後就還沒回神啊，真慘，嘖嘖。」

「我才沒有，幹嘛這樣說。」

鄭珉宇歪頭看著車禹錫。

「你今天有點奇怪。」

十樓的電梯門一打開，一名穿西裝的年輕男人已經在門口等候，用眼神向鄭珉宇問好。

「等會見，東民。」

「啊，好。」

那名年輕男人是經常出入主日大樓的新任檢察官。車禹錫立刻在十一樓停下電梯，跑向緊急逃生口樓梯。觀察周遭後快步走向十樓的客房走廊。他不知道鄭珉宇和新任檢察官在哪一間，於是側耳逐一偷聽每間房內的動靜。

然而他始終找不到，正打算放棄離開時，好巧不巧遇見走出電梯的朱必相。

「喔，又見面了。你來這裡有什麼事？」

「喔……。您好，我來找兄弟……不是，我來找傑克。」

「傑克？啊，是的，傑克少爺，然後呢？」

「什麼？然後？」

「你沒有一起進去，是要去哪裡嗎？」

「沒有。我不清楚是什麼事，不過他說要自己進去，說是替他父親辦事。」

「是嗎？他還跟你說這麼多……。看來你們很要好。」

「是啊。你要去見傑克嗎？」

「不。我另外有約……。你住這裡嗎？」

「啊……。對。」

「你住幾號房？怎麼不早說你是傑克少爺的好朋友，這樣我才能好好招待你。」

「不了，那會讓我不自在。關係越好，越不能靠關係。」

「哇，價值觀很正確，不愧是傑克少爺的朋友。那麼，我先離開了。」

「好的，慢走。」

朱必相急忙朝客房走廊走去。車禹錫為了看朱必相走進幾號客房，稍微側過頭注意著他。朱必相走到一半突然回頭，車禹錫機警地看向前方按下電梯按鈕，接著才又看了看客房走廊，但已經不見朱必相的人影。車禹錫這才鬆了一口氣，搭上電梯。

朱必相進入客房時，在電梯門口與鄭珉宇碰面的新任檢察官坐在沙發上。

「您好。」

朱必相稍微用眼神示意，新任檢察官從座位上站起來指著房間說。

「在裡面。」

朱必相敲了敲門，小心翼翼地走了進去。

「你來啦，朱社長。」

「沈部長，好久不見。」

「是啊。最近要見你一面還真不容易。」

「抱歉。我手上太多生意要處理。」

「只有這個原因嗎？」

「您的意思是……？」

「哎喲，沒什麼。你認識鄭本部長吧？」

「當然。鄭本部長您好。」

「是，朱社長好。」

朱必相畢恭畢敬地低頭打了招呼，但鄭珉宇只是稍微點頭回禮。

「好，過來坐吧，朱社長。」

「是。」

朱必相滿臉不情願地坐到沙發上。

「為什麼突然約我見面？」

「怎麼會是突然呢？別這樣說嘛。您大駕光臨我們大樓，我當然要親自向您打聲招呼。最近怎麼那麼少見到您呢？」

「有一些麻煩事，我最近有點忙。」

「是嗎？那麼麻煩的事都處理好了嗎？」

「暫時解決了……」

「那我們週末聚一聚吧？我來安排一下。您只要給我想見哪些人的名單，我會去處理妥當。」

「嗯，這件事再找時間聯絡。現在可以說了吧，你想知道什麼？」

「哎喲，您真是明察秋毫。看來我可要小心，被沈部長檢察官逮到就完了。」

「你想拜託我什麼就直說吧，別再拐彎抹角了。」

朱必相露出狡猾的笑臉，看了一眼鄭珉宇。

「這件事想私下談……」

鄭珉宇立刻從座位上站起來：

「那我先去外面吧。兩位慢慢聊，好了再叫我。」

「鄭本部長，很抱歉。」

「別這麼說，那麼我出去了。」

鄭珉宇向他們致意後離開房間。

「快說吧。」

「我兒子最近讓我很頭痛。」

「我以為事情已經解決了……」

「我也以為。但他們一直來煩我和兒子，聽說還在暗中進行調查……。」

「是嗎？我沒收到報告……。你是想要拜託我去打聽看看？」

「如果您願意幫忙，我當然非常感謝。其實，我聽說了一件事，不過我不太相信。」

「別賣關子，快說。」

「哎喲，這麼爽快不愧是部長。那個……聽說有個傢伙……不，是警察能看到屍體，是真的嗎？」

「看見屍體……啊！等一下。我好像也聽說過。說是能提前看到未來會死去的屍體幻影。你知道蔡利教議員他兒子的案子吧？」

「當然知道。他那個刑警兒子不是搞貪汙，還殺了同事？」

「沒錯，那時候幫閔警監……不，現在是警正了。那個幫閔警正調查這案子的年輕人當上警察了嗎？」

「是同一個人嗎？」

「這我就不清楚。不過聽起來是同一個人？能看見屍體幻影這種事不常見吧？」

「的確。原來真的有警察能看見屍體幻影。」

「你問這個做什麼？」

「沒什麼。只是覺得很神奇……。神奇到我以為是假的。我想說您應該知道才請教。」

「不要殺人。殺了人我可幫不上忙。」

「啊……不是的。」

沈部長像是喃喃自語般說道：

「不要留下證據。」

「什麼……啊！啊，是，我知道了。」

「你想問的就這些？」

「閔宇直組長……他現在是警正了。您了解他嗎？聽說他住院了，真的嗎？」

「朱社長，不知道你從哪得知的，不過看來消息比我快？」

「您不知道？」

「我還是第一次聽說這件事。他為什麼要住院？」

「因為火災……」

「是嗎？那我去打聽一下。但你想知道這個做什麼？」

「因為那個叫閔宇直的警察一直在找我和我兒子的麻煩。」

沈部長瞇起眼睛，問道：

「是朱社長做的嗎？」

「什麼事？」

「不是說他住院了。」

「不是的。我也是聽說，所以我才會想向您請教有沒有更確切的情報。」

「嗯……。那我再打聽看看，你先走吧。不能讓鄭本部長等太久。」

「哎喲，好的。是我不識相占用太多時間了。那麼我再等您的聯絡。」

沈部長點了點頭，比了個手勢要他離開。

「我先告辭了。」

朱必相彎腰行禮後離開房間。

車禹錫躺在床上沉思著。

鄭珉宇為什麼要親自去見檢察官？朱必相也是要去跟他們碰面嗎？他們會不會在謀劃什麼？

這時候他的手機鈴聲響起，是鄭珉宇打來的。

「兄弟，結束了嗎？」

「嗯，開門，我在你家門口。」

「啊？喔喔，好。我去開。」

車禹錫猛然從床上起身跑向玄關，鄭珉宇就站在門外。

「進來吧，兄弟。」

「進去幹嘛？走吧。」

「要出去嗎？那我去穿件衣服。」

「小子，我剛才不是叫你準備好等我。」

「抱歉。你進來等吧，一下子就好。」

車禹錫走進房間，急忙換了衣服走出來，鄭珉宇坐在客廳的沙發上，瞪著他問道：

「你為什麼跟著我？」

「什麼？」

「你為什麼要跟在我後面到十樓？」

「什麼意思……。啊！你見到明根他爸爸了？」

「我在問你為什麼要跟著我。」

「喔……。沒有啦，我剛才要先去其他地方，想問你會花多久時間。」

「打電話問不就好了。」

「是啊，也對。我想說直接問比較快。」

車禹錫觀察鄭珉宇的表情，小心翼翼地問道：

「怎麼了？明根他爸爸說了什麼嗎？」

「沒有，以後別跟著我。有事就打電話給我。」

「嗯，我會的，抱歉。你是因為我才在不爽嗎？別生氣，下次我會注意。」

「不是你。因為某個爛貨在那邊跩。」

「你說誰？」

「反正有個爛貨。」

「他做了什麼惹到你？」

「無聊，別說這個了。要不要聽笑話？看看你相不相信。」

「好，說吧。」

「聽說有個傢伙可以提前看到之後會死的人的屍體，而且還是個警察。」

「屍體？提前看到？太扯了，哪可能有這種人。」

「對吧？」

「是誰說的？」

「明根他爸。他說警察一直在找麻煩。」

「警察做了什麼？」

「我也不知道。」

「原來如此。所以你是因為明根他爸才在不爽嗎？」

「喔，不是，朱社長算什麼，是那個踐個半死的檢察官讓我很煩。」

「你是說那個年輕男人嗎？剛才在電梯前看到的人。」

「混蛋一個，也不想想要不是為了養他們，誰不想正常繳稅？都是因為他們，我們才逃稅、作假帳。不然誰想沒事找事？所以才至少要把贈與稅省下來，不然誰會故意不繳？不是嗎？」

「你是因為這件事才去見檢察官？」

「是啊，給了他一些零用錢就回來了。」

「零用錢？我看你是空手去的。給了支票？」

「哎，你這呆小子，現在誰還會這樣給？當然是給他信用卡。我給了張公司的法人卡，他嘴角都咧到這裡了，真是個混蛋。你要做生意的話也得了解一下這些門路，具體細節我也不清楚，你可以拜託法務組。我們法務組有很多檢察官出身的人，大概是因為這樣，才會非常了解怎麼鑽法律漏洞。」

「是啊，以後需要的話就要拜託你了。不過，你為什麼要見朱社長？」

「朱社長？啊，他不是去見我的，是去見部長大人的。看來不久之後就會開酒席，那些像寄生蟲一樣的傢伙可會吃了。整天吃香喝辣，不花自己一毛錢。」

「怎麼可能？」

「東民啊，那些傢伙可是會把法律拿在手上玩，朱社長那種人就是花錢買通法律的人。你不知道他們有多常在這裡聚會吧？」

「很常嗎？」

「對啊。那群人經常聚在一起。」

「他們都是檢察官出身？」

「對啊，也有一些政府高層。那些傢伙會聚在一起大吃生魚片。」

「怎麼了？羨慕嗎？」

「是啊，很羨慕啊。所謂的掌握權力至少要像這樣吧？有錢人有什麼用？還不是被那些傢伙敲詐勒索，還得對他們卑躬屈膝。一群流氓跟強盜沒兩樣。管你在學校還是出社會，遊戲規矩都一樣啊，不是嗎？」

「是啊，沒什麼兩樣。」

「兄弟，你也要多注意。唉，想喝酒了，出去吧。」

「喔，好啊。」

連續殺人案當天。本部命案D－1

連續殺人案發生的日子逐漸逼近，但還沒有抓到凶手。沒抓到殺人犯不代表不會出現被害人，而是案發日期可能出現變化，或犯案地點有了改變。

為了做好準備，搜查組除了派人到出現屍體幻影的現場外，也在其他預測的案發地點部署了人力。南巡警和韓檢察官正在查看出現屍體幻影的案發現場。其他人則分成了幾組，分別是安警衛和羅警查、崔警衛和朴巡警、都警監和羅警衛。小組各自在發生命案機率最大的幾個地點埋伏，等待著殺人犯現身。

雨勢和案情一樣，變化無常，讓人沒來由地心煩意亂。躲在暗巷角落裡的南巡警回頭看了看，說道：

「檢察官，妳別直接到現場，看是在旁觀察，或是和支援組一起行動，如何？」

「不用擔心我。無線電都準備好了，有哪個地點發生緊急狀況都可以馬上通知。」

韓檢察官用手指了指耳機，對著手裡的小型對講機繼續說道：

「對吧，都警監？」

「是的。南巡警，你聽得清楚我說的話嗎？」

南巡警用手壓住耳麥，回答道：

「啊，是的，聽得很清楚。」

韓檢察官再次拿起對講機：

「大家都聽得清楚我的聲音吧？」

「是的，聽得很清楚。」

組員們陸續回覆。

「大家都很清楚凶手的長相。只要人一出現就馬上回報。」

「是，明白。」

「請注意。我再說一遍，為了避免再出現下一名被害者，要在案發之前逮捕殺人犯。不要忘記保護被害者的人身安全為最優先。當然大家也都要小心，不要受傷，更不能死……不能受傷。我們必須讓凶手供出過去幾椿命案的證據，所以一定要活捉犯人。如果凶手超過預測的案發時間都還沒出現，為避免有什麼意外，大家就各自分散到事先分配好的區域。拜託各位了。」

「收到，檢察官。」

韓檢察官放下無線電對講機，望著南巡警說道：

「開始吧。」

南巡警毅然決然地看著韓檢察官，點了點頭。

●

一輛車開進住宅區停了下來，沒多久，戴著毛線帽的朱明根從駕駛座下車，戴上醫師動手術時會戴的乳膠手套，手裡拿著口罩和護目鏡。

朱明根離開住宅區後，走向有著聲色場所的鬧區。他刻意挑沒有監視器的地方走，熟門熟路的模樣像是已經來過很多次。

他穿過鬧區，要進入偏僻的巷弄之前，戴上了口罩和護目鏡。當他要再次出發時，吳七星室長從黑暗中出現擋住了他的去路。

「七星哥，你要幹嘛？」

「理事，不能在這裡。去別的地方吧。」

「什麼意思？接下來只要等就好，快到了，再往前一點……」

「警察已經在那裡埋伏了。」

「什麼？警察在那？真的嗎？」

「我不是說過了嗎？那個能預見未來屍體的警察發現了地點。今天就先回去吧。」

「媽的！我說過不行了。今天一定要獻上祭品。如果不遵守獻祭的日期，我不知道會發生什麼事，搞不好我的靈魂會被奪走！」

朱明根生氣地拿下臉上的護目鏡和口罩。

「怎麼可能會……總之，不可以在這裡。如果理事堅持要過去會馬上被逮捕。」

「可惡。好，我就知道會這樣，所以事先看好另一個地方。」

朱明根從原路返回，朝另一個方向走去。吳室長從後方注視著朱明根，直到看不見他的身影，才又再次消失在黑暗中。

南巡警和韓檢察官躲在暗巷裡，距離犯案地點有一段距離。預測的犯案時間一到，他們就看到一位女性搖搖晃晃地走過來，是南巡警先前在超自然現象裡見過的人。

「檢察官，被害人走向犯罪現場了。」

「再觀察一下。」

南巡警感覺到凶手即將就要出現。他反覆強烈地提醒自己，無論發生任何事，救被害者是首要工作。南巡警以絕對不會放過凶手的眼神，注視著預測的案發地點，而他手裡握著的是裝好子彈的手槍。

當女性搖搖晃晃走到預期的案發地點時，雨勢突然變大。那名女性慌張地用包包遮住頭想要跑，但由於她喝醉了，只能在原地搖搖晃晃的亂跳。

南巡警看著她走進預期的案發地點，便從黑暗中站出來做好追上前的準備。但卻什麼事都沒發生。眼見時間過去，殺人犯卻遲遲未現身。韓檢察官安靜地走到南巡警身後，說道：

「果然不是這裡。」

「看來是這樣。要聯絡其他組員嗎？」

「我來吧。」

韓檢察官用對講機向組員們傳達了情況。

「我是韓檢察官。人沒有出現在這裡。」

「我是都警監。這裡到目前為止也沒有出現異狀。」

所有的組員都表示沒看到殺人犯的蹤影。

「那我們再觀察十分鐘，假如十分鐘後沒有出現異常，我們就移動到別的地方。」

等組員們陸續回覆收到後，韓檢察官問道：

「南巡警，確定不是這裡吧？」

「好像是這樣沒錯。如果他也沒出現在其他地方，表示凶手的犯案模式改變了。」

「這下麻煩了，我們沒辦法查看那麼多地點……。」

「我們去巡一下警監預測的地點，如果那裡也沒有的話……。」

「凶手出現了。現在立刻進行逮捕行動。」

對講機裡傳來安警衛急迫的聲音。

「檢察官，是安敏浩刑警。他在的地方距離這裡只有一個街區。」

「南巡警，你先趕過去。我開車隨後到。」

南巡警沒有回答，點了點頭後立刻動作。

●

一名撐著雨傘的嬌小女性站在巷子前猶豫著。這條暗巷是直接通往大馬路的捷徑，但要一名女性獨自穿過暗巷，很難不感到害怕。她猶豫片刻後，雙手緊握雨傘跑了起來。

一踏進黑暗之中，她的身影很快地被吞沒，只剩下踩踏地面積水的響亮聲音。就在這時，在她快速奔跑的腳步聲之外，又出現了另一個腳步聲。她吃驚地停下腳步，但黑暗之中只聽得到雨滴落在地上的聲音。

一道閃電劃過，落入水坑的大雨清晰可見，在那一剎那，在電線桿旁邊的羅相南警官摀住了她的嘴。他急忙用手電筒照著她的臉，小聲說道：

「我是警察。請不要尖叫，先不要動。」

她眨著圓圓的眼睛點了點頭。這時候，傳來了「喀嚓喀嚓」的神祕腳步聲。是藏身在黑暗中等待女性上門的朱明根。羅警查一聽到聲音，急忙關掉手電筒。

朱明根突然聽不到女性跑過來的腳步聲，於是謹慎地走出藏身處。他緩慢地走向腳步聲消失的地方。突然間，他停下了腳步。因為他看到掉在巷子裡的雨傘，直覺告訴他事情不對勁，他警覺地四處張望。

就在這時，安警衛從後方迅速撲向朱明根，大喊：

「抓到了！羅警查，我抓到了！」

安警衛從後方抱住朱明根，兩人一起向前摔倒。羅警查聽到安警衛的呼喊，立刻衝了過來，想抓住倒在地上的朱明根。

「嗚呃！」

但就在這時，一陣噠噠噠的腳步聲，有人跑了過來，側踢羅警查的肋骨。

羅警查摀著肚子往旁邊倒下，安警衛看到羅警查被來歷不明的男人踢倒在地，急忙站起身來，但是對方又一腳踹向安警衛的臉，安警衛沒來得及看清對方的長相便向後摔倒。

「快起來！」

男人看見朱明根站起後大叫：

「快跑！不要回頭，一直跑！」

話還沒說完，朱明根就已消失在黑暗中。羅警查抱著肚子站起來，想還給來歷不明的男人一拳，但身手矯健的他迅速彎腰避開拳頭，還順道踢了正試圖爬起來的安警衛的肋骨。安警衛再次滾到地面。

羅警查立刻從後面跑過來，用力抱起那名男人，將他直接摔到地上。那男人的頭和肩膀撞在地面，奮力向前爬想拉開與羅警查的距離。那男人和朱明根一樣戴著毛線帽、護目鏡和口罩，無法辨認身分。

男人注視著羅警查，作勢要站起身卻迅速地轉身逃跑。羅警查立刻追了上去。安警衛也抱著肚子站起來，朝朱明根逃跑的方向追去。

這時候，崔警衛和朴巡警正從對面跑過來。安警衛指著朱明根逃跑的方向，對崔警衛喊道：

「崔刑警，他逃到那邊的住宅區去了！快追！」

「好！」

崔警衛朝安警衛指的住宅區方向跑去，朴巡警則走近安警衛，問道：

「安刑警，你還好嗎？」

「朴刑警，差點遇害的女性應該還在後面，妳先護送她回家。」

「好，我會的。你自己小心。」

安刑警點點頭，抱著肚子跑向住宅區。

當南巡警到達現場時，只剩下被害女性和朴巡警。幸好在朴巡警的陪伴下，那名女性看起來很平靜。

「朴刑警，這位小姐沒事吧？」

「是的，她沒事。比起這個……」

「狀況如何了？他往哪裡跑？」

「他逃往那邊的住宅區。你可以用無線電聯絡安刑警，他們正在追。」

「知道了，檢察官很快就會趕來。妳們先去安全的地方。」

「我會的。你快去吧。」

南巡警立刻朝朴巡警指的方向狂奔，同時用無線電聯絡安警衛。

「安刑警，你現在在哪裡？」

無線電那端傳來了安警衛粗重的呼吸聲。

「這裡……我不知道具體的位置。啊！旁邊有座大教堂。」

「我是崔友哲警衛。嫌犯開紅色ＢＭＷ逃跑，車牌224-DA-862，正往論峴十字路口移動。請求支援。」

對講機傳來崔警衛的聲音。南巡警一聽到便立刻跑向馬路。這時，韓檢察官用對講機問道：

「南巡警，你現在在哪裡？」

「檢察官，我現在要去論峴十字路口。妳有聽到崔刑警的回報了吧？」

「聽到了。你還在案發現場吧？原地等我一下。我馬上開車過去。」

「喔，好的，那我在這裡等。」

南巡警東張西望地等待著韓檢察官，沒過多久，從後面傳來了警笛聲。南巡警抓緊時間坐上副駕駛座。

「檢察官，快走吧。」

「等一下，我已經請監視器管制中心查詢來往車輛，應該很快就能鎖定可疑車輛的位置。」

「真的嗎？不愧是檢察官。」

韓檢察官開來這裡的同時，已經向管制中心要求通緝可疑車輛。

沒過多久電話就響起。韓檢察官立刻按下接聽，轉成擴音模式。

「我是監控中心主任。」

「辛苦了。」

「這邊已經掌握到您要求的可疑車輛的位置。那輛車剛經過論峴十字路口，正開往江南大路方向。」

「請不要掛斷電話，持續提供追蹤狀況。」

「是，檢察官。」

車出發沒幾分鐘，管制中心負責人再次開口：

「檢察官，可疑車輛進入了主日大樓的停車場。」

「主日大樓？」

「是的，檢察官。」

「謝謝。如果發現可疑車輛有動作，請再聯絡我。」

「明白。」

掛斷電話的韓檢察官看著南巡警，說道：

「如果是主日大樓的話，那應該就是朱明根沒錯。」

「沒錯。不出所料，主日大樓是他的基地。」

「用無線電聯絡其他組員，要大家到主日大樓集合。」

「好的，檢察官。」

南巡警用無線電對講機通知了其他組員。

二〇〇五年二月

徐弼監警衛和李延佑警衛進入了內部調查科辦公室。

「你在那裡坐一下。」

「好的。」

李延佑警衛打量著環境，坐到椅子上。

「這裡很暗吧？」

「不會。其他刑警都不在嗎？」

「沒有其他人了。原本只有我和班長，啊，本來還有另外兩個人，不過一個申請調到其他部門，一個去年夏天……在追捕殺人犯的現場……。」

「啊……原來如此，在那之後，這裡一直都只有你們兩位嗎？」

「我申請了增派人力，但沒下文。就是要我們別做事的意思。」

徐警衛望著韓東卓班長的位子苦笑。

「啊！在這裡。」

他一邊說著，一邊拿出了一個文件夾。

「你看看。這些是現場照片。」

徐警衛把文件夾遞給李延佑警衛。李警衛打開文件夾，仔細查看每一張照片。

「應該是最後那張照片。」

「這張嗎？」

「沒錯。發現的時候上方有鋼筋被擋住了，所以看不太到。」

「那是怎麼發現的？」

「因為懷疑是他殺，所以仔細查了出現遺書的七樓工地內部。班長跳下去的地方太乾淨，很難不懷疑。」

「原來。從照片上來看，案發現場的地面整理得非常乾淨。」

「對吧？我覺得班長一定有留下線索，但什麼都沒找到。正想放棄的時候，就看到了這個死亡訊息。」

「幸好是被你發現。」

「你看得懂訊息內容嗎？」

「後面有點模糊，看不太清楚，但這是暗號沒錯。」

「暗號？」

「是的，這是只有我們才看得懂的暗號。很簡單，只是用數字和英語代替了韓文的子音和母音而已。」

「什麼意思？」

李警衛指著照片中的字，在空中比畫。

「你看這裡，h4g……我看不清楚下一個字母到底是7還是9。h是子音『ng』，4是『o』，g是『s』。拼出來的字就是韓文中『五』的音。後面那個字母如果是7，那就是『yu』，如果是9就是『i』。最後一個是『a』，大概寫到這裡，他就寫不下去了……」

「會不會是英文的h？」

「如果是h，那就是子音『ng』。湊起來的字就是『五雄』或『五幸』。」

「五雄？應該是五幸。五幸，是什麼意思？你知道嗎？」

「我也沒聽過。五幸……是人名嗎？又或者是公司名稱？喔，等一下。如果這個字是英語的b，那就是『五新』。」

「五新？聽起來比五幸更有可能。你有想起什麼嗎？」

「沒有，我也是第一次聽到這個詞。會不會是提供餐廳聚會情報的那個人？你知道他是誰嗎？」

徐警衛搖頭答道：

「我不知道對方是誰。班長也沒跟你說吧？」

「對，班長也沒告訴我。我想當務之急是找出那個提供情報的人。」

徐警衛點點頭，問道：

「那暗號是什麼？是只有你們才知道的密碼嗎？」

「不是的。這是我前輩教我的案件記錄方法。」

「是嗎？那班長為什麼會用暗號留訊息？」

「他以前看到我的案件記錄筆記時有問過我，我告訴了他這個方法，他很快學會了，偶爾還會用暗號傳訊息給我。他可能不希望別人看出來，才會用暗號留下訊息。」

「那麼，叫『五新』的這個人很有可能是殺害班長的凶手。太好了。既然找到了線索，我要快點向上級報告，開始調查……」

「不行。」

「啊？為什麼？」

「先等等看這次調查結果怎樣吧。要是太大意，徐警衛你可能會有危險。」

「什麼意思？我們內部有間諜嗎？」

「等調查結果出來就知道了。看他們會是以單純的自殺結案，還是轉為謀殺重啟調查。徐警衛你先靜觀其變，再決定下一步怎麼做。在那之前，先專心找出『五新』是什麼吧。」

「我知道了。就這麼辦吧。」

「我也會幫忙的。」

徐警衛看著李警衛點點頭。

現在。本部命案D－1

韓檢察官將車停在了主日大樓附近，等待組員們過來集合。南巡警等不及，開口說道：

「檢察官，繼續等可能會錯過。直接進去抓住凶手吧。已經確定就是朱明根了啊。」

「我知道，但是你看那邊。裡頭的保全不只一兩個人，憑我們兩個不可能就這樣進去。等其他組員來了一起討論吧。」

「在這段時間，他就有機會逃到別的地方。沒有搜查令，我們也無法搜查這棟大樓。還是現在直接進去找證據吧。」

「如果硬是闖進去最後失敗了，只會讓我們的行動曝光。」

這時，手機發出震動聲。

「等一下。是警監的電話。」

韓檢察官轉成擴音模式，接起電話：

「都警監，你在哪裡？」

「檢察官，崔警衛和安警衛被兇手攻擊，兩人沒有生命危險，但都昏過去了，正在送往醫院的路上。」

韓檢察官和南巡警大吃一驚，沉默著互看一眼。韓檢察官眨著瞪大的圓眼，搖了搖頭。

「他們昏倒了？沒事吧？」

「只是輕傷，沒有生命危險，所以不用擔心。但我聯絡不上羅警查，我很擔心他。」

「聯絡不上羅警查嗎？糟糕。警監，你到醫院後再告訴我情況。」

「知道了，檢察官。」

「警監，我是南巡警。目前沒有能前來支援的人嗎？」

「是啊，還沒有……檢察官，這次先到此為止吧。沒出現被害者已經是萬幸了，還會有機會抓住他的。」

「警監……。」

韓檢察官看著南巡警。

「只靠南巡警和檢察官太勉強了。」

「我知道，但是……」

「南巡警，你在聽嗎？帶檢察官回本部，知道嗎？」

南巡警將臉湊到手機前，回答道：

「我知道了，警監。」

「那我掛電話了。」

電話掛斷，兩人靜默了一陣子。南巡警觀察著韓檢察官的表情，小心翼翼地開口：

「檢察官，我們進去吧。」

「什麼？你剛剛沒聽到警監說的話嗎？」

「我聽到了。但如果這次不行動，可能就永遠抓不到他了。」

「下次……」

「凶手現在已經知道了我們的身分和行動，甚至還對刑警動手，也許沒有下次機會了。就算只有我們兩個也應該試著逮捕他，對吧？」

「我們進得去嗎？」

「我想過了。妳覺得這個方法如何？」

南巡警向韓檢察官說明進入停車場的方法。

「行得通嗎？還有，你真的可以嗎？」

「我沒關係的。檢察官，試試看吧。比起就這樣放棄，按計畫進行不是更好嗎？」

「嗯……。但一個人還是太危險了。」

「誰都無法保證下次一定能抓到他，這也許是我們最後的機會。」

「可是……。好吧，我知道了。」

韓檢察官將車開到主日大樓停車場入口。車一到了停車場出入口柵欄前，一名身穿黑西裝的保全便走了出來，問道：

「請問有什麼事嗎？」

韓檢察官放下玻璃車窗，拿出檢察官證件說道：

「我是首爾地方檢察廳的檢察官。」

保全彎腰問候：

「啊！檢察官您好。」

「我來見你們社長，把柵欄升起來。」

「能請您稍等一下嗎？我確認後馬上幫您開門。」

「我要遲到了，快點讓我進去。」

保全急忙從口袋裡拿出無線電，向某人問道：

「這裡有位韓檢察官……檢察官，請問您的全名是？」

「真的沒有時間了。我是韓瑞律檢察官。」

「她說是首爾地檢的韓瑞律檢察官，要來見社長，請確認。」

「喂，我叫你把柵欄升起來。」

「對不起。請稍等一下，檢察官。」

「可是，我……欸？怎麼會這樣？」

這時，韓檢察官的車突然加速，硬生生撞斷柵欄衝向停車場，直到開進停車場裡才停了下來。韓檢察官把頭探出窗外，一臉困惑地說道：

「抱歉，我也不知道為什麼……喔！又來了……」

韓檢察官話還沒說完，車又發出轟隆巨響，猛然向前衝。保全驚慌失措跟在車子後方查看情況，之後拿起對講機回報。

「有車擅自闖入停車場。可能是車輛失速衝撞事故。有名檢察官在車上，叫其他人員注意，儘快讓那輛車停下來！」

韓檢察官的車逐漸加快速度，在地下停車場內不斷地暴衝。停車場內的保全們也被轟隆聲嚇得跑了出來。車子開開停停，在地下停車場內轉了一圈才好不容易停下來。

保全們不敢靠近車子，只能跟在後方查看，直到車完全靜止，一名保全才趕快打開車門查看車裡的情況。

「您還好嗎？」

「喔，對不起。我沒關係。車總算停了。」

「快拿下車鑰匙。」

「啊！好。」

韓檢察官打成停車檔後，拔出了車鑰匙。

「有沒有受傷？」

「我沒事。但是怎麼辦？柵欄壞了……。我會賠償的，請別擔心。」

「沒關係。請先下車。我們把車安全停好後，會交給維修中心。」

「真的嗎？很感謝你的幫忙。」

韓檢察官下車環顧了一下四周，這時，另一名保全走到韓檢察官面前說：

「檢察官，我來為您帶路。請跟我走。」

「去哪裡？」

「您不是說要和社長見面？」

「啊！沒錯。」

「社長交代我好好接待您。」

「你說朱必相……社長嗎？」

「是的，檢察官。請跟我來。」

韓檢察官微微露出困惑的表情，跟在保全後面。

第8話
他們的重逢

南始甫巡警躲在停放的車輛之間，觀察著與保全一塊離去的韓瑞律檢察官。

不久前，主日大樓前的車內

韓檢察官聽了南巡警的計畫後疑惑問道：

「這樣真的能行得通嗎？」

「聽說有一些檢察官經常出入這裡，也許可以。只是不確定能不能馬上進去。」

「會不會反而像是大聲昭告我們來了？」

「對方已經知道我們的真實身分，乾脆試試看吧。如果行不通，就硬闖進去。」

「硬闖嗎？這樣會鬧更大吧。」

「得用不會鬧大的方法。」

「什麼方法？」

南巡警提議讓對方覺得駕駛是因為不熟練或車子突然失控撞斷柵欄衝進去。之後在保全看不到的地方偷偷下車後再潛入。

「好，就算真的這樣進去了，你一個人沒問題嗎？他們打傷了安警衛和崔警衛，而且人數不少。南巡警你自己行動太危險了。」

「現在可能只有朱明根自己在家，所以我們必須動作快，要在共犯來到這裡之前抓住他。我會抓到他，然後開車離開大樓。」

「我們還是想其他的辦法吧。這個計畫太危險了。」

「那我去查看朱明根在不在，在的話就聯絡檢察官，這樣警察就能進去抓人了。可以先拜託科長協助，怎麼樣？」

南巡警用懇切的眼神看著韓檢察官。

「我知道了，就那麼做吧。但是，你只能查看朱明根在不在裡面，抓人的事等支援警力到了才能進行，千萬不能衝動行事，知道了嗎？你答應我。」

「是，我會的。」

「我先請求支援之後再行動。」

南巡警趁車停下來時偷偷從後座下車，躲進其他停放的車輛之間，沿著車輛通道來到了臨時建築物所在的地下三樓。

他進入地下三樓後，在臨時建築物前看到了紅色ＢＭＷ。從車牌號碼看來正是在尋找的可疑車輛。南巡警小心翼翼地接近，車內沒人。為了確認車門能不能打開，他小心地拉住門把。

喀噠！

車門開了。他輕輕地打開門往裡看，這時不知從哪裡傳來了沉重的聲音。他急忙關上車門躲起來，再慢慢抬起頭觀察四周。是臨時建築物鐵門打開的聲音。

從裡頭走出來的不是別人，正是朱明根。朱明根沒戴毛帽，穿著與在超自然現象中看到的也不一樣。南巡警立刻跑向朱明根。

「朱明根！」

「啊！搞什麼啊？」

朱明根大吃一驚回頭看。

「你是誰？你是怎麼進來的？」

南巡警朝他走近，問道：

「你是朱明根嗎？」

「你到底是誰？怎麼會認識我？」

南巡警一把抓住朱明根的手臂，用迅雷不及掩耳的速度將手銬銬上了他的手腕。

「你在做什麼？」

「不要動。」

朱明根想甩開南巡警的手，南巡警立刻彎折他的手臂，將手銬上鎖。

「你想幹嘛？」

「朱明根，我現在以連續殺人案嫌犯的身分緊急逮捕你。你有權保持沉默，也可以聘請律師，但你所說的每一句話都可以在法庭上作為指控你的不利證據。」

「呃！媽的！你竟然在這裡逮捕我？」

「到此為止了，現在跟我走吧。」

「好！我倒要看看你能不能離開這裡？」

南巡警拉著朱明根走向臨時建築物，打算去尋找證物。

「你要拉我去哪裡？不是說要去警察局嗎？」

「安靜跟我來。」

「換成是你這種時候還能安靜嗎？」

「哎……。你再繼續囂張啊。你把凶器藏在哪裡？」

朱明根露出嘲笑的臉，瞪了南巡警一眼。

「搞笑嗎？竟然問我？」

「好吧。那就閉嘴乖乖跟我走。」

南巡警拉著朱明根的手臂走進臨時建築物內，裡頭伸手不見五指。南巡警找到開關，開了燈。空蕩蕩的空間裡，只放著一個孤零零的保險箱。

「什麼啊。只有這個嗎？」

「哪個？快帶我去警察局啊！幹嘛進來？」

朱明根大吵大鬧著要出去。南巡警抓住朱明根的後頸，用蠻力將他拖到了保險箱前。

「你竟然動手？警察可以這樣的嗎？」

「給我安靜。」

保險箱上了鎖。

「密碼多少？」

「我哪會知道？」

「你不說？」

「……。」

「很好。」

南巡警伸腳踢了朱明根的腿，讓他撲通跪地。

「媽的！竟然這樣對我，你死定了。」

「我覺得會死定的是你。安靜。」

南巡警拿出手機打給了韓檢察官，但電話不通，於是他打開相機拍下了朱明根，將照片傳出去。

「幹嘛拍我？」

「閉嘴！」

南巡警查看了臨時建築物裡，想找東西撬開保險箱門。這時候，他在進來的門旁看到有人靠坐在牆上，他嚇了一跳，後退了幾步。

「哇！搞什麼……」

朱明根也被他嚇到，瞪了他一眼，說道：

「嚇死人了！幹嘛突然大叫？害我也被嚇到。」

「怎麼會，什麼時候出現在那裡的？」

「你在說什麼？去你的……」

南巡警瞪著碎碎念的朱明根，說道：

「你不需要知道我在說什麼，給我安靜就對了。」

南巡警慢慢地走到門前。

「喂！你去哪裡啦？要走的話先把我的手銬解開啊，臭小子！」

那個人是突然出現的，看來是屍體幻影。南巡警第一眼注意到的是屍體幻影被血染紅的襯衫。他靠近屍體幻影，一眼就認出了他的身分。

「什麼？他會死在這裡嗎？」

密閉又空蕩的空間，南巡警的聲音響起了很大的回音。

「你說什麼？誰死了？我會死在這裡？你要殺了我嗎？你是誰？你不是警察？該不會是爸爸派你來的吧？還是惡靈？不會的，還有機會，你告訴惡靈請再給我一次機會，好嗎？」

朱明根胡言亂語，南巡警只是沉默地看著他。

「……我只是犯了一次錯，不能這樣對我吧？對嗎？我明天就會獻上祭品，拜託再給我一次機會。我錯了。我應該更小心的，我不知道那些傢伙怎麼知道……。請幫我向惡靈好好解釋，好嗎？求求你。」

朱明根跪在地上瑟瑟發抖，苦苦哀求著。南巡警不理會他，觀察起屍體幻影的眼睛。南巡警瞬間眼皮跳動，他抬頭看著天花板左右晃了一下頭，再次彎腰觀察屍體幻影的眼睛。

「你在那裡幹嘛？你有聽到我說話嗎？拜託你好好跟惡靈說，我不會再失手了。聽到了嗎？要不然我現在立刻獻上祭品。請饒我一命，好嗎？拜託……求求你。」

南巡警再次看著朱明根，說道：

「朱明根，如果你想活命，就打開那個保險箱。」

「打開就會饒我一命嗎？」

原本渾身顫抖的朱明根，突然惡狠狠地瞪著南巡警：

「你到底是誰？警察嗎？還是爸爸派來的人？你真的是惡靈派來的嗎？」

「你希望我是誰？」

「你在跟我開玩笑嗎？」

「我沒有開玩笑。如果想活命，就立刻打開保險箱。」

朱明根凶狠的眼神又瞬間轉變為哀求：

「打開就真的會饒我一命嗎？」

「好，會饒你一命的。」

「謝謝。真的非常謝謝。密碼是1212。」

「什麼？密碼這麼簡單……。」

南巡警立即打開保險箱，裡面裝著衣服，毛線帽和護目鏡，還有刻著星形圖案的鐵塊。南巡警用衣袖包起鐵塊，放進上衣口袋。口袋因沉重的鐵塊而往下垂。

「出去吧。」

「你不是說會饒我一命嗎？幫我解開手銬吧。」

「我說會饒你一命，但沒說過會放了你啊？」

「什麼？你是警察嗎？」

「我答應過會饒你一命。乖乖聽話。」

南巡警靠近朱明根的耳邊說了些什麼，朱明根聽到立刻瞪大眼睛看著他：

「你說什麼？瘋子，你說什麼？」

「我不是瘋子。我說過會救你一命。不要擔心。」

「你是誰？你到底是誰？你憑什麼……啊！你是惡靈嗎？你終於現身了？對不起。我一定會想辦法儘快獻上祭品。請再給我一點時間……」

「吵死了。安靜跟我走。」

這時，臨時建築物外頭傳來了聲音，似乎有車開進來。南巡警將食指放在嘴上說道：

「想活下去，就給我安靜，知道沒？」

朱明根緊閉雙唇點點頭。南巡警走到門口傾聽外面的聲音，並將燈關上。臨時建築物內頓時一片漆黑。這時候，不知是誰的腳步聲越來越靠近。

叩叩叩！

叩叩叩！

「進來。」

門開了，韓瑞律檢察官走了進來。

「檢察官，歡迎。」

「你好。」

「請坐。」

朱必相坐在沙發上用內線命人送茶近來，韓檢察官則趁機打量房間，尷尬地站著。

「檢察官，不要站著，坐吧。」

韓檢察官這才坐進沙發。

「一大清早過來找我，有什麼急事嗎？」

「有個殺人嫌犯躲進這棟大樓裡，我來請你配合調查。」

「殺人嫌犯？真的嗎？那當然得幫忙了。可是……要是這棟大樓裡有嫌犯的消息傳出去，有點……」

「不用擔心，我們會低調處理。」

「這樣啊，那我要怎麼幫忙？」

「請配合讓警察進入大樓搜查。」

「你們該不會是想搜查整棟大樓吧？」

「這會讓你很為難嗎？」

「檢察官這不是明知故問嗎？大家都是明理人，只要不影響營業，我們就配合。」

「也是。我知道了，就這麼辦吧。那我就告辭了……。」

韓檢察官匆匆起身。

「為什麼這麼急？喝杯茶再走吧。喔，正好送來了。」

敲門聲響起，祕書開門端著茶走進房內。

「不用了，我還要……」

朱必相表情突然變得冷硬，抬頭用銳利的視線盯著韓檢察官：

「韓瑞律檢察官，請坐。」

「什麼？」

「請坐下。」

朱必相原先扭曲的表情，瞬間換上微笑。

「有什麼話要對我說嗎？」

「請給我一點時間。」

韓檢察官再次坐了下來，祕書放下茶後退出門外。

「來，喝吧。」

「不用了。有什麼事快說吧。」

「怎麼？妳決定去大檢察廳了嗎？」

「你說什麼……？」

「檢察官還沒聽說嗎？」

「什麼？你是怎麼知道的？」

「原來已經跟妳說了啊。恭喜。從統營升遷到大檢察廳可不常見呢？不是嗎？」

「我問你是怎麼知道的。」

「檢察官，我好歹是個社長。請叫我朱社長。妳好像還不太了解我。在首爾地檢工作時沒聽說過關於我的事嗎？應該有傳聞說過，我對檢方的情報瞭若指掌才對。」

朱必相雙手拍了一下沙發，放聲大笑。

「是你去動手腳的？」

「哎喲，現在終於聽懂啦？不是動手腳，只是提出一個小小的請求。」

「為什麼要那麼做？」

「還能為什麼？能幹的檢察官被降職，我替妳感到惋惜很正常啊，不是嗎？」

「你這話合理嗎？」

「對啊，很不合理是吧？」

朱必相露出狡猾的笑容，接著說：

「不好意思，我只是開個玩笑。其實是因為我兒子的問題。妳也很清楚吧？」

「原來你早就知道了。」

「知道？妳指什麼？我只是聽說連續殺人犯早就落網，但你們還在繼續查我那無辜的兒子，所以我才去說一聲。僅此而已。你們老是沒事找事針對我，我當然必須處理好，省得有後顧之憂。」

「所以你打算把我關進大檢察廳，妨礙調查？」

「要這樣說也沒錯。這樣做對妳好，對我也好。妳可以在大檢察廳累積資歷，慢慢往上爬不是嗎？而我也能喘口氣。」

「怎麼辦呢？我沒有要去大檢察廳……等一下。」

韓檢察官的外套口袋裡傳來震動聲，她拿出手機查看之後，回了封訊息才又繼續說：

「讓我把話說完吧。我決定不去大檢察廳了。」

「什麼意思？不去大檢察廳？天上掉下來的好運，妳卻要一腳踹開？」

「是好運還是惡運，誰知道呢。」

「惡運？哎呀，妳在怕什麼？妳明知道大家都是這樣往上爬的，不是嗎？」

朱必相虛偽地笑著。

「我知道。而且總有一天會悔不當初。難道你不怕？」

「我怕什麼？」

「你似乎是用金錢在操縱檢察機關……最終你依然會自食惡果。」

「自食惡果？難道需要吃下惡果的只有我？檢察官妳好像不太了解這邊的規則。為時未晚，睜大眼睛看清楚吧，去大檢察廳，好好感受一下就會明白了。」

朱必相再次仰起頭，放聲大笑。

「如果有那樣的規則，我還是不知道比較好。我可以走了嗎？」

「韓瑞律檢察官，妳會後悔的。機會來了就應該抓住，錯過就沒有下次了。妳馬上就要見識到地獄了。」

「連你都在威脅我？」

「看來已經有人說過了？我不是威脅，是擔心妳啊。」

「你該擔心的不是我，是你自己吧。那麼告辭了。」

韓檢察官起身，簡單用眼神示意後便離開。朱必相露出苦笑，盯著她的背影直到她消失在眼前。

「理事，您在裡面嗎？」

叩叩！

吳室長再次敲了敲門，說道：

「理事，我要進去了。」

吳室長進來打開了燈，燈亮的瞬間，原本蹲著的南巡警跳上來朝他揮拳。吳室長用單手迅速擋開突如其來的攻擊，並用膝蓋撞擊南巡警的腹部。南巡警痛得彎腰往後退摔倒，吳室長看準時機衝過去，用腳狠踹南巡警的臉。被踹中的南巡警翻滾在地，昏了過去。在一旁傻愣著的朱明根一看到南始甫昏倒，慌忙跑向吳室長。

「哥！你怎麼現在才來？」

「很抱歉，理事您還好嗎？」

「嗯。我沒事。」

吳室長從南巡警的口袋裡找到鑰匙，替朱明根解開了手銬。

「理事必須趕快離開這裡，請上樓簡單收拾行李。我馬上就上去。」

「喔，好。哥，宰了那傢伙，知道吧？一定要宰了他。那傢伙看到了我的印章。啊！媽的！」

朱明根指著南巡警說到一半，看到他身旁掉落的鐵塊，立刻衝過去撿起來舉高，想要砸向南巡警的頭。

「理事！不可以！」

高舉著鐵塊的朱明根回頭瞪了吳室長一眼，問道：

「為什麼？」

「如果在這裡發生命案，社長和理事的處境會更危險。我會安靜處理掉這個人，理事先快點迴避吧。」

「為什麼？馬上處理掉屍體不就好了！」

「沒有時間了。他都來到這裡了，代表其他警察也很快就會過來。」

「啊？你怎麼知道他是警察？」

「我們先換個地方，晚點再說，動作快。這裡交給我處理。你快上去。」

朱明根點頭跑了出去。吳室長揹起倒在地上的南巡警，將他推進ＢＭＷ汽車後座。當吳室長正要走向駕駛座時，一輛車迅速朝他開了過來。吳室長直覺不對，加速跑向駕駛座，但突然一股灰煙冒出，煙霧瞬間包圍。不知道是誰扔了煙霧彈。就在那瞬間，一個戴著防毒面具的人冷不防地出現在吳室長面前。吳室長與戴防毒面具的人打了起來。然而，無法正常呼吸的吳室長被那個人打了幾下胸部和頭部後，很快就癱倒在地。

那個人確定吳室長倒下後，跑到南巡警身旁查看狀況，吳室長搖搖晃晃地從緊急逃生梯逃走。戴著防毒面具的人沒有追吳室長，而是先扶南巡警上車後便離開了停車場。

吳室長沿著逃生梯來到一樓大廳，立即跑向電梯。這時電梯門打開，韓檢察官從電梯裡走了出來。吳室長看了韓檢察官一眼，正要走進電梯時，韓檢察官轉身走向吳室長。

「叔叔！」

吳室長聽到韓檢察官喊他叔叔於是盯著她看。韓檢察官把手伸進原本要關上的電梯門之間，門重新打開。

「叔叔，是我。韓瑞律。」

「韓瑞律……，韓刑警的……女兒？」

「沒錯。我是韓東卓刑警的女兒韓瑞律。」

「抱歉，我現在有事要……。」

韓檢察官從皮夾裡拿出名片遞給吳室長，說道：

「等你有空的時候，請聯絡我。」

「喔……好。」

電梯門再次關閉。吳室長看了看韓檢察官遞給他的名片。

「檢察官……。」

朱明根氣喘吁吁地跑進了住商大樓的房內。他大口喘著氣，瞄了一眼門口後坐在沙發上。他不斷抓著頭，搖頭晃腦，咬著指甲，時不時被外面傳來的細微噪音嚇到。

他突然拍了一下頭從沙發上起身，在客廳裡胡言亂語走來走去時，房裡走出一名短髮男人。

「喂！幹嘛這麼煩人？」

朱明根沒有回答，不斷地在客廳裡走來走去，行為舉止異常。

「喂！我說你很煩！」

短髮男人大聲咆哮，朱明根這才抬頭看著他：

「啊！搞什麼？你跟著我到這裡來了嗎？」

「誰跟著你了？是你叫我來的。」

「我？我哪有？我不需要你！馬上給我滾！」

「好啊，我早知道會這樣。你可真是個可憐蟲。現在怎麼辦？」

「不知道，我不知道。不要連你也惹我生氣，給我滾！」

「我不是早說過了，爸爸才是惡魔。你還要繼續下去嗎？明明有最快的方法，為什麼要搞得那麼複雜？」

「你瘋了嗎？爸爸只是被惡靈奪走靈魂而已。我就是因為要找回他的靈魂才這麼辛苦，你難道不知道嗎？你不是來幫我的話馬上出去。滾開，混帳！」

「瘋子……。是誰發瘋啊？爸爸才是真正的惡靈，是要我說多少次你才會相信？怎麼到現在還搞不清楚？想想你是怎麼被對待的，正常人會做那種事嗎？還是你都忘了？」

「忘了什麼？」

「你真的不知道？」

「我忘了什麼？快說。」

「媽媽的事啊，我們的媽媽！」

短髮男人勃然大怒。

「媽……媽媽？」

「對，臭小子！你全忘了嗎？從那天以後，你變成這樣。沒錯，就是在那天。」

「你在胡說什麼？什麼意思？」

朱明根跑來抓住他的衣領。這時傳來了大門打開的聲音。朱明根嚇得全身一震，立刻看向門口。

「理事，您在做什麼？還沒收拾行李嗎？」

朱明根皺著眉頭對吳室長說：

「七星哥，都怪這傢伙。我正在想應該怎麼做，結果這傢伙跑來找我麻煩。」

「理事，您在說什麼？」

「都是因為這個傢伙！」

朱明根手指著前方喊道。

「您是指誰？」

「就是他啊……啊，那傢伙跑去哪了？」

當朱明根回頭看時，短髮男人已經消失得無影無蹤。

二〇〇五年六月

豔陽高照的下午。車輛陸續停在餐廳前，其中一輛是蔡非盧警衛和蔡利敦議員的車。李延佑警衛和徐弼監警衛一路跟蹤過來，從遠處觀察著他們的一舉一動。

過了一陣子，一輛雙龍汽車開了進來。司機下車打開後座門，UK集團會長沈在哲下了車，整理著衣服並走進餐廳。

從另一輛雙龍汽車走下來的是柳明企業社長柳志明，他沒有馬上進入餐廳，而是在外面等候。沒過多久，一輛現代Grandeur開了進來，柳社長跑到後座打開車門，向下車的男人彎腰鞠躬，問候道：

「科長，您來了。」

「哎呀，不用這樣大費周章……。」

隨行祕書晚一步從副駕駛座下來，站在了柳社長的身後。

「七星啊，你去吃完飯再回來這裡等就行了。」

「好的，科長。」

七星低頭回應。被稱為科長的是中央調查部第一科科長南哲浩檢察官。直到南檢察官走進餐廳大門，七星才抬起頭，而柳社長就跟在南檢察官身後。

七星走到駕駛座旁說了些什麼，然後走向某處。

在車上的李警衛見狀馬上要下車，徐警衛趕緊阻止：

「你要去哪裡？」

「你不知道那個人是誰嗎？」

「誰……。」

二〇〇五年二月

韓東卓班長的葬禮告一段落，幾天後，李延佑警衛來找韓班長的女兒。

「瑞律，爸爸去世前，妳有沒有印象發生過什麼特別的事？」

瑞律眨著眼仔細回想，說道：

「叔叔，爸爸去世的前幾天，有客人來我們家。」

「客人？」

「對，我記得那天雪下得很大。那個人說自己是爸爸的朋友……不對，爸爸的後輩。」

「後輩？他說那個人是刑警嗎？」

「對啊。啊，他還有來參加葬禮。」

「真的嗎？妳還記得那位刑警的名字嗎？」

「名字？名字……」

瑞律又眨了眨眼試圖回想。

「慢慢想。沒關係。」

「啊！我想起來了。吳民錫……。他進來家裡的時候，說自己叫吳民錫。」

「瑞律的記憶力真好，真聰明。還有想起其他的事嗎？妳有聽見爸爸和吳民錫刑警聊了什麼嗎？」

「沒有，我進房間了，什麼都沒聽見，他們有時候會大聲說話。」

「這樣啊……。那妳還記得吳民錫長什麼樣子嗎？」

「嗯，我記得。」

「是嗎？那太好了。」

「他是吳民錫。瑞律說監視器畫面裡那個叫吳民錫的人，和他長得一模一樣。」

「不是說吳民錫是刑警嗎？」

「對啊，我得親自去確認看看。」

「他有可能是殺人犯。你現在出面很危險。」

徐警衛抓住李警衛的肩膀，試圖阻止他。

「如果班長讓他進到家裡，還向女兒介紹是後輩的話，那應該不是殺人犯。而且那個人還去了葬禮。我想對於韓警監的死，他應該知道點什麼。」

「但我還是覺得這麼做不太好……。」

徐警衛歪頭猶豫不決，但還是鬆開了抓住李警衛肩膀的手。

「你留在這裡繼續觀察，我自己去找他。」

「好，你小心。」

李警衛點點頭下了車。

現在。本部命案D－1／主日大樓命案D－7

吳室長對朱明根的話置若罔聞，逕自走進房間。

「七星哥，是真的。他剛才還在客廳。你知道他對我說了什麼嗎？」

吳室長不發一語，開始將朱明根的衣服裝進行李袋。

「你聽我說。他說爸爸是惡魔，還說只要爸爸不在就能解決所有問題。那小子是不是瘋了？就算是我的雙胞胎弟弟，這樣講也太過分了。你想想辦法吧。那個瘋子真的是……」

吳室長收拾著行李，提高了嗓門對朱明根說道：

「理事！您到底在說什麼？上次也是這樣……」

「你還問我？你沒聽懂我說的話嗎？我的雙胞胎弟弟真的這樣對我說！那小子一定是瘋了！」

朱明根在吳室長的耳邊大吼大叫，吳室長後退一步，怒吼道：

「朱明根！清醒一點！你哪來的弟弟？」

「啊？七星哥你瘋啦？我叫你哥哥，你就囂張起來了？還是你仗著自己救了我就對我擺架子？」

吳室長走近朱明根，用力抓住他兩邊的肩膀說道：

「理事，聽清楚。您沒有雙胞胎弟弟，您是獨生子。明白了嗎？」

朱明根甩開吳室長的手，乾笑著並後退了幾步：

「你在說什麼？哎喲，表情這麼認真，差點被你騙了。別開玩笑了，無聊。他剛才還在客廳裡，應該是去廁所了。我去把那傢伙帶過來，你就會相信我的話……。」

朱明根正要離開房間，吳室長抓住他的手臂：

「理事，拜託……不，我知道了，我相信您。但是我們快沒時間了，必須趕快離開這裡。」

「要去哪裡？」

「反正一定要離開這裡，去哪裡都行。動作快。」

「知道了。不過怎麼辦？我沒有獻上祭品，惡靈隨時會來奪走我的靈魂。七星哥，你會救我吧？哥應該做得到吧？還是我們現在去獻祭吧。是啊，那這麼決定了。快點！」

吳室長更用力抓住他，說道：

「理事，不可以。先不要管惡靈或祭品了，這樣下去真的很危險。警察都來到門口了，要是在這裡被抓就前功盡棄了。趁現在還來得及……。」

朱明根的眼神瞬間改變，靠近吳室長低聲說道：

「七星哥，看來真的就像弟弟說的，爸爸才是惡靈。沒錯，這一切都是因為爸爸才發生的，對吧？所以你幫幫我吧。好嗎？」

吳室長抓住朱明根的雙手，用哀求的眼神看著他。

「理事，拜託您……。沒有惡靈，社長也不是惡靈，他是您的父親。如果您是因為夫人才這樣，我不是已經告訴您了嗎？夫人沒有拋棄您，而是去世了。所以不需要惡靈和祭品，理事只要去美國待一陣子再回來就可以了。到那時，一切都會安排妥當。」

朱明根甩開吳室長的手大聲喊道：

「安排？要安排什麼？你有去找我媽的墳墓嗎？」

「是的。社長將她安置在靈骨塔……。」

「靈骨塔在哪？不，我們直接去吧。」

我聽到鬧哄哄的聲音，雖然睜開了眼睛，但眼前卻是一片漆黑。就在這時，不知從哪裡冒出了灰煙。我能感覺有人在叫我的名字，還試著要搖醒我……。所以說，我還沒醒嗎？還是我在做夢？

始甫，醒醒。

這聲音……該不會是……。

你沒事嗎？南始甫？快起來。

這聲音……真的是組長。

組長！

你這傢伙怎麼還不醒來？喂！南始甫！

組長，是你嗎？

閔組長好像聽不到我的聲音。但是搖醒我的人的確是閔宇直組長沒錯。他恢復意識了，原來如此。

南始甫，醒醒！

「啊！組長！」

我總算睜開了眼睛。坐在眼前的是韓瑞律檢察官。

「南巡警，你還好嗎？」

我抱著一絲希望轉頭查看，但只看見呆看著我的徐道慶總警。

「組長呢？組長在哪裡？我明明……」

「南巡警，你作夢了嗎？」

「夢？所以……」

徐總警輕輕抓住我的手臂，低聲說道：

「南始甫巡警，你還好嗎？你一直在呢喃，好像夢見了閔系長。」

「啊，原來是這樣啊？組長還在加護病房。」

「什麼……。啊……是啊。我好像作了個夢。」

彷彿被絕望敲醒一般，我這才從朦朧之中回到現實。

「你真的沒事吧？差點就要出大事了，早就勸過你不要勉強。」

韓檢察官皺著眉頭看著我。現在的我躺在急診室的病床上。我一坐起身，徐總警就拉住我的手：

「南巡警，可以告訴我發生了什麼事嗎？」

「抱歉，科長。我逮捕了朱明根，還找到了證物，但是突然出現了一個稱呼朱明根『理事』的人，結果讓朱明根給跑了，好像還被他打了……。」

被打中的下巴突然一陣劇痛，我說不下去，用手摸了摸下巴。

「我看到了你傳來的照片，這樣就夠了。那個人好像要把你帶走，幸好我們及時阻止了。要是檢察官晚一步聯絡，可能就來不及救你了。」

「最後沒抓到他嗎？」

「是啊，讓他給跑了。」

「是科長救了我嗎？謝謝……」

「不是我……你知道特警隊的尹鎮警衛吧？」

「是，我知道，原來是他……。對不起，科長。都怪我逞強才讓事情變成這樣。」

「南巡警，不要緊。別這樣說。」

「沒錯，南巡警，幸好你沒出事。」

「南巡警，你有看到幫朱明根的那個人長怎樣嗎？」

「有，科長。雖然只是一瞬間，但看眼睛就知道絕對就是那個人。」

「你是指誰？」

我轉頭看向韓檢察官時，差點撞上她的臉。

「喔！南巡警，對不起。」

滿臉通紅的檢察官往後退了幾步。

「沒事，檢察官。」

我也覺得臉頰發燙，趕忙轉過頭。

「南巡警，你繼續說。那個人是誰？」

「啊，是在A點被害者的屍體幻影眼睛裡看到的那個人。眉毛和眼睛的形狀一模一樣。他們肯定是凶手和共犯的關係。朱明根稱呼他哥。」

「哥？應該不是他的親哥哥。」

韓檢察官回應徐總警的話：

「沒錯。朱明根沒有親兄弟。也許是朱必相的心腹……。先製作他的模擬畫像來看看吧。」

我想下病床，韓檢察官拉住我的手說：

「南巡警，再休息一下吧。」

「不用了。這點小傷不礙事。崔刑警和安刑警怎麼樣了？」

「他們和你一樣只是暫時昏了過去，現在已經回去現場了。」

「太好了。那羅刑警也……」

「羅相南警查也沒事，路上再跟你解釋詳細情形。」

我立刻拔下點滴，下了病床。

「我要去警察廳一趟。模擬畫像一出來就馬上傳給我。」

「是，科長。」

二〇〇五年六月

吳民錫走在市中心蔥鬱的林蔭道路上，遠離公路的林蔭道路宛如深山般幽靜。李延佑警衛小心翼翼地跟在吳民錫後頭。

吳民錫走到林蔭道路盡頭與公路相連的地方停下腳步轉過身。李警衛急忙躲到樹後方。

「你跟蹤我有什麼事嗎？」

李警衛猶豫著，不知該不該現身。

「你以為我沒發現嗎？出來吧。」

李警衛聽到吳民錫的堅定語氣，只好不甘願地從樹後方走出來。

「你是誰？我們第一次見面吧。」

「對不起。我不是在跟蹤你，是想找機會和你談一談。」

「你是誰？」

「我想問你和韓東卓警監案件有關的事。」

吳民錫皺起眉頭，快步走向李警衛。李警衛突然膽怯想往後退，但是吳民錫的動作更快，一把抓住李警衛的手將他拉進樹林，接著用力地將李警衛推向樹幹。

「你想幹嘛？」

「安靜！」

吳民錫四處張望，查看是否有人經過。

「到底怎麼了？放開我說清楚。」

「你是誰？為什麼要問韓刑警的事？」

「因為有事想問，所以才來找你。你是刑警嗎？」

「刑警？誰說我是刑警？」

「不是嗎？你知道韓東卓警監的女兒吧？她說你參加了葬禮？」

「瑞律說的？」

「對。聽說你去了警監家，警監說你是他後輩……。你是在臥底調查嗎？」

「臥底？我不是。韓刑警只是隨口說說的。」

「所以你不是警察？」

「對，我不是。你一路跟蹤我就是為了問這個？」

「我都說我不是跟蹤了。那天你跟韓警監談了什麼？雖然說警監是自殺……」

吳民錫打斷了李警衛的話：

「我知道，是他殺。」

「什麼？你知道他不是自殺？」

「對。我也在打聽是誰下的手。你是警察嗎？」

「啊！對不起忘了自我介紹。我是銅雀警局李延佑刑警。所以你是做什麼的？偵查員？」

「不是。說來話長，給我你的聯絡方式，我再聯絡你。」

「我沒有證據證明你不是凶手……」

吳民錫的手肘撞向李警衛的胸部，將他撞到樹幹上說道：

「如果我是凶手，你早就死了，這就是證據。」

「啊呃，我明白了，你放開……」

吳民錫這才收回壓在李警衛胸口的手肘。

「你若真的認為我是凶手，也不會這樣接近我，不是嗎？」

「沒錯。我認為你不是，但以防萬一必須確認一下。」

「那你相信我不是了嗎？」

看見李警衛點了點頭，吳民錫這才遞出手機。

「很好。把聯絡方式存在這裡。」

李警衛輸入自己的電話號碼，再把手機還給他。

「請儘快聯絡我。」

「我知道。還有，想跟蹤人技術要好一點，你太明顯了。一不注意就會被攻擊，記住了。」

「謝謝你的忠告。我先走了。」

李警衛用眼神示意告別後，走回林蔭路上。吳民錫又觀察李警衛好一陣子才過馬路。

現在。本部命案D－1／主日大樓命案D－7

南始甫巡警正坐在韓瑞律檢察官的車上，韓檢察官猶豫片刻，看了南巡警一眼問道：

「為什麼突然要去醫院？」

「我想見組長。」

「是因為夢嗎？你夢到組長了？」

「沒錯。他在夢中叫醒了我。不，是他救了我。所以我以為組長醒了。」

「即使組長真的醒了，他應該也下不了病床太久。」

「我知道，可是那場夢太真實了……。」

南巡警含糊說著，並低下了頭。

「組長一定會撐過去，健康地回到我們身邊。對吧？」

「當然。他可是閔宇直組長。現在情況緊急，謝謝妳還答應陪我去醫院。」

「別這麼說，其實我也是第一次去探望組長。」

「檢察官也會害怕嗎？我很怕看到組長，怕自己會情緒失控。」

「我也是。」

「對吧？不是只有我會這樣。雖然很難受，但是我今天一定要見組長一面。」

南巡警輕輕地嘆了一口氣，又問道：

「先跟我說羅刑警出了什麼事吧？」

「啊，對了。說到一半就忘了。他好像是撞見共犯跟他打了起來，把手機弄丟了，無線電也壞了。他一直在追共犯，最終還是讓他逃了，很晚才和羅永錫警衛會合。」

「這樣啊。那他們現在都在本部嗎？」

「沒有。崔警衛和安警衛一出院就去了主日大樓，現在大概正在大樓裡搜索。」

「搜查令下來了？」

「不是。是朱必相同意讓我們搜查。」

「他同意了？看來人已經跑到其他地方了。」

「不清楚，但還是得搜一下。」

「地下三樓的臨時建築物……」

「我們第一時間就去搜了。找到了衣服和護目鏡，鑑識組正在處理。」

「那我們是不是應該要去支援？」

「我們還有其他事要辦，現在只是暫時來探望一下組長，沒關係。見過組長再走也不遲。」

南巡警默默點頭。

沒過多久兩人抵達了醫院。但是實在不忍心看著躺在加護病房裡的閔警正，馬上就離開了。韓檢察官擔心地看著似乎很難受的南巡警。

「南巡警，你還好嗎？」

「我沒事。只是太生氣了。到底是誰害組長變成那樣……。」

南巡警憤怒地握緊拳頭捶打，韓檢察官輕輕握住南巡警的手說道：

「我們一定會親手抓到犯人。」

南巡警咬緊嘴唇點頭。

「不過你剛才在看什麼？為什麼看得那麼仔細。」

「啊，沒有……沒什麼，我只是擔心……」

南巡警含糊其詞，擠出微笑帶過。

「那我們走吧？」

「好的，趕緊出發吧。」

傍晚時分，太陽越過山脊線，一輛車沿著公路開進僻靜的村莊。車子穿過村莊開進晚霞照耀的林蔭道路，悄悄地地停在了別墅前。朱必相從後座下車，查看了一下四周後進入了別墅。

大檢察廳刑事部科長嚴奇東檢察官，和張秀哲副部長檢察官在別墅的正廳裡喝著酒。

「現在才來？」

「不好意思啊，科長大人。因為突然有急事，所以才晚了一些。」

「有急事也沒辦法。過來坐吧。」

朱必相瞄了張秀哲檢察官一眼：

「張檢您也來了？」

「是啊，我叫張檢一起過來。快坐吧。」

張檢察官用眼神向朱必相示意，但朱必相連正眼都不瞧他，坐到座位上。

「科長，今天能見到長官嗎？」

「這得等長官來了才知道，我不敢保證。」

「真是的……。想見長官一面還真不容易。」

張檢察官皺眉盯著朱必相，說道：

「我說朱社長，請注意你的語氣。」

「張檢察官別見怪，朱社長當然會著急，不是嗎？」

朱必相瞪了張檢察官一眼冷笑，又堆起滿臉笑容對嚴科長說道：

「科長果然能理解我的心情。您一定知道我有多努力吧？」

「我知道，當然知道，所以別傷心了。」

「長官知道我加入俱樂部了嗎？」

「當然。我已經報告過了。」

「謝謝科長。而且我在俱樂部裡有擔任職務，負責召集後援成員，也就是擔任後援會的會長。」

「聽起來是要籌集政治資金。」

「是吧？科長果然一聽就懂。」

張檢察官插嘴打斷嚴科長和朱必相的對話：

「選舉快到了，他們應該很急吧。」

嚴科長看了張檢察官一眼，接著說道：

「畢竟輿論幾乎倒向某一方。」

「沒錯。不過科長，我總覺得哪裡不對勁。雖然我是俱樂部的成員，但總覺得他們在排擠我。」

「什麼？他們察覺了嗎？」

「看起來不像。如果他們有察覺的話，不會接受我加入成員。似乎只想利用我籌集資金，凡是討論內部重要提案和決策時都不讓我參與。」

「這不是擺明了要使喚別人幹活嗎？」

靜靜在一旁聽著的張檢察官又突然插話：

「這不是擺明了要使喚別人幹活嗎？」

張檢察官三不五時插嘴，惹得朱必相不悅，皺眉瞪了他一眼。

「也許是想測試你？」

張檢察官聽嚴科長這麼一說，用力拍了下膝蓋說道：

「的確有可能。通過測試才能得到認可，成為真正的一員。」

「是啊，朱社長，這樣反而更好。既然交給你負責就好好幹吧。反正那些人將來也會對我們有所幫助。」

「科長這麼一說的確是。我明白了，我會好好處理。科長可不能忘記我的辛勞。」

「當然不會忘。朱社長，你可要選對邊站啊？」

「那是當然，我明白。」

朱必相狡猾地笑著。就在這時，外面傳來喜悅的聲音。

「科長，長官來了。」

第9話
陰謀畢露

二〇〇五年六月

雨劈哩啪啦地落在石板瓦屋頂上，與從傘上滴下的咚咚雨點聲，和路過巷子的人們踩踏水坑的啪噠聲交織成合奏，打破了寂靜。

李延佑警衛宛如沉浸在雨聲的演奏之中，站在路中間留心觀察著經過避馬街路口熙熙攘攘的人群，以及撐著傘靠近他的人們。

這時，身後傳來某個人的聲音：

「不要回頭，跟我走。」

本來想回頭的李警衛立刻停住動作，跟在那人身後。

「你這是什麼意思？劈頭說要約見面然後就掛我電話，是要我怎麼辦？」

「能怎麼辦？出來見面啊。沒辦法，總覺得在這種日子見面比較好。」

「這種日子？」

李警衛停下來看著他。

「不要停下來，繼續走。」

那個人繼續向前走，李警衛快步跟上和他並肩走著，追問道：

「今天是怎樣的日子？」

「下雨了。」

「雨？所以你只是在等下雨天？」

「雨天就算被跟蹤也比較好甩掉。如果你上次別那樣突然出現，我也不需要刻意約這種日子。」

「你說什麼？怪我嗎？」

看李警衛又要停下腳步，那個人稍微抬起雨傘，看了他一眼說：

「叫你不要停下來。」

傘下露出了吳民錫的臉。他再次壓低雨傘繼續向前走。

「一直被追問你的身分，只好謊稱你是記者才搪塞過去。」

「什麼意思？那天有人看到我們嗎？」

「我的周圍耳目眾多，所以才會約你在下雨天見面。」

吳民錫走進避馬街裡的小巷弄，帶著李警衛走進死巷裡的一扇小門。

「原來是酒館啊。」

「沒錯。這裡很安靜，不錯吧？」

店主阿姨高興地迎接吳民錫，兩人用手語進行交談。

「咦？你會手語？」

「對。坐那吧。」

阿姨很順手地鎖上了門。

「喔？這是想幹嘛？」

「不用怕。是我拜託她不要接其他客人。我常來這裡，偶爾想自己待著或有要事時就會來。」

坐在窗邊的吳民錫望著窗外的雨景，雖然窗外的景色被牆遮擋住了，仍舊能聽到雨水落在建築物之間和石板上的聲音。

「這裡的雨聲很棒吧？」

「別有一番韻味。現在可以說了吧。那天你為什麼要見韓東卓警監？」

「韓刑警想要調查一個不該招惹的人，我是去阻止他。」

「不該招惹的人？是誰？蔡利敦議員嗎？還是中央調查部科長南哲浩檢察官？」

「不是他們。」

「那是誰？」

「我不能說。韓刑警也是因為想調查他們才喪命。李延佑刑警，你也不要再多問，否則會有危險。」

「明知道是他殺卻還要我收手？到底是誰膽敢殺害刑警？你知道是誰幹的吧？」

「我不清楚是誰下的手，但大致能猜出誰是幕後主謀，所以我才阻止你。」

「所以到底是誰？」

「就算知道了也無濟於事。」

李警衛雙手猛力抓住桌子怒吼：

「到底是誰？什麼叫無濟於事？你知道什麼就直接說，不要替我做決定。危不危險我自己看著辦。」

「真是的，你和韓刑警一模一樣。喂，你是有十條命可以用嗎？什麼都不知道就別和某人一樣，為了區區正義而犧牲寶貴的性命，不把我的忠告當回事。」

「區區正義？竟然說……唉！好啊，那我問你，你聽過五幸嗎？」

「五幸？」

「你沒聽過嗎？好像是人名或企業名，你不知道？」

「不知道。為什麼問這個？」

「這是警監被殺害前留下的訊息。」

「他傳了訊息給你？」

「不是的，他在案發現場的地面上留下了暗號。不過我不確定到底是五幸、五新還是什麼的。」

「你是說『五星』嗎？」

「怎麼了？你聽過五星？」

「那是……不，這些我都沒聽過。」

「你仔細想想看。這絕對是警監留下的死亡訊息。你知道幕後主謀是誰，卻沒聽過這個名字？」

「我只說我能猜到，沒說我知道。」

「主謀也包括你在內嗎？所以才不能透露？還是你也是聽從他們指示的殺手之一？」

「別再問了。我不是說過這很危險嗎？不要再查韓刑警的事了。我再勸你一次，到此為止吧。不要再繼續追了。我不想再看到有人無辜喪命。」

現在。本部命案D—1／主日大樓命案D—7

嚴奇東為了向來到別墅的長官打招呼，帶著朱必相來到了側廂房。

「我先進去打個招呼再叫你，在這裡等著。」

嚴奇東檢察官要朱必相先在外面等。

「長官，我是嚴奇東。想來問候您。」

「請進。」

回應的不是長官，而是女侍。嚴科長打開門走了進去。朱必相在門外尷尬地站著，把耳朵靠近門，想知道裡面的談話內容。

「對不起，我會注意的。」

朱必相才聽到嚴科長說話的聲音門就打開了，他趕忙離開門邊。嚴科長走出側廂房，看到站在門前的朱必相，皺起眉頭小聲責備：

「你在這裡做什麼？快走吧。」

嚴科長帶著朱必相走到離側廂房較遠的地方才開口：

「朱社長，今天我們自己喝吧。長官想安靜獨處。」

「什麼？不是說今天可以直接見到長官嗎？」

「是啊，所以才會過來這啊。但是他突然說不想見面。下次我再安排機會，今天我們自己好好喝一杯吧。朱社長，抱歉。」

「可是……。那也沒辦法。還是長官遇到了什麼事……？」

「這就不清楚了，你先回去和張檢察官喝一杯。我去向長官打聲招呼，馬上就過去。」

「好的。請快點過來。」

嚴科長點點頭，再次走進了長官所在的廂房。朱必相本來想回張檢察官在的正廳，不過因為好奇嚴科長和長官在說什麼，再次走近房間偷聽。

「嚴科長，我們還有很多事情要做。」

「長官說的對，是我想得不夠周全。」

「我們是在檯面下為國家工作的人，千萬不可以忘記這一點。」

「我明白，長官。」

「準備得還順利嗎？」

「目前正在物色人選，還沒有符合條件的人……。」

「認真找，這關係到我們組織的命運。」

「當然，我非常明白。」

「現在是最佳時機，不知道什麼時候才會有這樣的良辰吉日。」

「我會銘記在心，儘快呈上名單。」

「好，辛苦你了。不過，那件事好像還沒有處理好……他狀況怎樣？」

「別擔心。他還在昏迷，應該沒問……」

「哎，為什麼老是這樣？什麼叫應該？要有確實的把握。」

「非常抱歉。他人在加護病房，戒備森嚴很難接近……」

「你不就是為了處理這種事才坐在這個位子的嗎？斬草要除根。用這種軟弱的態度做事，所以才會每次都搞砸，不是嗎？」

「我會即刻改正。我馬上去處理。」

「好好處理不要留下後患。不能像上次那樣失敗，失去了寶貴的人才。你應該很清楚這段時間花了多少心血才培養出那些人才。不能再發生第二次，明白了嗎？」

「是的，長官，我會記住的。」

「在本屆政權內，一定要讓他坐上那個位子，這樣我們才能規劃未來。」

「長官，俱樂部成員大概不會善罷甘休的。」

「所以我才會讓朱社長……」

就在這時候，張秀哲檢察官發現朱必相貼在窗邊，悄悄地走過去低聲問道：

「你在這裡做什麼？」

「啊！嚇我一跳。該死，為什麼偏偏這時候……」

朱必相連忙摀住嘴，瞪了張檢察官一眼。

「什麼？你剛才說什麼？」

「沒事。」

朱必相用手勢要他安靜，離開了窗邊。張檢察官用手摀著嘴跟在朱必相身後。

「你在那裡做什麼？偷聽長官說話嗎？」

「張檢，沒什麼。我們去喝酒吧。」

「沒什麼？還有你從剛才就叫我張檢……是因為科長在我不方便糾正，現在是翻臉不認人嗎？」

「哎呀，幹嘛這樣說？張檢……不，張副部長，自己人稱呼什麼不重要嘛。而且喊張檢更有親切感，不是更好嗎？張檢，聽起來多親切，是不是？」

「少胡說八道。他們裡面在說什麼？」

「聽不太清楚。」

「真的嗎？」

「當然啊。快走吧，我們去喝一杯。」

朱必相邊說邊拉住了張檢察官的手臂。

「朱社長，你可別忘了是我把你放在這個棋盤上的，你答應過要讓我加入俱樂部作為回報。」

「我當然記得。張檢可是未來的檢察總長，答應過你的事怎麼可能會忘呢？」

「哎喲，會被別人聽見的。」

朱必相和張檢察官嘻嘻笑笑，走回別墅正廳。

二〇〇五年七月

大檢察廳中央調查部第一科科長南哲浩檢察官坐在放滿豐盛生魚片的酒桌前。過沒多久，榻榻米包廂的門打開，吳民錫走進來。

「科長，部長來了。」

「喔，好。」

南科長從座位上站起來，走到門前迎接。一名戴墨鏡的中年男人和一名身著西裝的年輕男人走進了包廂。

「部長，您來了。」

「過得好嗎？」

「當然。多虧了部長的照顧，我過得很好。請坐。」

被稱呼為部長的中年男人交代和他一起進來、叫做「五星」的年輕男人在外頭等候。同時，南科長也對吳民錫揮手說道：

「七星，你也出去吧。」

五星和吳民錫彎腰行禮後離開包廂。

「我準備了生魚片，不知道合不合口味？」

「生魚片好啊。快坐下吧。」

部長坐在上座，摘下墨鏡放在桌上。他的左眼正下方有一道又長又深的傷疤。

「部長找我有什麼事？」

「急什麼。邊喝邊談吧。美食當前，不好好享用就太失禮了。」

「抱歉，是我不識相。讓我為您倒杯酒，先喝一杯吧。」

南科長採取跪姿，為部長倒酒。

「來，我也幫你倒一杯。」

部長也替南科長倒了酒。南科長側過頭一飲而盡，放下了酒杯。

「哎呀，急什麼。再來一杯。」

「啊，好的。」

南科長再次拿起酒杯，部長一邊替他倒酒，一邊目不轉睛地看著南科長。

「部長為什麼這樣看我？」

「最近因為廢除中央調查部的問題，鬧得很大吧？」

「每次提到檢察改革，一定是先吵著要廢除中央調查部不是嗎？過陣子就會安靜了。請不用擔心。」

「我有什麼好擔心的。南科長才真是辛苦了。」

「不過，似乎有人提到公搜處（高位公職人員違法搜查處）的事，也聽說國會在討論調整檢警調查權。」

「消息這麼快就傳到檢方那了？」

「沒什麼。檢察改革不就只是走個程序嗎？不用看也知道。只不過這次有點……」

「有點……讓人擔心，對吧？」

「可不是嗎？有人認為，既然保障了檢察機關的獨立和中立，就應該建立能夠管制檢察機關的民主制度。報紙和廣播連續好幾天都在報導這件事。」

「《真經日報》是不是有點太過頭了？」

「是啊。自從這屆政府上台後，局勢變得更加混亂。那些至今不敢吭聲的傢伙……」

「主要就只有《真經日報》吧。最近電視台問題也很多，得開始一個個整頓好才行。」

「說什麼媒體自由，我看他們現在是太自由了？得讓他們乖乖聽話。」

「還是再等等吧，媒體那邊很快就會被整理好的。你知道這次是個好機會吧？機會來了就要好好把握。所以我才約你見面。」

「把握機會……。這話怎麼說？」

南科長豎耳靠近部長。

「這段時間，媒體都是怎麼稱呼檢方的？」

「政權走狗？幫凶？」

「是啊。檢方看政府的臉色，保護又壯大他們的權力，我們著實像看門狗。」

「就是說啊，他們以為自己有什麼能耐，整天發瘋……啊！抱歉。」

部長揮揮手，對南科長微笑說道：

「沒關係。我理解你這段期間一定很鬱悶。」

「是的。部長一定很清楚我見過多少骯髒事，苦撐到現在。」

「我當然清楚，所以才說這次是個機會。這無能的政府不是給了我們一對翅膀嗎？」

「翅膀？」

「中立和獨立。這難道不是將龐大權力交到非選舉職的檢方手上了嗎？」

「沒錯。的確如此，他們親手獻上了翅膀卻毫無所知……。」

南科長拍了下大腿，放聲大笑。然而部長卻嚴肅地看著南科長說道：

「不能錯過這次機會。我們必須要打下更穩固的基礎。」

「要怎麼做？」

「不難。要在各處安排我們的人，問題是有一個地方是我們動不了，就是法院。是不是該讓一些法官成為我們的人了？目前能牽制我們的只有司法部。要馬上做到不容易，但是時候慢慢壯大勢力了，不是嗎？」

南科長聽著部長的說明，連連點頭附和：

「部長說的對。那些討人厭的傢伙，裝得清廉公正，背地裡還不是壞事做盡……抱歉……。」

「沒事。自己人，說話不用那麼拘謹。」

見到部長露出微笑，南科長馬上笑著說道：

「是啊。部長也是檢察出身，果然非常理解我們的心情。但是議員那邊該怎麼做呢？」

「我有一個想法。先讓我們的人進入政界吧。這樣就不會有問題了。」

「這樣就行了嗎？好的。我相信部長，我會全力支持您。」

「南科長，你應該很清楚。每當政權交替時，我們就只是隨時會被犧牲的棋子。」

原本笑容滿面的南科長長嘆了一口氣，低下頭說道：

「這也是無可奈何。總長的任命權是握在上面的老人家手上，我們能怎麼辦？」

「所以啊……。」

「部長的意思是？」

南科長猛然抬起頭，目不轉睛地看著部長。

「有權任命的人也該嚐嚐無可奈何的滋味吧？」

「這話的意思是……？」

「壟斷。」

「部長是指聯手？」

「所有權力都來自國民。憲法第一條第二項。」

「請部長別賣關子，請說清楚一點。」

「所有權力都來自我們。我們要擁有至高的權力，能左右一切的權力。」

「那應該要怎麼做才好？」

「必須建立屬於我們的王國。」

「王國？」

「擁有強大至高權力……。也就是黑暗王國。」

「黑暗……王國？」

現在。本部命案D－1／主日大樓命案D－7

吳七星室長和朱明根身後是一片紅色晚霞，兩人走進了靈骨塔。吳室長在一個骨灰罈前獻花。朱明根只是看著骨灰罈上刻的名字和相框裡的照片。

「理事，跟夫人打個招呼吧。」

「這是真的嗎？她不是拋棄我，而是在這裡嗎？」

朱明根伸出顫抖的手，指著骨灰罈。

「你已經親眼看到了，現在相信了嗎？」

「媽……媽媽……。啊啊，嗚嗚……。」

朱明根用手撫摸著靈骨塔位的玻璃窗，雙腿失去力氣直接癱坐在地上。

不輕易表露情緒的吳室長也別過頭流下淚水。朱明根像是要暈倒一樣失去平衡，往旁邊倒下，吳室長趕緊跪下扶住了他的肩膀。

「理事，您還好嗎？」

「媽媽……媽媽……。」

男孩從學校回家，打開大門的那一瞬間突然停住了腳步。

屋內傳來女人的慘叫和男人的咒罵聲。男孩緩緩從門把上收回發抖的手，轉身想逃出大門，但他的身體卻不聽使喚。女人的慘叫聲變得頻繁，男人的咒罵聲也更加激烈。最後男孩只能摀住耳朵坐在地上放聲大哭。

屋裡的人似乎聽到男孩的哭聲，立刻安靜下來。沒多久之後大門打開，一名男人拿著高爾夫球桿走出來，對男孩怒吼：

「閉嘴！不趕快進來，在家門口哭什麼哭？給我安靜！」

男孩聽到男人的咆哮，嚇得抬頭看著他，哭得更大聲了。

「臭小子，吵死了！安靜！跟你媽一個樣，聽不懂人話，非要挨打才聽得懂嗎？」

男人情緒失控，舉起高爾夫球桿，這時候女人跑出來抱住了男孩，安撫道：

「明根，不哭。好嗎？沒關係，媽媽在這裡，別哭了。不哭不哭，拜託不要哭了。」

「母子倆一個樣，媽的！吵死了！叫他閉嘴給我滾進來！」

男人咒罵著往屋裡走。女人將男孩緊緊抱入懷裡，拍著他的背安撫著。被媽媽抱在懷裡的男孩立刻止住了哭聲，將臉埋在媽媽的胸口。

朱明根猛地睜開眼睛，看著吳室長說道：

「沒錯！我想起來了。對，是爸爸！是爸爸害死媽媽的。」

「什麼意思？」

「七星哥不知道。也對，那時候你不在。沒錯。你當然不知道。是爸爸害死媽媽的。對。所以我……不，所以弟弟說爸爸是惡魔。原來如此。沒錯，那小子還記得，所以才會說爸爸是……」

「弟弟？理事您怎麼又說這種話？理事，請振作點。」

「七星哥你不知道。那天……就是那天。呃啊！」

朱明根痛苦地雙手抱頭。

下著暴雨的清晨。在媽媽懷裡睡著的男孩被雷聲吵醒。他張開眼睛，發現身邊的媽媽不見了，於是走到客廳找媽媽，卻發現客廳沙發前倒著一個人。而屍體前站著一個巨大的黑色身影。

伴隨著猛烈的雨聲，一道閃電劃過，陰暗的客廳瞬間變得明亮，男孩看清楚客廳的情景後立刻嚇得暈了過去。又一次閃電劃過，照亮了躺在沙發前，頭部流血倒地的女人，還有一旁拿著高爾夫球桿的男人。

當少年再次睜開眼睛，他身旁站著一個孩子。

「你醒了嗎？」

「這裡是哪裡？」

「醫院。你嚇到我了。還好嗎？」

「你是誰？」

「我？什麼啊？你不知道我是誰？」

「你是誰？」

「天啊，你看看這個。」

那個孩子讓男孩照鏡子。

「怎麼會？你……你是我嗎？為什麼我……」

「你在說什麼？我們是雙胞胎啊。」

「雙胞胎？」

「對啊。你是哥哥，我是弟弟。你不知道嗎？」

「你是我的雙胞胎弟弟……。我什麼都想不起來。媽媽呢？媽媽在哪裡？」

「她很快就會來的。別擔心。」

「……是嗎？」

從那天起，男孩多了個雙胞胎弟弟。每當男孩感到疲憊或孤獨，弟弟總是陪在他身邊保護他，給予安慰。

「我想起來了。沒錯！啊……啊啊！」

朱明根雙手揪著頭，發出痛苦的尖叫。

「理事，您還好嗎？那天到底發生了什麼事？」

吳室長擔心地抓著朱明根的肩膀，朱明根怒目瞪視著吳室長說道：

「對……。是爸爸。是爸爸做的！」

「請冷靜下來好好說。您是說社長嗎？」

「對，我親眼看到的，那天……」

不要說！

朱明根望著自己在玻璃窗上的倒影，喃喃自語道。

「你搞什麼？怎麼現在才回來？」

「理事，您怎麼了？」

才不是那樣的！你快醒醒，不要聽七星的話。媽是因為爸才拋棄我們，你不知道嗎？

「閉嘴！我已經知道了，你……你……」

你不能跟別人提到我。我是你的雙胞胎弟弟，是你的朋友。你很清楚我對你來說有多重要。

「理事，請看著我。」

「你早就知道了吧？你都知道了，對嗎！」

「理事！」

吳室長抓住朱明根的肩膀，將他拉向自己。

「理事，您怎麼了？為什麼要說這種話？」

「七星哥，我的雙胞胎弟弟……不，不是。他現在不是我弟弟了。」

「雙胞胎？請您打起精神，理事。」

「嗯。我知道了，沒錯。」

朱明根再次看向玻璃窗上的倒影，雙胞胎弟弟已經不見了。

「您看到了嗎？您真的有看到社長？」

朱明根直視著吳室長回答：

「對，我看到了。打雷的那天，我看到媽媽倒在地上，爸爸站在她的面前，結果我暈倒了。那時候，媽媽的頭在流血，爸爸拿沾著血的高爾夫球桿。我看得一清二楚。」

「我會再打聽看看。」

「你能打聽什麼？當場只有媽媽和爸爸兩個人。我不會放過他的。」

朱明根露出凶狠的眼神，吳室長小心翼翼地問他：

「理事，您想要怎麼做？」

「先別說這個。那個警察呢？你怎麼處理掉的？」

「對不起。突然有個人出現攻擊我，把他帶走了。」

「你說什麼？那傢伙不能活著，他看到我的印章了！立刻抓到他！」

「這件事我會處理的，不用擔心。」

朱明根火冒三丈地追問：

「你怎麼會知道他是警察？」

「社長指示我要調查那些咬著理事不放的警察。他就是其中之一。」

「是嗎？他不是惡靈嗎？」

「惡靈？」

「不，沒事。白白被那個警察嚇了一跳。媽的！我居然被他嚇唬到。啊啊！該死！」

朱明根大發雷霆直跺腳。

「發生了什麼事？」

「沒事。走吧，七星哥。」

「好的。我們走吧。」

朱明根走出靈骨塔前，再次看著玻璃上的倒影喃喃自語：

「果然是爸爸。」

有人翻過圍牆進入別墅，準確落腳在監視器的死角。那人確認周圍的監視鏡頭，快步走向側廂房。

他很快地穿過黑暗，走到正傳出笑聲的窗邊。他小心翼翼地查看窗簾後方，但似乎沒看見想找的人，又轉身走向別處。

窗上短暫倒映出了他的臉。車禹錫從主日大樓就開始一路跟蹤朱必相，趁附近沒人時偷偷潛入別墅。

車禹錫保持警覺觀察著四周，跑向對面的正廳。一接近就隱約聽見一群男人的聲音。他小心翼翼地走近能聽到聲音的窗邊。這次窗簾沒有拉上看得一清二楚。不過從裡頭也同樣能看到外面，所以他更加謹慎。

正廳裡，朱必相和兩名男子坐在酒桌前交談。車禹錫拿出類似聽診器的東西戴上耳朵，再將圓形的東西貼到牆上。

「科長，這是怎麼回事？你不是說要讓韓瑞律檢察官去大檢察廳嗎？還說這樣他們就沒戲唱了，要我相信你。你知道今天發生了什麼事嗎？」

「朱社長，我不是已經說了嗎？這麼快就喝醉了？」

「醉？我清醒得很。是因為科長沒給我正面答覆，總得給我個說明才能安心啊。」

張秀哲檢察官將手放在朱必相的手臂上勸阻他：

「朱社長，別這樣讓科長為難。這件事你跟我談吧。科長，我會看著辦的，不必擔心。」

「張檢，你給我好好處理。這是在搞什麼？」

「對不起，科長。我會親自去教訓韓檢察官一頓。」

「你聽到了吧？朱社長，所以不用擔心，趕快送兒子出國吧，那樣比較安全……」

「我也正打算這樣做，但還沒……。但是，去教訓她一頓固然好，但殺雞儆猴比較有效吧？」

「怎樣的殺雞儆猴？」

「就像閔宇直那傢伙一樣。」

嚴奇東科長一聽到朱必相這番話，表情瞬間變得僵硬：

「朱社長，你這話是什麼意思？」

「我也有消息來源的……」

嚴科長勃然大怒，大聲喊道：

「朱社長！你把話給我講清楚！」

「啊……。科長，那個……」

朱必相這才意識到氣氛大變，畏縮著說不出話。

「怎麼回事？張檢，是你說的嗎？」

「我？不是的，我根本不知道發生了什麼事。」

朱必相觀察嚴科長的表情，謹慎地開口：

「科長，我是聽到警方那邊的情報，還以為是科長做的。所以不是嗎？」

「朱社長，說話小心點！隨便亂猜瞎扯可是會出事的。知道嗎？」

「我知道了，科長。請消消氣吧。可能是我搞錯了，還以為科長是為了我才動手的……」

張檢原本非常害怕，一聽到朱必相的話，立刻高興地說：

「朱社長，原來是這樣啊？哎喲，下次想清楚再說。不然脾氣那麼好的科長怎麼會發脾氣，對吧？」

「抱歉，張檢。」

原本堆起笑臉的張檢察官似乎對朱必相稱自己為「張檢」感到不悅，表情又變得僵硬。而嚴科長則是看起來心情好轉，溫和地說：

「朱社長，不是你想的那樣。那件事和我們一點關係都沒有。不要誤會。」

「我知道了，科長。是我搞錯了。」

「還有韓檢察官也是自己人，誰敢動自己人，我們是絕對不會放過的。別沒事惹麻煩。」

「啊……。我會銘記在心。」

朱必相謙遜地低下頭。

「韓檢察官那我們會看著辦，朱社長就做好自己的本分。」

朱必相聽了嚴科長這麼說，頭垂得更低，小心翼翼地問道：

「科長，該推薦哪位俱樂部成員呢？」

「那份名單很快就會送過去，等著吧。帳簿你有好好保管吧？」

「當然。如同我的性命一般重要。」

「好好整理一下，還有成員在宴會廳的影片也要妥善保管，知道吧？那些未來都能派上用場。」

「沒問題。我都有好好收著。那個……我有件事想拜託科長。」

「喔？什麼事？」

「我的控股公司預計會被選定為這次重建大樓的承包商。這方面，還想請科長多幫忙。」

「你現在還擴展到建築業了嗎？了不起，真厲害。」

嚴科長讚賞著朱必相，張檢察官看著他插話：

「朱社長，這件事幹嘛要拜託科長？」

「不然要拜託誰？」

「拜託俱樂部會長不就行了嗎？」

「張檢，你是只知其一，不知其二啊。這在俱樂部早已達成共識，我拜託科長不是擔心法律上的問題，在法律範圍內還能發生什麼事？要變通有什麼難的？一定要我把話說這麼白嗎……？」

「朱社長，別說了。聽到這張檢應該都懂了。我知道了，別擔心。我會通過張檢察官提出建議，他們會看著辦的。」

「謝謝科長。」

朱必相用力低下頭，嚴科長則是按著太陽穴說道：

「一談到工作，我的頭都就痛。」

「哎喲，抱歉。生意人的職業病，一定要把事情處理得周全才安心。」

「朱社長，來這種地方談工作太沒意思了吧？不是嗎？科長。」

「張檢說的是，別擔心我都安排好了。外面有人嗎？」

朱必相一說完，門立刻打開，在外面等候的男人進入屋內：

「社長，您找我嗎？」

「對，這裡的菜全部重上，側廂房長官的酒桌也要特別招待。」

「是，社長。」

男人低著頭倒退走了出去。

「哎喲，果然很大手筆？」

「這算什麼？沒拿出萬分誠意招待，下次哪有機會見上長官一面，不是嗎？」

嚴科長笑著向朱必相揮手說道：

「話別這樣說嘛，朱社長，是我對不起你。我會儘快安排你與長官見面，別再挖苦我了。」

「好的。請一定要遵守承諾。」

「好，沒問題。」

安警衛和崔警衛甩著手，從主日大樓走了出來。

「和預想的一樣，果然什麼都沒找到。」

「是啊。這麼快就收拾好了，真是的！」

崔警衛望了一眼主日大樓，嘆了一口氣。

「根本沒辦法徹查。沒有搜查令就註定什麼都查不到。還有，憑崔刑警跟我兩個人，怎麼可能搜查完整棟大樓？真不知道是在浪費什麼時間。」

「沒辦法啊，這是檢察官的指示。組長不在，說什麼都……。不知道由檢察官指揮到底對不對。」

「我們還能怎麼辦？」

「不過，看起來她還是不適合指揮搜查工作。要是以後檢察官又像這次一樣，明知道什麼都找不到卻還是硬要我們執行……真令人擔心。」

「你怎麼不早說？如果早點提出的話，起碼檢察官……」

「我又不是沒說過。上次已經講了但又不聽……。我也不想搞得像是一直在找她麻煩。」

「崔刑警，這哪是找麻煩？組員之間協調意見很正常，檢察官不會這麼想的。」

「誰知道呢。組長不在，真的差很多。」

「所以崔刑警要更加把勁，請好好協助檢察官。」

崔警衛拍了拍安警衛的背說：

「我也想，但是她每次都反對我的意見啊。唉，我也不曉得該怎麼辦。不過為什麼叫我們去安全屋？不回本部嗎？」

「去了不就知道了？快走吧。」

「嗯。」

二〇〇五年七月

「黑暗王國？」

五星正在偷聽中央調查部科長南哲浩和部長的對話。原本在後面看著的吳民錫走了過來，拉著他的手臂離開包廂。

五星皺著眉頭抱怨：

「哎呀，正要聽到……」

「你在做什麼？要是被兩位長官發現了怎麼辦？」

「所以我原本不是安安靜靜地偷聽嗎？」

「你這是……好吧。我有事要跟你談談。」

「為什麼？什麼事？」

「你知道韓東卓刑警吧？以前在工地救過我們的刑警。」

「啊！知道啊。他叫韓東卓啊？」

「那天之後你還有見過他嗎？」

「沒有啊。幹嘛問這個？」

五星稍微低下頭回答，吳民錫拍了下他的手臂，又問了一次：

「真的沒見過？」

五星這才抬起頭回答吳民錫：

「沒有啊。幹嘛一直問？」

「沒事。沒有就好。」

五星笑了出來，說道：

「無聊的傢伙。比起這個，你上次不是說去餐廳的路上有遇到一個記者？」

「喔……嗯。」

「你為什麼要說謊？」

「什麼？」

「你啊，幹嘛說這種馬上就會被拆穿的謊？」

「什麼意思？你跟蹤我？」

「講這麼難聽。還不是因為你最近很反常。原來他是條子啊？條子幹嘛找你？」

「因為韓刑警的事。」

「韓東卓？為什麼？」

「韓刑警去世了。」

「什麼？什麼時候？」

「你真的不知道？」

「我為什麼會知道？」

「是嗎？」

七星用稍微嚴厲的眼神看著五星。

「你那什麼眼神？該不會在懷疑我吧？」

「我要懷疑什麼？我只說韓刑警過世了，你怎麼知道他是被殺的？」

「什麼？那個……。喂！我看你的眼神就知道了，擺明就是在懷疑我，所以我當然覺得他是被殺的啊。」

「真的是這樣？」

「你這傢伙真是……。所以條子找你幹嘛？」

「我見過韓刑警幾次，所以警察來問我發生了什麼事。」

「不是你做的吧？」

「如果是我做的，還會問你嗎？」

五星露出傻笑，伸手摟住吳民錫的肩膀。

「小心點。不要被條子纏上，上面會懷疑的。你不是有經驗嗎？」

「我知道。我會小心的。」

吳民錫心情複雜，皺起了眉頭。

「七星，你聽過黑暗王國嗎？」

「那是什麼？」

「你也不知道嗎？我也是沒聽過才問你。」

「你剛剛偷聽到的嗎？」

「我聽不懂他們在說什麼，只聽到了黑暗王國。」

「不要多嘴。他們兩位的對話絕對不能傳出去，知道嗎？」

「我當然知道啊，所以我才問你嘛。」

吳民錫拍打著五星的後背說道：

「好啦。說話要謹慎。」

現在。本部命案D—1／主日大樓命案D—7

崔警衛和安警衛開車前往與韓檢察官會面，兩人在路途中聽著廣播。

標準FM 57.4交通廣播。

今天第一則新聞要為給各位聽眾播報一則不幸的消息。

就在剛才，我們收到大民黨四選議員蔡利敦過世的消息。

「崔警衛。」

「先不要講話。」

蔡議員因心臟痲痺倒下，經過急救後立即送往醫院，最後仍搶救不治，不幸於今日下午過世。

願故人安息。

「他說什麼？蔡利敦議員死了？」

「怎麼會這樣。」

「現在這是什麼情況？」

「打給檢察官問看看吧。」

「什麼？好的。」

崔警衛打給韓檢察官，但沒有接通。

「沒人接。」

「馬上就到了，我們當面再問吧。」

「好吧。」

重新準備好的菜餚送進朱必相所在的廂房，屋內的氣氛立刻變得熱絡，不過大檢察廳刑事部科長嚴奇東卻不為所動。

車禹錫透過窗戶拍下他們的模樣，等他覺得拍得差不多時，又到側廂房繼續拍攝奢華酒宴的情況。

車禹錫拍攝完之後，再次翻過別墅圍牆離開，回到自己的車上等待他們出來。等待的過程中，他將剛才在側廂房拍下的影片畫面截圖，搜尋那名被朱必相稱為「長官」的人。他很快地就查出那人是前安全企劃部部長「金基昌」，現已辭官隱居。

前安企部部長金基昌過去是名警察，以第一名的優異成績通過了司法考試。在軍政府時期，他曾擔任大檢察廳中央調查部部長，以及安全企劃部部長，被視為幕後掌權者。然而，隨著軍事政權垮台、民主政權上台後，他便退出第一線，過著安靜的退休生活。這號人物卻出現在這裡。

車禹錫的直覺告訴他，金基昌必定與黑暗王國有關。儘管他試圖查詢更多關於金基昌的資訊，但不管是相關新聞或消息都斷在一九九七年。

此時，嚴奇東檢察官和張秀哲檢察官醉得不省人事，看來也喝得酩酊大醉的朱必相踉蹌地從屋內出來，走向停車的地方。原本連路都走不直的朱必相突然穩穩地踏著腳步，回頭瞄了一眼正廳。接著他改變方向，往另一頭的側廂房走去。朱必相站在亮燈的包廂門前：

「長官，我是朱必相，想來向您問好。」

廂房內沒有任何動靜。

「長官，我是朱必相。您在嗎？」

朱必相不死心再次呼喚，這次門開了，一名年輕女性走了出來。

「不知道您有什麼事，但請回吧。長官想安靜獨處。」

「啊……。長官，下次請來找我，我會好好招待您的。」

「請離開吧。」

「長官，您慢用，我告辭了。」

朱必相恭敬鞠躬，直到那位女性回到屋內，才重新打直了腰。他轉過身，臉上的表情極度扭曲。

韓檢察官和都警監在安全屋的客廳裡交談著。

「警監，這樣做沒問題嗎？」

「我們不能隨便懷疑人。」

「如果他之後知道了……」

「我們別無選擇，必須確實釐清之後才能繼續。那時候堅持要停止調查也是，還有雖然是真的受傷，但他是唯一離開我們掌握範圍的組員。」

「他的傷勢確實很嚴重，那也是沒辦法。」

「總之先保密，以後再……」

從玄關傳來了誰走過來的聲音。

叩叩！

「檢察官，我們來了。」

是安警衛的聲音。

「好，請等一下。」

韓檢察官走過去，打開了門說道：

「進來吧。」

「檢察官，妳看到新聞了嗎？」

「新聞？先進來吧。崔警衛，辛苦了。」

「不會，檢察官。」

晚一步進來的崔警衛簡單用眼神問候，也和都警監打了招呼。

「蔡利敦議員真的死了嗎？」

崔警衛接在安警衛之後開口問道。

「怎麼會變成這樣？不是說事情進展得很順利嗎？」

「發生了意想不到的事情。」

「什麼意思？」

「那天……」

蔡利敦議員命案當天。案發現場

蔡利敦議員走進咖啡廳的男廁，正要打開隔間門的時候，羅相南警查和南始甫巡警冷不防從裡面站出來。

「你們是誰？」

蔡議員驚慌失措地後退了幾步，正想要離開時，朴范秀走進了廁所。

「你們是誰？想對我做什麼？」

羅警查急忙用手摀住蔡議員的嘴。

「唔唔……。」

「蔡議員，不要擔心，安靜待著就好。」

「唔……。」

蔡議員瞪大眼睛，點了點頭。

朴范秀從口袋裡拿出針筒，將裡頭的藥物丟到馬桶裡沖掉，隨即離開廁所。然而，在一旁看著的蔡議員這時突然失去意識。羅警查一開始以為他只是暫時暈了過去，試圖叫醒他，但無論怎麼叫都叫不醒。羅警查開始慌張，不斷搖晃蔡議員的肩膀。

「羅刑警，等一下。」

南巡警心中升起不好的預感，伸手探了下蔡議員的鼻息。

「沒有呼吸。怎麼辦？」

「什麼？快做CPR……。」

羅警查急忙讓蔡議員平躺，用力按壓他的胸口進行心肺復甦術。南巡警用不停冒汗的手拿起電話打給韓檢察官。

「他真的死了？」

崔警衛一臉虛脫地問道，韓檢察官點頭回答：

「對，很突然……」

「凶手人呢？為什麼不逮捕還放他走？」

「崔警衛，朴范秀決定協助我們。」

「他的話能信嗎？他現在在哪裡？」

崔警衛東張西望，想要找朴范秀是不是在這裡。都警監阻止他：

「崔警衛，他和羅警查在一起。我已經指示他要像平時一樣行動，所以你不用去找朴范秀。」

「警監，那傢伙本來想殺蔡議員，怎麼能相信那種人？」

「我們現在只能相信他。不然當作相信羅警查吧？朴范秀是他的朋友。」

「現在這種情況，他八成是假裝合作，誰知道會不會突然背叛我們。必須立刻把他抓來調查，檢察官。」

「既然決定合作就應該相信他。他也是賭上性命好不容易才做出這個決定，對方也正在監視著他，所以只能選擇這個方式。雖然最終沒能保護好蔡利敦議員。這一點，我很遺憾……」

安警衛向韓檢察官揮揮手說道：

「別這樣說，檢察官不需要道歉，這只是運氣不好而已。崔刑警，既然警監也說相信他，那我們就等等看吧。而且有羅刑警跟著，我想他也不可能馬上背叛或逃跑。對吧？警監？」

「是啊，羅警查說會繼續說服他，就相信羅警查吧，崔警衛。」

「既然大家都這麼說。我知道了。有拿到蔡議員手上的證據了嗎？」

「有。羅永錫警衛正在分析，不久後就會有結果。」

崔警衛點點頭，並看向韓檢察官：

「檢察官，蔡議員真的打算提供組長黑暗王國的情報嗎？」

「南始甫巡警是這樣說的。等分析結果出來就能確定了。」

「所以羅警衛人在科學搜查隊？」

都警監代為回答：

「不。他在國科搜。」

安警衛環視了一下客廳，問了韓檢察官：

「南巡警怎麼樣了？聽說朱明根跑了，南巡警也和我們一樣被那傢伙攻擊……。他現在還好嗎？」

「幸好尹警衛及時趕到，南巡警平安無事。」

「太好了。我應該要看清楚那傢伙的長相的……對不起。」

崔警衛也跟著安警衛低下頭道歉：

「我也感到很抱歉。當重案系刑警這麼多年了，像這樣一下子被撂倒還是第一次。我無話可說。」

都警監擺手說道：

「崔警衛，別這麼說，人沒事就好。聽說南巡警差點被綁架，幸好攔下了綁架他的車子。」

「真的嗎？」

「是啊，安警衛。幸好在那之前救出來，還有南巡警說他有看到共犯的長相。」

都警衛補充韓檢察官的話，說道：

「他正在和朴巡警一起製作模擬畫像。」

「南巡警現在人在本部嗎？」

「對。」

過了一會，趁著崔警衛起身離開去廁所，都警監看著他背影，低聲說道：

「安警衛，別說話，用聽的就好。」

「是。」

「南巡警現在在樓上。」

「啊？他在樓上？」

「噓！」

崔警衛、安警衛抵達前三十分鐘

韓瑞律檢察官和南始甫巡警走進安全屋，發現都敏警監早已在客廳等待。

「檢察官，你們回來了。」

「警監你先到了啊。」

「警監好。」

「南巡警，你身體還好嗎？」

「是的，現在沒事了。」

「幸好大家都是輕傷。雖然不知道對方是誰，但武術實力看來不容小覷。朱明根的共犯是這樣的高手，我們不能放鬆警戒。」

「不過至少有看到他的臉，可以開始了。」

韓檢察官好像在找什麼似地東張西望，對警監問道：

「警監，他在哪裡？」

「和朴巡警在二樓。」

韓檢察官抬頭看向二樓，並對南巡警說道：

「南巡警，你上去二樓和朴旼熙巡警一起製作共犯的模擬畫像。」

「好的，那我先上去了。」

都警監對著站起身來的南巡警說道：

「南巡警，在還沒叫你之前不要下來。不管聽到樓下有什麼聲音都絕對不要下來。知道嗎？」

「為什麼？」

「先別問。沒叫你之前不要下來。我已經跟朴巡警解釋過，詳細情況她會跟你說。」

「我知道了。」

南巡警用眼神示意後跑上了二樓。

「警監，這樣做沒問題嗎？」

都警監坐到安警衛身旁，靠近他耳邊說道：

「聽我說就好。我們懷疑崔警衛是間諜。」

「怎麼……。」

安警衛驚訝地想開口，都警監趕緊抓住他的肩膀制止：

「先聽我說。的確很讓人驚訝，所以我們剛才是故意撒謊。你只要知道羅警衛正在科學搜查隊分析證物，南巡警則是在這裡製作共犯的模擬畫像就可以了。」

安警衛沒說話，點頭表示明白。都警監又回到了原來的座位上。

「安警衛，主日大樓的調查進展如何？」

「喔，檢察官。那個……因為沒有搜查令，無法確實進行調查。」

「看來並沒有收穫。」

「是的。」

「朱必相之所以同意我們進去搜，是因為他早就都安排好了。」

「是啊。雖然也有料想到，但本來還是希望能找出一些朱明根和共犯的蹤跡。結果終究白忙一場。」

這時候，崔警衛從廁所回來，說道：

「檢察官，剛才傳來消息說看見朱明根離開了主日大樓。」

都警監驚訝地瞪大眼睛問道：

「崔警衛，你確定嗎？知道他現在的位置嗎？」

「是的，警監。聽說他逃到了首爾郊區。我已經派人繼續追蹤，但我們得趕緊出發了。」

崔警衛急著要走，安警衛也站起來說道：

「崔刑警，我也一起去。」

「走吧，安刑警。」

「兩位小心，等確認位置後再跟我們聯絡。」

崔警衛和安警衛一走出安全屋，南巡警就慢慢地從二樓走下來。

第10話 黎明破曉

二〇〇五年八月

即使夜幕低垂仍不減空氣中的濕熱。一名男人在別墅周圍徘徊，從圍牆上探頭察看別墅裡的狀況。巡邏的保全感到不對勁，拿起手電筒照向圍牆，立時發現那名男人，迅速跑向他。

「是誰？在那裡做什麼？」

男人猶豫片刻，四處張望之後迅速逃跑，保全高聲呼喝追在他後頭。

他拚了命地逃跑，前方出現一片破舊的廢墟，他猶豫著是否要進去，但追趕的腳步聲越來越近，他別無選擇只好踏入廢墟。那些保全發現散發著陰森氛圍的廢墟，彼此推擠，誰也不願意打頭陣。

最後，三名保全決定一起進去。他們拿著手電筒，四處探照尋找那名男人。而男人則躲在臥室的舊衣櫃裡，從衣櫃門縫窺探外面情況。其中一名警衛走進臥室查看，很快地察覺到衣櫃裡有人。保全不動聲色地朝另外兩名保全招手。

「喂，老鼠躲在衣櫃裡。」

「是嗎？太好了，快進去吧。」

一名保全走進臥室，大聲呼喝道：

「小子，快出來！我們知道你在那裡！」

男人煩惱要出去還是繼續留在衣櫃。保全等不及，直接走到衣櫃前用力打開櫃門，然而就在那一刻，在後頭觀望的保全突然向前摔倒，打開衣櫃門的保全大吃一驚，趕忙轉頭看：

「怎麼回事？」

一眨眼間，一個不知道哪裡冒出的黑影揮著拳頭，被拳頭擊中的保全隨即倒地暈了過去。男人從衣櫃裡目睹這一幕，趁機跑了出來。然而，黑影沒有追趕男人，而是將其他兩名保全都打暈。

男人朝著停車的地方跑去，發現後面沒人追趕，稍微鬆了一口氣後打開車門。然而，車門猛然被關上，那個黑影突然出現在他面前。

男人嚇了一跳，隨即揮拳打向黑影，身手矯捷的黑影迅速抓住他的手。

「是我。沒事的。」

「誰……？」

男人這才注意到黑影的臉。

「啊！吳民錫？」

「對。你是跟蹤我過來的嗎？」

跟蹤吳民錫來到這裡的正是李延佑警衛。

「沒辦法，想要找到線索就得……」

「我不是叫你不要再查了嗎？這樣你也會有危險。還是你真的想死？」

「別說了，先上車吧。」

李警衛坐進駕駛座，吳民錫也上了副駕駛座。

「我不能待在這裡太久。你查得太深入了。我再說一遍，就算查出真相，找到了殺死韓刑警的凶手，你也束手無策，他背後的勢力不會放過你。他們是巨大的船艦，而你只是一艘小紙船，誰都知道和他們撞上會有什麼結果。到時候會受到傷害的的只有你……不，恐怕連你的小命也難保。」

「我早就知道這件事並不容易。不管對方是船艦還是什麼，只有逮捕殺害警監的凶手才可能揭發他們的真面目。現在優先要做的就是抓到凶手和掌握證據。」

「你是想以教唆殺人的罪名抓幕後主謀者嗎？你真的覺得有可能？這麼做頂多抓到底下的小咖，你永遠不會知道首腦是誰。單憑個人之力絕對辦不到，更不用說是像你這樣的新手刑警。你先去累積足夠實力再行動吧，當上警察署署長之前都不要去惹事。有實力才比較可能抓到他們，否則只是以卵擊石。」

「那在我累積實力的這段時間，他們還會犯下多少罪？」

「所以你要快啊。我也對韓刑警說過，現在的情況絕對不行，你一個人是無能為力的。」

「我不是一個人，還有徐……」

「不要告訴我，一旦被我知道那個人也會有危險。如果你真的想知道他們是誰，真的想抓住他們，就去累積實力吧。不要年輕氣盛莽撞地撲上去，不然我也幫不了你。等你準備好了，到時候……」

吳民錫話說到一半，突然頓住。李警衛抓住他的手臂問：

「到時候怎樣？」

「沒事，你該走了，我也要去看看情況。不要再跟蹤我了，我不能保證還可以像這次一樣救你。」

吳民錫推開李警衛的手下了車，跑進一片黑暗之中。

現在。本部命案D—1／主日命案D—7

朴范秀和羅相南警查並肩走在路上，彼此交談著。

「我不是叫你暫時不要過來嗎？」

「沒關係啦。我又不是第一次來找你，不會被發現的。先待在一起再回去還比較自然。」

「反正現在都聽你的。那接下來有什麼打算？」

「我才要問你。」

「什麼？」

「不是嗎？先把你知道的都說出來，才能制定未來的計畫。」

「已經都說過了，我也不清楚。」

一天前。在車上

「羅警查，到了。」

「再繞一圈，朴刑警。」

「相南，時間快到了。我不去的話就死定了，連你也一樣。放我走吧，好嗎？」

「朴刑警，開車！」

「是。」

車一發動，羅警官就抓住朴范秀的手臂說道：

「范秀，你老實說。你真的不知道黑暗王國是什麼嗎？」

「就說了我不知道。那是什麼？」

朴范秀甩開他的手回答，羅警查指著他的肩膀追問道：

「那你肩膀上的刺青是什麼？」

「刺青？」

「對。」

「刺青怎麼了？提議做這件事的人說要在肩膀上刺青，方便辨認自己人，是用來區分敵我的標誌。」

「所以你不知道黑暗王國？」

「怎樣？這個刺青跟黑暗王國有關嗎？」

「小子，看來你真的不知道。到底是誰要你做的？」

「一星。」

「一星？這是名字嗎？」

「不是本名。比起這個，相南，我沒時間和你說這些，現在……」

朴范秀抓住羅警官的膝蓋想解釋，羅警官卻握住他的手；

「范秀，到此為止吧。我不知道他們怎麼跟你說的，但該停手了，這樣我才幫得了你。」

「相南，如果我不進去，不管誰幫我，最後我都是死路一條。」

「我不會讓他們得逞的，所以聽我的吧。」

「好吧。什麼時候能見到那個叫一星的傢伙？」

聽到羅警查的問題，朴范秀搖了搖頭說：

「我無法主動聯絡他，通常都是他來找我。奇怪的是他永遠知道我在哪裡，他應該有派人監視我。」

「是嗎？范秀，你家會不會被裝了竊聽器或攝影機？以防萬一，動作自然一點不要被發現，知道嗎？」

「原來是這樣？我怎麼沒想到？」

「還有，黑暗王國的事要保密，不能透露給任何人，也不要好奇去打聽。我給你的東西還留著吧？一星出現馬上聯絡我，我會立刻趕到。」

「好。」

二〇〇五年九月

李延佑警衛和徐弼監警衛在一家咖啡廳碰頭。

「居然發生了這種事？」

「幸好有吳民錫出手幫忙，我才沒被發現順利脫身。」

「真的不是他幹的嗎？」

「上次已經跟你解釋過了，這次的事情也證明了不會是他。」

「也是啊。如果是凶手就不會這樣幫你，那我們是不是應該聽他的停止調查？其實吳民錫說的也沒錯，憑我們是不夠的。我還沒告訴你，我可能要被降職了。聽說懲戒委員會正在打算把我調到地方去。」

「什麼？怎麼現在才說？為什麼這麼突然？」

徐警衛搖了搖頭，說道：

「也不算突然。我早有預料到他們會看輿論風向找機會處理我。所以，李警衛靠自己一個人的力量更不可能解決這件事，就聽吳民錫的建議吧。一旦我被調去地方，就很難幫你了。」

「其實我也想過自己真的能做到嗎？我也清楚，就像吳民錫說的，我這麼做無疑是以卵擊石。但要我明知道卻袖手旁觀……」

「我了解你的心情，但是光只有你自己是不可能的。也許可以再找一些可以信任的人，你覺得呢？」

「我覺得目前還不是時候。眼下我什麼都沒查到，就這樣找來其他同事參與這種危險的行動，我會過意不去。等我找到具體證據，調查有所進展時再請求協助也不遲。」

「所以你打算在那之前都自己去查？這根本是自殺，絕對行不通的。如果不願意放棄那就耐心等吧。就像吳民錫說的，雖然需要時間，不過先累積實力之後再行動會比較好。」

「真的只有這個辦法嗎？」

「也沒辦法。你不需要有罪惡感，班長也不希望看到你因此內疚。你不是說吳民錫要你之後再去找他，看來他也希望我們未來能有所進展。」

「他說得含糊，但聽起來是這個意思沒錯。他要我準備好，到時候再……」

「就這麼決定吧。先放下班長的案子，著手收集掌握幕後主謀者身分的證據。班長也說過要繼續觀察蔡利敦議員和蔡非盧警衛。你先盯著他們，而我會調查出現在餐廳的金基昌。」

李警衛的眼神像是下定了決心，點點頭回答：

「就這麼辦吧。徐警衛，你自己小心。」

「我到了調職的地方，等於是遠離了他們的視線範圍，所以不會有太大問題。不過不知道他們有沒有在暗中監視，你要保持警覺。」

「好。我會留意。」

現在。本部命案D－1／主日大樓命案D－7

安全屋的二樓，南巡警和朴巡警在製作他於主日大樓臨時建築看到的共犯模擬畫像。他聽見一樓傳來的聲音，便小心翼翼地打開門想偷聽樓下的對話。等到確定崔警衛和安警衛離開之後他來到一樓。

「警監，抱歉偷聽了你們的對話。你為什麼要跟崔刑警說我在本部？」

「南巡警，你還記得我們在醒酒湯店聊過的事吧？」

「難道……警監你在懷疑崔友哲刑警？」

「是的。組員之中崔警衛的行為最可疑。他不僅多次主張中止調查，而且沒有直接參與行動，卻又了解所有調查內容。如果是他便可以輕易地洩漏我們內部的資訊。」

「他是因為受了傷才無法和大家一起行動。他提出中止調查也是有其道理。」

「南巡警，我明白，你可能認為懷疑的理由不夠充分。但一定要查出誰是間諜度過這一關，否則我們只能追著對方跑，無法預測下一個會是誰遇到危險。」

「……。」

這時，南巡警突然想起自己在本部看見韓檢察官的屍體幻影。

「南巡警，你怎麼了？」

「啊……沒事。我明白你的意思了。警監，你還有其他懷疑的對象嗎？」

「其實我也懷疑安敏浩警衛。」

「安刑警？不會的，安刑警非常尊敬組長，你也親眼看到他有多難過不是嗎？」

「我知道，但我們還是得弄清楚。」

「警監既然懷疑他的話，為什麼要透露我在這裡？還跟他說羅永錫警衛在哪裡。」

「那不全是真話。羅警衛不在科學搜查隊，他很快會過來，然後我們會離開這裡轉移到其他地方。」

「真的嗎？檢察官本來就知道嗎？」

「抱歉，南刑警。因為警監指示要暫時保密。他之前找你聊的時候也跟我討論過了，蔡利敦議員的案子也是靠警監的協助。」

「原來如此。那你們相信朴旼熙刑警吧？還有羅相南刑警……。」

「對。經過蔡利敦議員這件事，我們現在能信任羅警查。至於朴巡警……」

檢察官打斷都警監的話，說道：

「我已經確認過也告訴警監了，所以朴巡警才會加入一起調查蔡利敦議員的案子。」

「所以是故意支開崔友哲刑警和安敏浩刑警，讓他們去主日大樓……。」

「這也是原因之一。朴巡警下來了。」

韓檢察官指了指拿著一張紙下樓的朴巡警。

「警監、檢察官。模擬畫像完成了。」

「是嗎？快拿來看看。」

都警監站起來，確認朴巡警遞過來的模擬畫像。

「原來是這個人。眼睛看起來的確是他。」

都警監將模擬畫像交給了韓檢察官。

「啊！這個人……。」

韓檢察官嚇了一跳脫口而出，但話只說到一半。

「檢察官，妳怎麼了？」

「沒什麼……。這個人……他叫吳民錫。」

「吳民錫？」

南巡警反問，都警監接著追問：

「檢察官，妳認識他？」

「對，我小時候……沒錯。那時候在電梯……是他沒錯。怪不得他那時候一直在流汗。」

韓檢察官自言自語地說著，南巡警感到納悶地追問：

「檢察官，妳在說什麼？」

「我那天……」

韓檢察官告訴他們自己前去與朱必相見面時，曾在電梯前遇到吳民錫。還有小時候父親和吳民錫見過面，而在那天之後父親便去世的過往。

「原來發生過這些事。」

都警監表達遺憾，而南巡警立刻接著提問：

「會不會是他殺害了檢察官的父親？」

「這件事以後再說。現在重要的是找出他是連續殺人犯的證據，並且查明他和朱明根的關係。」

「他稱呼朱明根為理事。」

「是嗎？這麼說他是朱必相的人？」

都警監安靜思考著，然後似乎想起了什麼開口說道：

「這麼說來，組長的線人不是說他有見到稱呼朱明根為理事的人嗎？」

「沒錯。那麼只要把模擬畫像給線人看就能確定了。如果是同一個人就表示朱必相有牽涉其中吧？」

「應該沒錯。只要我們抓到吳民錫就能證明了。」

韓檢察官調整了一下呼吸後說道：

「不過，我們能相信崔友哲警衛的話嗎？朱明根這麼難找，他卻能馬上找到，有點奇怪。」

「既然安警衛也一起去了，我想他應該沒說謊。」

這時，門鈴響了。

「我去看看。」

南巡警走到玄關問道：

「是哪位？」

「我是羅永錫警衛。」

「好，請等一下。」

羅警衛似乎很急迫，大門一開立刻向都警監說道：

「警監，你說對了。」

「什麼意思？」

「啊，南巡警你好。警監要我找找看火災現場處理完畢後的監視器影片。」

「為什麼？」

羅警衛看了都警監一眼之後才接著說：

「先前調查的監視器影片中沒看到我們想找的車輛，但警監認為對方會選在火災處理工作都結束之後才離開仁川，所以我調出了監視器影片確認。」

「所以拍到了。」

「羅警衛，查過車輛去了哪裡嗎？」

「有，警監。去了首爾特警隊。」

南巡警瞪大雙眼看著羅警衛。

「特警隊？所以這件事跟警方有關？」

「羅警衛，另外兩輛車怎樣了？」

都警監一問，羅警衛搔了搔頭回答道：

「那個，他們自從開進松內轉運站之後就沒再出現過了。我想他們可能在那裡換車離開了。」

「有可能。你有確認在那之後的畫面嗎？」

「還沒足夠的時間確認。」

「了解。羅警衛，辛苦了。蔡議員的隨身碟……。」

羅警衛從包包裡拿出了文件夾和小的信封。

「警監，先看看信封裡的照片。」

「照片？」

都警監從信封裡拿出照片逐一查看，說道：

「這些人是……喔？這不是朱必相嗎？他旁邊的是李弼錫議員……。」

「沒錯，很多熟面孔。」

「還有趙德三檢察官和李大禹大法官。這是哪裡？看起來像哪裡的莊園。」

「好像是別墅。我正在查這個地點的位置。」

都警監把照片遞給韓檢察官後打開文件夾，羅警衛立刻開口解釋：

「文件夾裡有照片中的人物名單和隨身碟裡的名單，還有一本帳簿。」

正在查看照片的韓檢察官聽到羅警衛的話，吃驚地問道：

「你是說帳簿嗎？」

「是的，檢察官。看起來像是對前來別墅的人賄賂的明細，帳簿裡也有照片沒拍到的人。」

「警監，這些人會是黑暗王國的成員嗎？」

「很有可能。」

「警監，請看最後一頁。」

都警監翻開了文件夾的最後一頁。

「喔！這是……」

「是的。好像就是閔宇直組長說過的那份文件。」

「組長有說過？」

一聽到閔宇直組長的名字，南巡警也湊過來看都警監手裡的文件。

「是的。和組長當時說的一樣，文件上方清楚地寫著黑暗王國。」

「蔡利敦議員好像也不知道黑暗王國的成員有誰。」

「就說了，我是沒辦法知道。」

聽到後面傳來了聲音，韓檢察官轉過頭。

「一直待在裡面都要悶死我了。都警監，你是不是以為我說謊？」

「蔡議員，不是的。必須要釐清才能避免調查時發生混亂，不是嗎？」

韓檢察官命案當天。主日大樓命案D－6

天還矇矇亮的清晨，一輛車駛出了別墅。車禹錫被大門開啟的吱呀聲吵醒。雖然他和大門還有一段距離，但由於四周很安靜，開門聲顯得格外刺耳。

從別墅開出的是金基昌的座車，車禹錫立刻追了上去。金基昌的座車停在首爾近郊一家韓式定食餐廳前。

金基昌一下車，對面的車像是在等他一樣，也走下了一名男人。

朝金基昌走來並點頭致意的，是大檢察廳次長尹畢斗檢察官。車禹錫趕緊拿起放在副駕駛座上的攝影機，拍下兩人會面的情景。金基昌輕拍著尹次長的肩膀，相偕走進韓式定食店。

他們的司機也下了車，進入韓定食店旁邊的另一家餐廳。車禹錫確認四周無人後也下車走向定食店。

「歡迎光臨，請問您有預約嗎？」

「預約？沒有。」

「本店用餐是採預約制，非常抱歉。」

「都沒有空位了嗎？」

「先生，真的很抱歉。我們只接待有預約的客人。」

他無奈地離開，在餐廳外繞了一圈，試圖找出可以從外面看見兩人的位置，不過沒找到。

車禹錫只好回到車上，等待他們出來。金基昌和尹次長坐在餐廳內有說有笑地享用午餐。

「每次來這裡都覺得像是吃到母親做的家常菜，有時候都會感動得想流淚。」

「是嗎？看來令堂廚藝很好。」

「對啊。她的手藝都可以開餐廳了。」

「看來您經常來這裡。」

「豈止經常？我可是四十年的老顧客了。」

「真的嗎？啊，原來這裡開業這麼久了？」

「這裡可是百年老字號。」

「百年？哇……。」

尹次長感嘆地笑了出來，金基昌指著天花板的椽梁說道：

「經歷了一個世紀的大風大浪，仍能堅守在此的餐廳，不覺得很了不起嗎？」

「是啊。真是個了不起的地方。」

「我們是不是也該建立個百年王國了？」

「您說的對，長官。」

「這是第幾次了？不能再這樣下去。」

「我也同意，可惜沒有合適的地方。」

「沒有就打造一個，難道不是嗎？」

「……您是說自己打造嗎？」

「狗和牛都能打造自己的家園，我們憑什麼不能？」

「我們缺乏核心基礎，僅憑我們的力量……」

「核心也能自己打造。很快就會有適合的人選了。」

「這是……什麼意思？您心中有人選了嗎？」

「等著看吧。那個人很快就會出現。」

「那個，長官……。」

尹次長看了看金基昌的臉色，不敢繼續說下去。

「沒關係，儘管說。」

「長官，我能成為那個人選嗎？」

「喔！尹次長，你居然也有如此的抱負嗎？」

「……我長年輔佐長官，自認比任何人都更能打造出您所夢想的國家。請讓我接手吧，長官。」

「尹次長，這一點我比誰都清楚，但……現在還不是時候。以後還有機會，尹次長再等等吧。」

「……。」

「一定有機會的，到那時候可別錯過。」

尹次長從座位上站起來，鞠躬說道：

「謝謝長官。」

「所以趕快……啊！不了。何必費力重新打造？把剩下的拿回來不就行了。」

「我知道了。我會想辦法的。」

「好。坐吧。」

「是。」

尹次長再次鞠躬致意，坐回原位。

「沒剩多久了，我們所盼望的那一天即將到來。是時候走出黑暗了，你說對嗎？」

「是，我知道了，長官。」

在朦朧晨曦之下，安敏浩警衛在副駕駛座上打著瞌睡。這時駕駛座車門打開，崔友哲警衛上了車。安警衛聽到關車門的聲音，猛地睜開眼看向駕駛座。

「喔！你去哪裡了？」

「你醒了啊。我和線人通了個電話。我怕在這裡講電話會吵醒你。」

「你應該要叫醒我的，我不小心打瞌睡了。」

「沒關係啦，你繼續睡吧。我會看著的。」

「不過確定是這裡嗎？線人真的進去了？」

安警衛指著一間高級別墅。

「對。以防萬一我有再確認過。現在該怎麼做？要繼續在這裡盯著？還是回去？」

「我們回去的話，這裡怎麼辦？」

「別擔心，線人會繼續盯著的。」

「還是不要好了。我們繼續等吧，怕有什麼萬一。」

「是嗎？那我要去找徐議員，之後會回本部一趟。朱明根一有動靜馬上聯絡我。」

「知道了。」

「拿去，這是車鑰匙。辛苦了。」

「是！忠誠。」

崔警衛下車後看了高級別墅一眼，轉身離去。安警衛等崔警衛走遠之後，拿出手機向某處打了電話。

一家破舊的小餐館裡，徐道慶總警獨自喝著雪濃湯。過了一會，從門口走進來兩名壓低著帽簷的男人。

「大清早的找我們有什麼事？」

「因為只有現在才有時間。少囉嗦，坐下來喝雪濃湯吧。」

「啊？你已經點好了？」

「快坐吧。可以喝碗湯不錯啊，幹嘛大呼小叫？」

「看看他。學一下。」

「哎，好啦，我知道了。」

「還沒找到嗎？」

「你不是要我吃飯嗎？吃完再說。」

「這小子，有夠龜毛。」

「我實在是太累了。」

「知道了。先吃吧，吃飽再說。」

這時，餐桌上的手機傳來震動。

「科長，接電話吧。」

「喔，好。你快吃吧。」

徐總警揮揮手，接起電話：

「喂？」

「科長，現在方便講電話嗎？」

「可以，車警衛。說吧。」

「昨晚我跟蹤朱必相，到了陽村的別墅。」

「別墅？誰的別墅？」

「我不清楚是誰的別墅。不過，朱必相在那裡見了嚴奇東檢察官和張秀哲檢察官。我會把他們的對話錄音檔發過去。更重要的是，我還看見了前安全企劃部部長金基昌。」

「什麼？金基昌？」

「科長認識他嗎？我查了一下，發現他的資歷很驚人。」

「是啊。他可是被稱為精英中的精英。在軍政府時期一提到金基昌人人心驚膽戰。他可是集VIP的寵愛於一身。」

「原來啊。現在金基昌正和尹畢斗次長會面。」

「大檢察廳的尹畢斗？」

「是的，科長。這是什麼情況？我查過金基昌從一九九七年以後就沒有對外活動過了。」

「照理說是這樣，他當時突然不知去向。軍事政權結束之後，每次國會議員或市長選舉，他都是有力的候選人。不過突然就安靜地消失了。他為什麼突然要見尹畢斗？」

「會不會跟黑暗王國有關呢？」

「好，我知道了。你先盯緊金基昌。」

「好的。」

電話一掛斷，帽簷向前壓低的男人問道：

「是禹錫打來的？」

「對。」

「那怎麼不拿給我聽。有什麼事嗎？尹畢斗？是大檢察廳次長尹畢斗檢察官？」

「沒錯。他說金基昌正在和尹畢斗會面。」

另一名戴著帽子的男人好奇地微微抬起帽簷，問道：

「金基昌？沒聽說過這個名字，他是誰？」

「尹警衛居然不知道？他在第五共和國[*1]時期是大檢察廳中央調查部部長，也是最後一任安企部部長。」

「是嗎？已經退休的人為什麼要見尹畢斗？該不會是黑暗……」

他看了一下周圍，壓低聲音說：

「會是和黑暗王國有關嗎？」

「也許吧。我要他繼續盯著金基昌。輪到你們說了，目前進展如何？」

「我們找到了殺害李弼錫議員的凶手。他叫權斗植。」

「權斗植？」

---

*1：一九八一年至一九八八年，總統為全斗煥。

尹警衛點點頭，繼續說道：

「是的，科長。調查後發現，權斗植在空輸特戰旅團服役一年後就退伍了，從那之後就找不到他的消息。我們正在努力尋找他的下落。」

從剛才就壓低帽子靜靜聽著的男人接著說道：

「還有一件事。趙德三檢察官在死前提到的檢察官就是尹畢斗次長。」

「什麼？真的嗎？」

「所以我聽到尹畢斗和金基昌見面才有點驚訝……。」

「趙德三說了什麼？」

「他說……」

中國人將趙德三檢察官拖到一個巨大的油桶前，桶子裡頭裝滿了水。

「敢動韓國的檢察官？王八蛋！做這種事以為不會被抓到嗎？」

中國人正準備將趙檢察官扔進油桶裡，趙檢察官奮力掙扎，苦苦哀求道：

「啊啊！抱歉，不，對不起，拜託饒了我好嗎？聽不懂我說的話嗎？媽的，真的不是我做的，我只是負責傳話而已。我是說真的！是崔刑警下的手。是崔友哲那傢伙殺的。我沒有殺人。啊！是真的。請相信我。我也是聽上面吩咐辦事。拜託叫那老人家過來，叫李德福那傢伙過來聽我解釋！這樣……啊，拜託……好，我說。

是尹畢斗次長，是大檢察廳次長尹畢斗檢察官的命令！嗚呃……。」

「那兩個中國人說的話可以相信嗎？」

「他們和閔宇直系長有談好條件，不太可能說謊。」

戴帽子的男人聽了尹警衛的話，接著說：

「殺李弼錫議員的凶手也是以他們提供的證詞製作模擬畫像才找到的，不是嗎？」

「也對。所以尹畢斗是首領嗎？」

徐總警用湯匙的握把撥了撥瀏海，看著他說道。

「他頂多只是中階管理者。雖然還需要進一步調查，不過金基昌這人讓我很在意，直覺告訴我，他可能才是首領。」

「不要只相信直覺，再調查得仔細點！尹警衛，你替我去見一下徐弼監科長。」

「我嗎？」

尹警衛看向坐在旁邊的男人，男人沉默著點了點頭。

「我知道了，科長。」

「我是不是太早聯絡你了？」

「不會。快給我看看。」

羅永錫警衛凌晨打給了都敏警監，請他到自己家裡來。

「我請警監來，不是為了給你看東西。」

「是嗎？那是……？」

「我查了特警隊的行車紀錄後發現，當天凌晨開車的隊員就是尹鎮警衛。」

「尹鎮警衛，我好像在哪裡聽過這名字……。」

「在徐敏珠議員的案件時，他和閔宇直組長一起執行任務。」

「沒錯，就是他。尹警衛為什麼……。你確定嗎？」

「車輛日誌上有紀錄，而且，當天凌晨有警察同事看見尹警衛開車出去。」

「你在調查的事沒被尹警衛發現吧？」

「警監不用擔心。尹警衛也是黑暗王國的一員嗎？」

「你這麼認為嗎？」

「什麼？警監覺得不是嗎？」

「我也不確定，但是這與我們原本的預測不同……」

就在此時，都警監的手機響了起來。

「等一下。」

都警監拿出手機接聽。

「喂？……什麼？為什麼要進行扣押搜查？……知道了，我馬上過去，不用擔心。」

都警監放下手機，羅警衛驚訝地問道：

「警監，什麼扣押搜查？」

「羅警衛，聽說現在檢方正在對科學調查隊進行扣押搜查。上次從國科搜拿到的李弼錫議員的解剖報告，以及李大禹大法官的鑑定報告，現在似乎出了什麼問題。」

「他們怎麼會……？」

「看來我們的預測又錯了。」

「這又是什麼意思？」

「邊走邊說吧，動作快。」

都警監和羅警衛匆忙趕往科學調查隊。

◎

吳民錫壓低帽子，拿著黑色袋子走了進來。他一進來就把帽子扔掉，來到了廚房。

「七星哥，你什麼時候出去的？」

「我看您睡得很熟，所以沒有叫醒您。」

「是嗎？我難得睡得很好，中間都沒醒過。」

「真的啊，那太好了。快過來坐。我外帶了附近的雪濃湯回來，快吃吧。」

「哇，真棒。謝謝你，七星哥。」

「別這麼說，快吃吧。」

吳室長露出了微笑。

「你笑了？原來哥也會笑啊？」

「當然，我也是人。」

「你是人嗎？」

「啊？」

朱明根笑著拍了拍吳室長的手臂，說道：

「開玩笑的啦。我好像只看過你皺眉頭，從沒看過你笑……不是嗎？」

「也是。因為我不愛笑。湯快涼了，快吃吧。」

朱明根拿起湯匙，嚐了口味道。

「哇，真好吃。」

朱明根把白飯放進雪濃湯裡，吃了一大口。吳室長心滿意足地看著他。

「你幹嘛這樣看我？」

「沒什麼，我第一次看到您吃得這麼開心。快吃吧。」

「是嗎？可能是因為很好吃吧，胃口大開。」

朱明根笑了笑，接著幾乎要將整張臉埋在湯碗裡，狼吞虎嚥地將整碗湯吃得一乾二淨。

「要再吃一點嗎？」

吳室長將自己的雪濃湯推向他。

「不用了，哥你自己吃。我飽了。」

「好，那我繼續吃。」

「七星哥。」

「是，理事。」

「沒事，你吃吧。吃完再說。」

「沒關係，你說吧。我差不多吃完了。」

「沒什麼，只是……你為什麼要對我這麼好？」

「什麼意思？您是理事，我當然……」

「可是，不管我怎麼使喚你、故意發脾氣，哥都會接受從來沒對我生氣，也不會去跟爸爸告狀。你有時候像是站在我這邊，有時候又像是站在爸爸那邊，害我很混亂，但又總是對我很好……。」

「不是的，我是按照社長的指示……」

「不要說謊。該懂的我都懂。看你的眼睛就知道了。總之，我很感謝哥。」

「是，理事。」

「你吃吧。我不吵你了。」

「沒關係……好的，那我先把剩下的吃完。」

朱明根笑嘻嘻地看著吳室長。

吃完飯，吳室長收拾著空碗，並對朱明根說道：

「不能在這裡待太久，外面有警察。」

「啊？你怎麼知道？」

「好像是從主日大樓開始跟過來的。」

「那為什麼還沒有動作？」

「具體情況我也不清楚，但可能是沒有拘捕令所以不能行動。這裡的保全森嚴也沒辦法輕易進來。只不過我們的位置已經曝光，在這裡停留太久，也難保他們不會直接闖進來，到時候想脫身就不容易了。所以最好趁現在監視的人少趕快移動。」

「是嗎？知道了。哥說的一定沒錯。什麼時候走？」

「等我整理完就走吧。別墅後面有一個狗洞。從那裡出去不會被他們發現。」

韓檢察官接到崔警衛的電話後出發前往本部。當她進到本部，便聽見指揮室裡傳來嘈雜的沙沙聲，好像有人急著在找什麼。

韓檢察官小心翼翼地走近指揮室，輕手輕腳地打開門查看。本部被弄得亂七八糟，而一個男人正匆忙地在朴巡警的座位上找東西。韓檢察官從白色層架上拿起一把鐵鎚，衝進指揮室。

「你是誰？」

正急著找東西的男人吃驚地轉頭看。

「啊！檢察官。」

「崔警衛？你在做什麼？」

「看不出來嗎？有人把本部搞得一團亂。」

「這不是你做的嗎？你不是在翻朴旼熙巡警的桌子嗎？」

「啊……妳誤會了，請先放下鐵鎚吧。」

「你先說清楚。你在找什麼？」

「我在確認有沒有東西不見。我擔心連續殺人案的共犯模擬畫像被偷。不是說他們在這裡製作畫像？但我沒看到。要不要打給南巡警？不知道是不是收在其他地方了……。而且我更擔心的是南巡警的安危。」

韓檢察官這才放下了鐵鎚。

「南始甫巡警不會有事的。而且我聽說模擬畫像不是收在這裡。」

「是嗎？那就好。他們怎麼會連本部都……。這次也是要警告我們嗎？」

「你來之前就已經變成這樣了沒錯吧？」

「檢察官還在懷疑我？」

韓檢察官趕忙擺手說道：

「不是的。」

「我一到本部也嚇了一跳，滿腦子只想著模擬畫像所以找得太專心，沒發現檢察官進來了。」

韓檢察官看起來還沒有完全打消疑心，又問道：

「你找我有什麼事？」

「啊，我知道朱明根在哪裡了。是新沙那裡的高級別墅區，安刑警正在那裡監視。」

「那就直接進去逮捕他吧。」

「不行。沒有拘捕令不能進去。那裡的出入管制非常嚴格，即使是警察也不能擅自進去。」

「但裡面有個殺人犯……」

「雖然名義上是別墅，不過有不少住戶，很多都不是普通人。要是不小心驚動到不好惹的人物，到時候解散的不只是本部，我們會連工作都沒了。」

「有這麼嚴重？」

「是啊，檢察官。應該等朱明根自己出來，再進行逮捕。」

「那是不是應該增加人手？」

「我就是為了這件事才約檢察官見面。雖然有安刑警和我的線人在監視，不過需要在四周加派人手。」

「既然如此，快點向科長報告然後行動吧。」

「檢察官，關於黑暗王國的調查。」

「是，你說。」

「就像我之前說的，先停止調查吧？今天連這裡也被翻成這樣，看來他們已經掌握了我們全部的情報。如果繼續調查下去，大家都會有危險。」

「又是這件事嗎？上次已經討論過了。我以為你已經理解我的想法了。」

「理解……是啊，我的確是有理解。但是請看看現在這個情景，幸好這裡沒人，否則那個人也會像組長一樣遇到危險。我並不是想要放棄，只是想暫時退一步。等組長醒了，我們再重新開始不行嗎？現在勉強行動說不定就沒有退路了。」

「我明白你的意思。但是我上次也說過，不會強迫任何人參與調查，如果你不願意繼續下去，我也沒資格多說什麼，但請你不要妨礙調查行動。崔警衛，從現在開始你可以退出黑暗王國的調查工作。就這麼決定了，崔警衛。」

砰地一聲！崔警衛用拳頭重擊桌子。

「該死！我不是這個意思！檢察官，妳是聽不懂？還是瞧不起我？現在只是因為組長不在，我才聽從妳的指示。案件調查由警察負責，檢察官無權干涉。要我退出？該退出的人是妳，不是我。」

崔警衛如沸騰的熔爐般怒氣沖天說完後便要離開指揮室，不顧韓檢察官呼喚了他好幾次，頭也不回地打開了指揮室的門。

「喔！南巡警。」

第11話
朱必相之死

我正在偷聽韓檢察官和崔警衛的對話，雖然曉得崔警衛馬上就會出來，但當門突然被打開還是嚇了一跳。

「喔！南巡警。」

我假裝什麼都沒聽到，尷尬地笑著向崔警衛打招呼。

「崔刑警，你好。」

「怎麼了？你什麼時候來的？」

「剛剛才到。」

「好吧，我還有事，先走了。」

我側過身讓路，崔警衛快步走了出去。

韓檢察官沮喪地坐進沙發。

「檢察官，妳還好嗎？」

韓檢察官不發一語，低著頭陷入沉思。現在是怪漢即將闖入的時候了，我緊握著胸前的手槍，轉身走向指揮室的門邊。只要在怪漢衝進來時拿出手槍制止就行了。不要緊張。我必須保護好韓瑞律檢察官。

我小心翼翼地取出胸口的手槍，打開保險，瞄準指揮室的門。

「南巡警，你在做什麼？」

「沒什麼。檢察官請留在原地。等一下就好，我之後再解釋。」

「為什麼要拿槍？你這是在瞄準什麼？」

「檢察官，我現在沒辦法解釋，請再等一下。」

怎麼回事？時間已經過了但怪漢卻沒有現身。又了出什麼問題嗎？為什麼？照理來說，時間一到就會有怪漢進來襲擊韓檢察官……。

就在這時，和我預想的一樣，指揮室的門突然發出聲音打了開來。

「不要動！」

「天啊！怎麼了？」

朴旼熙巡警看到手槍花容失色，下意識舉起了雙手。

「朴刑警？」

「南巡警，你在幹嘛？」

「怎麼會是妳？」

「什麼怎麼會是我？我回來本部……卻突然把槍……」

我不敢放鬆戒心，依然舉著槍瞄準。

「南巡警？我要繼續舉手嗎？」

「啊！不用。朴刑警，對不起。」

「發生什麼事了嗎？指揮室怎麼變成這樣？是誰做的？難道是他們？所以南巡警才會拿槍……」

我不知道事情為何出現變化。這麼看來，在襲擊發生之前，我應該要先查看超自然現象才對。剛才專注在聽崔警衛和韓檢察官的對話就忘了這件事。難不成出現了變數？

「南巡警！現在解釋清楚吧。還要再等嗎？」

韓檢察官不知何時來到了我的面前。

「檢察官，對不起。能再等一下嗎？」

「又等？到底在……」

我閉上眼回想著韓檢察官的屍體。然而這次卻看不到屍體幻影，難道這表示韓檢察官不會死了？

「咦？」

我困惑地四處張望。現在我看到的不是超自然現象。為什麼？這是怎麼一回事？

「檢察官，南始甫巡警在幹嘛？」

「我也不知道。」

「啊！南巡警，你該不會看到屍體幻影了吧？」

「屍體幻影？是誰在本部……？」

這時，韓檢察官的手機鈴聲響起。

「等等。」

韓檢察官立刻接起電話。

「是的，警監。……真的嗎？好、好。我現在在本部，這裡也被翻過了。……還有，聽說朱明根人在新沙的高級別墅區，我覺得應該先去那裡看看。詳細情形我們見面再說。……好，我會的。」

「檢察官，是都敏警監嗎？」

「對，南巡警。不只有這裡出狀況。」

「什麼意思？」

「聽說科學調查隊遭到扣押搜查。上次不是偷偷從國科搜拿來李弼錫議員和李大禹大法官的文件嗎？」

「是上次那份驗屍和鑑定報告？」

「沒錯。看來是因為那件事才遭到扣押搜查吧。」

「但是他們怎麼會知道？」

「我也不曉得。」

「所以我們內部真的有間諜？」

韓檢察官望著朴巡警，沉默點頭。

「剛才妳在電話中有提到朱明根？已經找到他了嗎？」

「對，找出了他藏身的地方。我和警監約好了在那裡碰面，你也一起去吧。」

「檢察官，那我也……」

「當然。朴巡警也一起去吧。現在出發。」

日落後黑幕降臨，一輛車駛進了漢江公園的停車場，看起來要停入其他車輛之間的空位，這時尹鎮警衛卻下了駕駛座，並打開旁邊車輛的副駕駛車門。

「忠誠！我是警衛，尹鎮。」

「很高興見到你。我是徐弼監，快上車。」

「是。徐道慶總警無法親自過來，要我代他向您致歉。」

尹鎮警衛說著，並坐進副駕駛座。

「好，告訴他沒關係。閔宇直系長現在情況如何？」

「他……」

中型轎車接二連三駛入主日大樓的地下停車場。每個下車的人都有保全護送，並引導到入口。他們搭乘電梯上到十六樓，走出電梯就看見畢恭畢敬迎接他們的朱必相社長。

「歡迎。在此見到各位真是我的榮幸。」

其中一人走到朱必相面前：

「客氣了，我們才應該感到榮幸，不是嗎？」

他回頭問其他人，大家紛紛笑著回應：

「當然，沒錯。」

「部長，您來了？」

朱必相向一名男人點頭打招呼。

「謝謝朱社長給我這個機會。」

「別這麼說，能邀請到貴客是我的榮幸。請進吧。」

「太好了，快進去吧。」

其他人跟著被稱呼為「部長」的人，走進了朱必相指引的宴會廳。跟在後頭的朱必相靠近部長問道：

「部長，您的岳父會來嗎？」

「朱社長，耳目眾多。還是喊委員長吧。」

「啊！是的。南哲浩委員長會來嗎？」

「別擔心，雖然他最近忙著整頓黨內事務，不過應該會抽空過來。」

「我有什麼好擔心的？只是期待能見到尊貴的嘉賓。」

「是啊。要是有機會能經常見面多好。」

部長靠近朱必相，輕聲耳語道：

「你知道他是有力的總統候選人吧？」

「當然知道，所以才想好好打聲招呼，給他留個好印象。請盡情享受宴會，有任何需要隨時告訴我。我先出去了。」

「好，等委員長來了，我再叫你。」

「是，部長。」

朱必相鞠躬致意後來到外頭。這時，一名男人走過來對著部長問道：

「沈部長，這裡就是那個有名的ＳＫＹ俱樂部嗎？」

「不是。ＳＫＹ在樓上。這裡是皇家俱樂部。」

「是嗎？唉，真可惜。很好奇ＳＫＹ會是什麼樣的地方……。」

「很快就會去到那裡的。」

「部長，這是您岳父會進青色瓦房的意思嗎？」

「什麼？哈哈哈。是啊，你真會說話。那一天很快就會到了，讓我們拭目以待吧。」

「為了那一天，我們會鞠躬盡瘁的，部長。」

男人對沈部長檢察官鞠躬行禮。

「好好好，楊檢今天就先好好放鬆，忘掉這段時間累積的壓力吧。」

「那當然。在那之前，準備這次聚會的沈魯陽部長得先為我們致詞。沈魯陽！沈魯陽！」

楊檢察官一喊沈魯陽部長的名字，周圍的人紛紛跟著高呼：

「沈魯陽！沈魯陽！」

「你們真是的，不要喊了。知道了，不要再喊了。」

沈檢察官雖然擺手阻止，但表情看來並不討厭。

「好啦，大家舉杯吧。」

楊檢察官轉身望向宴會廳的人們，高舉酒杯。

「大家注意！來，看這邊，舉杯。」

所有人都舉起酒杯，楊檢察官再次轉身對沈檢察官說：

「部長，我們準備好了。請說。」

沈檢察官假咳了兩聲後說道：

「各位後輩、同事們。大家能這樣聚在一起，我的內心感到既喜悅又踏實。之所以舉辦這樣的聚會，是為了報答各位一直以來的辛勞。今天拋開工作盡情享受吧，大家說好不好？」

「好！」

眾人高聲歡呼。沈檢察官舉起酒杯激昂地喊道：

「敬國家和檢察廳！」

「乾杯！」

楊檢察官一飲而盡，指引著沈檢察官來到沙發區。

「部長，這邊請。」

「好。」

沈檢察官一坐進沙發，宴會廳的燈光立刻變換，音樂也變得輕快。歌手和舞者在舞台上高歌熱舞，而身穿制服的職員端著酒飲和餐點，穿梭於人群之間。

朱必相走進位於十七樓的辦公室，叫來了隨行祕書。

「社長，您找我嗎？」

「吳室長在哪裡？」

「他和理事在一起。我已經轉達社長要見他，請他趕過來。」

「什麼？你叫他過來？」

「是的，社長您說……。」

「算了，現在馬上聯絡吳室長。」

「是。」

隨行祕書拿出手機打給吳室長。

「我是宋祕書。」

「我已經在路上了。」

「等一下。」

宋祕書用袖子擦乾淨手機螢幕，將手機遞給了朱必相。

「社長，請用。」

「吳室長，你不用過來了。」

「社長？發生了什麼事？」

「你的臉被知道了。」

「這是什麼意思？」

朱必相向宋祕書打手勢要他出去。等到宋祕書走出辦公室他才繼續說：

「我也不知道發生了什麼事，不過警方認為吳室長是連續殺人犯，還製作了模擬畫像。」

「我是連續殺人犯？」

「對，所以你暫時不要來這裡。先看情況再聯絡。以後有急事就找宋祕書。」

「我知道了。」

「還沒辦好朱理事的簽證嗎？」

「正在準備。很快就會完成，請不用擔心。」

「好，把朱理事送去美國以後，你去鄉下避避風頭。」

「好的。」

「你之前說過認識一個叫一星的人，對吧？」

「……。」

「當年替長官跑腿的人。你不記得了？」

「我記得。」

「替我安排一下。」

「社長要見他？」

「對。既然長官不願意見我，起碼得見一下他身邊的人，拉點關係也好。」

「我知道了，我會試著聯絡他。」

「好。聯絡好了再回報。」

「是，社長。」

夜幕籠罩，車燈照亮了道路，韓檢察官的車在停滯的車流中緩慢前行。韓檢察官、南巡警與朴巡警三人正前往新沙的別墅區。

「南巡警，現在可以說了吧。你剛剛在本部在做什麼？」

「時間已經過了……嗯，應該沒事了，我告訴你們吧。」

朴巡警從後座稍微探頭到前座，聽著兩人的對話。

「其實我在本部看到了檢察官的屍體幻影。」

「什麼？」

韓檢察官側頭看了南巡警，朴巡警也驚訝地瞪大了眼睛。

「那你不能說出來啊！」

「從看到屍體幻影那天開始算已經過了七天，所以現在應該可以說了。」

「意思是檢察官已經安全了嗎？不會有事了吧？」

韓檢察官又瞄了一眼南巡警。

「是的。請檢察官要沒事，喔不，我是說檢察官會沒事的。至於我之所以會在本部拿槍……」

南巡警將在本部看到韓檢察官的屍體幻影，和超自然現象的情況一五一十地敘述給她們聽。

「所以你才會拿槍指著我。」

「對。原本怪漢會在那時候闖進來。我不知道是什麼變數導致命案沒有發生。」

一直靜靜傾聽的韓檢察官開口說道：

「會不會是怪漢發現了？」

「怎麼發現的？難道他看到我走進本部了？」

「這也有可能。」

朴巡警小心翼翼地說道：

「這只是我的猜測，會不會是本部裡被裝了竊聽器或攝影機？若是他有察覺南巡警拿著槍埋伏，那安裝攝影機的機率應該比較高。」

韓檢察官通過後照鏡看著朴巡警問道：

「會是這樣嗎？」

南巡警驚訝地回頭看她。

「太可怕了吧！所以他們一直在監視著我們。」

「這樣的話，我們得盡快遷移本部。話說回來，謝謝南巡警救了我一命。」

「不客氣，檢察官。幸好妳平安無事。」

「南巡警真的很了不起，特殊能力不僅能破案，還可以救人。不但救了蔡利敦議員，還找到黑暗王國相關證據……等一下，他們會不會也知道蔡利敦議員還活著？」

朴巡警的話讓南巡警心頭一沉，看著韓檢察官說道：

「如果是這樣就糟了。羅刑警和朴范秀可能會有危險……。」

「檢察官！羅相南刑警打來了。」

「快接起來。開擴音。」

朴巡警按下通話鍵，並開啟擴音。

「喂？羅刑警。」

「朴刑警，妳現在跟檢察官在一起嗎？」

「對，檢察官在我旁邊。」

「請檢察官接一下電話。」

「她正在開車。我開了擴音，你直接說吧。」

「這樣啊？檢察官，我是羅相南。蔡利敦議員待的安全屋被撬了。」

「怎麼會？」

「不知道對方是誰，但感覺想找什麼東西，整間屋子被翻得亂七八糟。」

「又來了？本部也被闖入了。」

「南巡警，你是說真的嗎？檢察官，會不會是黑暗王國的人幹的？甚至還找到本部……。但他們怎麼知道安全屋在哪裡？」

「這下子證實了我們內部絕對有間諜。」

與其他人的激動相比，韓檢察官的聲音顯得沉著冷靜。

「那會是誰？」

「好像不是我們預想中的那個人。羅警查，你一定要守在蔡利敦議員身邊，不要告訴任何人你們現在的位置，除了我之外不要接任何人的電話。知道嗎？」

「檢察官知道誰是間諜了嗎？」

「還不……總之，在我們過去之前，請你保護蔡利敦議員。」

「不用擔心。你們要現在過來嗎？」

「不是。現在知道了朱明根的藏身之處，我們正要過去那裡。」

「那豈不是需要我出馬？讓南巡警過來這裡，朱明根那裡交給我吧。」

「不了，我們目前無法立刻逮捕他。回頭再聯絡吧。蔡利敦議員就拜託了。」

「知道了。」

電話一掛斷，南巡警馬上說道：

「檢察官，先別去找朱明根，去蔡利敦議員那裡吧。」

「什麼意思？」

沈魯陽部長將威士忌倒進裝有冰塊的酒杯，滿意地看著那些在舞台上載歌載舞的後輩。其中一位後輩檢察官走到了沈部長面前。

「部長好，我是今年剛進來的張大春。很榮幸受邀參加這樣的聚會，謝謝部長。」

「你說你叫張大春？」

「是的。」

「好，以後就請你多幫忙了，張檢。」

「我會誠心誠意輔佐部長的。」

「喔喔，好。繼續去唱歌吧。」

「是！」

張大春檢察官點頭致意後跑回舞台。這時，楊檢察官走到沈部長的身邊。

「部長，他是研修院第二名出來的。」

「真的？」

「是的。部長不記得了嗎？在見民道集團的孫子的時候……。」

「啊！就是在見鄭本部長的時候說的那個人啊。那天就是他幫你的？」

「他在很多方面都很有用。」

「好，是該把位子讓給聰明人了。你說是不是？」

「當然了。部長，有傳聞說……」

楊檢察官看著沈部長的表情，欲言又止。

「怎麼了？什麼傳聞？」

「聽說在野黨有一位新的大選候選人。」

「什麼？坐下來說清楚。」

楊檢察官坐在沈部長旁邊繼續說道：

「據說有人要建立新的政黨，說現在的政黨改變不了政權。」

「是誰在胡說八道？」

「聽說是從大檢察廳次長尹畢斗那裡傳出來的。」

「尹畢斗？」

「是的。有傳聞說，尹畢斗次長意圖掌握更大的權力，準備加入鐘路[*2]的選舉。」

「尹畢斗自從被任命為特別檢察官就受到媒體的讚譽。難道那些媒體會主動寫那種報導？還不都是尹畢斗在背後操縱。那傢伙太貪婪了。沒做出半點成績就妄想參選，哼！」

「就是說啊，但有傳言說尹畢斗背後有靠山。部長知道是誰嗎？」

沈部長似乎很感興趣，背部離開沙發，傾身向楊檢察官問道：

「靠山？難道……哎，不會吧。聽說他跟長官見過幾次面，難道不只見面那麼簡單？他有長官撐腰？」

「我就料想到會有這種事，所以早就派人跟著尹次長了。」

「真的？呵！楊檢真是不得了。」

沈部長拍了拍楊檢察官的肩膀。

「他今天早上好像也去見了長官。」

「今天？知道他們聊了什麼嗎？」

「還不知道，但尹次長離開時的神情有些異常。不知道尹次長是不是拿長官當靠山參加大選。」

「哎喲，不會吧。他們應該是為了這次的國會議員選舉才見面的吧。他應該急著想去選鐘路區。」

「那不也是個問題嗎？該去鐘路的應該是部長吧？難道不是嗎？」

「哎，你這傢伙別胡說。這種話不能到處講。我要在我老家參選。」

「部長，您要在老家參選？就算部長不打算去鐘路，至少也要在首爾……」

「哎，你怎麼不清楚狀況。我從老家參選就可以輕鬆戴上國會議員的金徽章，何必在首爾吃力不討好？你

＊2：鐘路區位於首爾市中心，該區有總統官邸青瓦台以及中央行政機關，為第一大選區，盧武鉉和李明博等人出任總統前皆曾當選鐘路選區的議員。

以為要在首爾戴上金徽章那麼容易嗎？看清楚現在的局勢吧。憑我們黨的聲望在這時局怎麼可能選上？只要在我老家插旗，金徽章就能輕鬆到手。你連這個都不明白嗎？嘖嘖。」

「啊……。原來是這樣啊？」

「就是這樣。尹畢斗那傢伙仗著自己有點名氣就狂妄自大，等他一去鐘路就沒戲唱了！要跌到谷底他才會清醒。所以不用管他，我們就等著看好戲吧，連自己走上黃泉路都不知道的傢伙，哈哈哈。」

沈部長拿起酒杯大笑，喝了口酒接著說：

「但你還是給我盯緊他。長官和尹畢斗太常接觸可不是什麼好兆頭。」

「是，我會的，部長。」

尹鎮警衛下車後走進一間老舊建築，他爬上樓梯，站在一間辦公室的門前。

叩叩叩！叩叩！

他敲門後等了一下，裡頭沒有回應，於是他又敲了門。

叩叩叩！叩叩！

這才傳來腳步聲，有人打開了門。

「進來吧，尹警衛。」

尹警衛用眼神問候走了進去。徐道慶總警已經在裡頭等著。

「碰面之後的狀況怎麼樣？」

「科長，聽說南哲浩議員今天要和一些檢察官聚會。」

「在哪裡？」

「主日大樓。」

「主日大樓不就是朱必相的大樓嗎？」

「沒錯。」

「知道他們為了什麼聚在一起嗎？」

「好像只是單純的聚會。」

「是嗎？那關於金基昌，他說了些什麼？」

「他說……」

停在漢江公園旁的車裡，徐弼監科長和尹鎮警衛正在交談。

「科長，你知道大檢察廳的次長檢察官尹畢斗吧？他去見一個叫金基昌的人。」

「金基昌？前任安企部部長……」

「科長認識他？」

「當然知道。我一直在注意他。」

尹警衛驚訝問道：

「你有在注意他？」

「沒錯，金基昌是我們調查的重要人物。」

「為何這麼說？」

「你知道南哲浩議員吧？」

「是的，我知道。」

「我會和閔系長見面也是因為南哲浩議員的事。閔系長正在調查一個叫做一星……本名權斗植的人。而我則負責監視南哲浩議員。」

「我有聽說。」

「我好像也稍微跟閔系長提過，南哲浩議員過去當大檢察廳中央調查部科長的時候，是金基昌的人。」

「你說『過去』，代表現在不是了嗎？」

「沒錯，你反應很快。現在南哲浩實力壯大了許多，表面上兩人依舊是親密無間，實際上互看不順眼。現在更是如此。話說回來，你說他見了尹畢斗對吧？」

「是的。科長之前沒聽說嗎？」

「我知道他們偶爾會見面。尹畢斗似乎在金基昌和南哲浩之間搖擺不定。」

「原來他還沒有決定要站在哪一邊。」

「可以這麼說。看看這次的選舉結果應該就會知道了。」

「科長剛才話說到一半。為什麼金基昌會是重要人物？」

「我認為至今政界發生過的重大事件背後都有金基昌。」

「都是金基昌在幕後操控嗎？」

「與其說是操控，不如說是策劃。」

「重大事件指的是……？」

「剷除政敵。」

「政敵？是傳聞中的陰謀論嗎？」

「陰謀論？原來有這種說法。但總有一天真相會水落石出。」

「能告訴我是哪些案子嗎？」

「那個還……。得抓到最高層的人才能揭曉。」

「高層……所以科長認為他們是組織，不是一個人？」

「根據這段時間的調查，這些事單憑金基昌一人之力做不來。我認為其中一定有各種連結，能夠有組織性地行動。是以權力來獲得利益的團體。」

「如果是這麼龐大的組織，國情院會不會也有涉入？」

「國情院……。難說，安企部是國情院的前身，也許有些人放不下過去的日子。」

「科長是指過去在安企部工作的人嗎？」

「就說到這吧。我好像透露太多了。我原本想直接問閔宇直系長，但看來還是得問你。你追查一星，也就是權斗植這個人，是因為李弼錫議員和李大禹大法官的案子嗎？僅止於此？」

「我們也在調查一星背後的人是誰。我認為幕後主謀應該是南哲浩議員，所以正在關注他的一舉一動。」

「權斗植是金基昌的人。」

「他不是南哲浩議員的人？」

「他當金基昌的左右手很久了。說不定他和南哲浩議員見面……好像又被挖走情報了，不太對喔？」

「什麼意思……？」

「總覺得有鬼。怎麼了？你在隱瞞什麼事嗎？」

「科長覺得我有嗎？」

「我已經分享了不少手上的情報……。你不要再藏了，輪到你亮牌了吧？」

「南巡警，這麼突然是為什麼？不去找朱明根嗎？」

正在開車的韓檢察官驚訝地看了南巡警一眼。

「反正去了也逮捕不了他，還不如去保護蔡利敦議員。」

「我們的確不能馬上逮捕他，但到現場才能知道實際情況，也許會有逮捕他的機會。要逮捕他也需要更多人手，安警衛一個人很難行動。」

韓檢察官看見紅燈亮起便停下車，目光投向貌似欲言又止的南巡警。

「有什麼其他的原因嗎？」

「其實……朱必相快死了。」

「什麼意思？朱必相怎麼會突然……難不成……？」

「對。我有看見他的屍體幻影。和檢察官進入主日大樓要逮捕朱明根的那天，我在地下停車場的臨時建築裡看到的。」

「南巡警，這和我們現在去找朱明根有什麼關係？」

「我從朱必相屍體幻影的眼睛裡看到了朱明根。」

「你在說什麼？朱必相是朱明根的父親，他為什麼要把自己的父親……」

紅燈轉綠，韓檢察官再次看向前方，踩下油門。南巡警調整呼吸後繼續說道：

「我也不清楚原因。但我確實在朱必相的眼睛裡看見了朱明根，所以他與朱必相的死肯定有關聯。至於他是不是真的對自己的父親下手還有待確認，但是……有必要確認嗎？」

「所以你才會說我們逮捕不了朱明根。」

「對。如果這次有順利逮捕朱明根，那麼我就不可能從朱必相的眼睛裡看到朱明根。」

「話雖如此……也不能就這樣撤退。朱明根是連續殺人犯，不盯著他，只怕還會有無辜的女性受害。」

朴巡警聽了韓檢察官說的話，點頭贊同道：

「對。我也是這麼想。」

「檢察官說的沒錯，但是現在安全屋的位置已經曝光了，要是連蔡利敦議員也被殺害的話，我們就真的沒有其他辦法揭發黑暗王國了。應該至少要保護好蔡議員吧？」

朴巡警突然把頭探向駕駛座，對韓檢察官提議道：

「讓崔友哲刑警去找羅刑警怎麼樣？」

「崔刑警……。」

韓檢察官因為才剛與崔警衛發生爭執，似乎不知道怎麼開口，所幸南巡警先說道：

「崔刑警大概去找安刑警了吧。我到本部的時候他就出去了。」

「是嗎？那我們去和羅刑警會合比較好。」

「就這麼辦吧，檢察官。」

韓檢察官默默地聽著他們的對話，平靜地說道：

「其實我和崔警衛起了小爭執。」

「檢察官，不用告訴我們……」

南巡警想隱瞞韓檢察官與崔警衛之間發生的事，但是韓檢察官沒有理會，繼續說道：

「南巡警，你都聽到了吧？繼續裝沒事我心裡也不舒服。崔警衛希望我們停止對黑暗王國的調查。我知道他的疑慮。他是不希望我們陷入危險，變得像組長一樣。所以我讓他退出黑暗王國的調查。」

韓檢察官嘆了口氣，緊握方向盤，激動地繼續說：

「我非常生氣。『下次還有機會』這話我聽太多次了。檢察改革也是都拿『下次還有機會』、『這次不處理，總會慢慢改變』、『下次再說吧』來搪塞，不就是因為這樣才變成如今的局面嗎？黑暗王國這樣的組織，不也是從『等到下一次』這樣好聽的藉口中誕生的嗎？如果能早一點進行調查，將他們公諸於世，黑暗王國早就不存在了，不是嗎？光想到這些就覺得痛苦。我不想再拖到下一次了。」

朴巡警表情嚴肅地聽著，小心翼翼地說道：

「我也同意，這並不是檢察官的錯，所以請不要自責。崔刑警也是擔心才會這樣說。」

「檢察官也在懷疑崔刑警嗎？」

「這話是什麼意思？」

朴巡警不解地看著南巡警。

「朴刑警，其實……我們內部好像有間諜，都警監懷疑是崔刑警。」

「沒錯，但我不是因為這件事才要他退出調查。我很樂意和他一起調查，我只是不想強人所難。而且從現在的情況來看，崔警衛不是間諜。」

「不是他？那本部會變成那樣……檢察官，難道……」

「我希望我猜錯了。」

「檢察官，你們在說什麼？不是崔警衛的話是誰？南巡警知道嗎？」

朴巡警一頭霧水地看著韓檢察官和南巡警。

「不會是他。不，安刑警不可能……」

朴巡警驚訝地看著韓檢察官：

「安刑警？哎，怎麼可能？安刑警為什麼會是間諜？不可能。」

「可是……南巡警也在場。安警衛知道羅永錫警衛正在科學搜查隊分析證物，也知道模擬畫像是在安全屋裡製作。」

「模擬畫像與連續殺人案有關，但是與黑暗王國無關。至於本部……」

「如果朱必相和黑暗王國有關，那麼說不定黑暗王國也與連續殺人案有關。」

「所以情報是流到朱必相手裡了嗎？」

「冷靜思考過之後的確很可疑，不是嗎？警監也在懷疑他。」

「……那要去新沙嗎？」

「對，我覺得應該先去看看情況。」

尹鎮警衛正在轉述與徐弼監科長見面時的對話，徐道慶總警插嘴說道：

「等等，他提到政敵？」

「是的。」

「該不會是指外界流傳的那些陰謀論吧？」

「我也想知道，但他沒有具體解釋。」

「好，你繼續說。」

「徐弼監科長看起來並不了解黑暗王國。」

「是嗎？還是因為他跟我們一樣有所防備？」

「如果他是出於防備，是不是應該開誠布公地和他坐下來談呢？我認為我們的最終目標是一樣的……。」

尹警衛看著徐總警說到一半，回頭問坐在旁邊的男人：

「不是嗎？系長。」

「什麼？喔，對。」

「你怎麼想？」

那名男人陷入沉思，直到徐總警追問才抬起頭回答：

「我會再去和他見一面。」

「你要去嗎？不過你今天怎麼話特別少？」

「啊，抱歉。我來之前聽說了一些事情，所以……」

「什麼事？」

「沒什麼。等我確定完有結果之後再向你報告。」

徐總警看到男人滿面愁容，不好再追問下去。

「好吧，那你去和徐弼監科長碰個面，對一下整件事的前因後果。聽完尹警衛的轉述，我認為他大概和我們一樣，都想要逮到黑暗王國。只是不確定他是真的不知道黑暗王國是什麼，還是像我們一樣，正在調查黑暗王國的真面目。」

「好吧，我們可以走了吧？大哥。」

「閔宇直系長，你要喊我科長。這麼公私不分的嗎？」

坐在尹警衛旁邊的男人不是別人，正是閔宇直警正。

「是，科長。那我先走了。科長！」

閔警正恭敬地起身行禮，徐總警的嘴角浮現微笑。

「那我也……」

閔警正一把抓住想跟著離開的尹警衛的手臂，說道：

「尹警衛，等一下。」

「是，系長。如果有其他指示……」

閔警正覷了一眼徐總警後說道：

「不，我們邊走邊說。」

朱必相接到回報說南哲浩議員進入地下停車場，便準備到十六樓迎接。但這時祕書著急地跑了進來。

「社長！社長！上來了。」

「宋祕書，什麼事？誰上來了？」

「南哲浩議員正要上來。」

「什麼？他來這裡做什麼？請他去十六樓！」

「那個，我有請他去十六樓……但他很生氣，說要來見社長……。」

祕書話才剛說完，外頭就傳來南議員響亮的聲音。

「朱社長！朱必相社長，你在哪？」

朱必相急急忙忙地走出辦公室，跑向了南議員。

「委員長！您何必親自跑來這裡？叫我過去就行了……」

「朱社長！你在搞差別待遇嗎？」

「您這話是什麼意思？什麼差別待遇？」

「聽說你請沈在哲會長來這裡，是想表示我不如他？你以為我不知道ＳＫＹ俱樂部是怎樣的地方嗎？」

「不是那樣的……那裡是長官……。」

「長官？」

「是的。委員長不是知道那裡是什麼地方嗎？」

「所以說那裡……」

朱必相指著電梯方向，說道：

「所以請別生氣。沈會長是和長官一起來的，我也沒辦法。請委員長去樓下喝一杯消氣吧。」

「哼！是嗎？那就沒辦法了。」

「等委員長坐上那個位子，長官也得聽你的。到時候我隨時歡迎委員長，還請常來坐坐。」

「等我坐上那個位子，一定會再找朱社長的。你可要做好歡迎我的準備。」

南議員拍了拍朱必相的肩膀，豪邁大笑：

「那當然。我會做好充分的準備。」

第12話

權力流向

二〇一一年五月

南哲浩和金基昌坐在沙發上聊天，面對著擺滿高級洋酒的玻璃櫃和吧台。

「南總長，這裡也沒剩多少時間了。」

「是啊，離開那個位子並不可惜，反倒是離開這裡……我會很懷念的。」

「你打算怎麼處理這個地方？交給下一任嗎？」

「這得看下一任是誰。」

南總長看著滿櫃子的酒，發出大笑。

「不管下一任是誰，絕對想不到大檢察廳還有這樣的地方。」

「當然。這裡的保全可是銅牆鐵壁，幾乎沒人進來過。」

「能多次受邀來這裡，真是我的榮幸。任期還有多久？」

「還有六個月。得順利卸任才行。」

「是啊。總長要參加大選，就算是一片落葉也得小心。」

金基昌笑得左眼下方又長又深的傷疤抖動，接著說道：

「決定好要去哪裡選了嗎？」

「還在考慮。我還不清楚同黨議員的情形。您有何看法？」

「順應時勢。」

「時勢的意思是……。」

「跟隨未來的權力流向。」

「長官，還要繼續當政府的走狗嗎？你也很清楚，一旦我離開就沒有人出來擋，不是嗎？」

「我知道。但現在是當隻乖狗趴下服從命令的時候。等我們站到權力中心再撥亂反正就行了。像南總長這樣在政界前線的人，不就是為了最終能讓我們站在權力中心嗎？」

「乾脆出手協助改朝換代不是更好嗎？一想到被國情院院長那傢伙羞辱……唉！真是火大。」

南總長用力地放下了手中的酒杯。

「會這樣都是因為議會裡沒有我們的人。我從以前就一直強調這點，不是嗎？我們應該控制議會。當今世道還是追著錢跑，我們能怎麼辦？過去就讓它過去吧，該趁議會選舉和總統大選到來前擴張勢力。」

「那趁這次機會全盤推翻吧？」

「還不行。我們這邊還需要更充分的準備。而且對方勢力本來就很強大，如果貿然行動可能會前功盡棄。等到下次總統大選時，我們就能站在權力中心了。」

「真的嗎？」

「怎麼？我有說錯過嗎？你難道忘了自己能坐上這個位子是因為誰？」

「我哪可能忘？是因為那些傳聞傳得沸沸揚揚。被說是傀儡……」

南總長還沒說完，急忙看了看金基昌的臉色。

「傀儡？誰？」

「還能是誰？就是現任的黨代表。很多人懷疑長官讓傀儡上位，是為了在背後掌握實權。」

金基昌用一隻眼睛斜瞪南總長，面露凶光。

「這話是誰說的？難道你分不出來那全都是謊言？現在政府因為自己惹出來的麻煩，擔心輸了下一任總統大選得交出政權，急得像熱鍋上的螞蟻。他們會不擇手段設法重新鞏固政權。」

「這真的可能嗎？不會有黨內分裂的情況嗎？」

「絕對不會，不需要擔心。哪怕是分裂也不可能拖太久，他們不可能坐視不管，不是嗎？」

「是啊，您說的是。」

南總長拍著膝蓋大笑。

「我們只能繼續推動下去了。等著瞧吧。一切都會回歸正軌的。」

「正因如此，才會有謠言說長官才是真正的掌權者，不是嗎？」

「我也是得看人臉色的。總長你還看不出來嗎？現在實際主導一切的是國情院院長。南總長，我們才是一家人，你說對嗎？」

「國情院不也和我們是一家人嗎？」

「為什麼？國情院怎麼會和我們是一家人？你不知道安企部改組成國情院後，我淪落到什麼下場嗎？」

金基昌不悅地清了清喉嚨，把頭轉向一邊。

「我明白，我當然知道……。我會跟隨長官的。」

「你說我們是不是應該拿回權力？」

「是啊，要是當時能做好，現在也……」

現在。主日大樓命案D－5

一群檢察官聚集在皇家俱樂部，大民黨緊急對策委員會委員長南哲浩議員對他們說了幾句鼓勵的話後，走向另一個房間，私下叫來了沈魯陽部長檢察官和楊浩植副部長檢察官。

「沈女婿，你大伯還好嗎？」

「他過得很好。岳父怎麼會問起他？」

「聽說沈會長被長官邀請到SKY俱樂部，你不知道嗎？」

「長官是指哪位？」

「當然是在說漢南洞[*3]的那位長官，不然還會是誰？」

「喔，是的。我知道了。那個……我只聽說他去了SKY俱樂部……」

沈部長語塞，只能露出尷尬的笑。南議員看著他，很失望地教訓道：

「我說過多少次了？要掌握好情況後回報。你這個傢伙，真是的！唉，嘖嘖。」

「岳父，對不起。不會再有下次了。」

＊3：位於首爾市龍山區。有許多外國人居住在此，其中多為企業高階主管和外交官。原外交部長公館也位於此處，現為總統官邸。

「你沒從沈會長那裡聽到什麼消息嗎？」

「沒有。大伯什麼都沒說。」

「你去打聽一下他們為什麼見面。」

「是的，岳父。」

南議員看著坐在沈部長旁邊的楊檢察官說道：

「楊檢，我認為應該由你接任總長的位子。」

「唉喲，委員長，如果真的能成為總長，我可就光宗耀祖了。」

「喊什麼委員長？叫我前輩。」

「是，前輩。」

「光宗耀祖……。你想和我們沈女婿一樣從政嗎？」

「哎，我哪懂什麼政治……。我的夢想是成為檢察總長。」

「是嗎？那為了實現夢想，你該做些什麼？」

楊檢察官突然站起來，低頭鞠躬。

「我會盡忠職守的，前輩！」

「這年輕人真是的，快坐下。你多多幫助沈女婿，他這人什麼都好，就是粗心大意。我覺得楊檢在這方面能好好輔佐他，才特別把你安排到他身邊。你懂吧？」

「是，我當然明白。我會替沈部長鋪好路，讓他暢行無阻。」

「好，很好。」

「岳父，聽說尹畢斗那傢伙又去見金基昌長官了。」

「我知道。聽說金部長要尹畢斗去選鐘路區，所以約他見面。」

「這是漢南洞長官親口說的嗎？」

「是啊。他希望我在黨內提名時支持尹畢斗，送他去鐘路。」

「長官來拜託岳父？」

「什麼？喔，對。」

南議員清了清嗓子，瞪了沈部長一眼，沈部長趕忙低頭回答道：

「啊！是的。」

「沈女婿，你真的不想去鐘路嗎？」

「就像我上次說的，我想從老家參選。」

「好。從長遠來看這樣比較好。」

「更重要的是，有傳聞說金部長正在物色新的總統大選候選人。岳父有聽說過嗎？」

「說白了，除了我之外，沒有其他適合的候選人。只不過一面倒的比賽會讓觀眾失去興趣，只有實力相當的競爭者加入，才能引起更多的關注，成為人們酒桌上討論的話題。我認同他的想法，這樣才有趣嘛。再說，想擴張勢力也需要新血加入。」

南議員興高采烈地揮動雙手，口沫橫飛。楊檢察官始終嚴肅地看著南議員，找到機會小心翼翼地說道：

「委員長，真的沒問題嗎？」

「楊檢，你這話是什麼意思？還是你有聽說什麼嗎？」

「不是的，金基昌長官不是個普通的角色，不是嗎？他會不會有其他目的？」

「我果然沒看錯人。」

原本以為是楊檢察官想太多，正噗哧一聲嘲笑的沈部長，聽到南議員這麼說，嚇了一跳問道：

「啊？岳父是什麼意思？」

「你看看你！哎，真是的……。你就這麼不了解金基昌嗎？楊檢，雖然我嘴上那麼說，但我早有準備。其實剛剛那段都是金部長說過的話。他說的沒錯，為了確保選舉成功就需要有新的面孔。不過，沈女婿，你還是要時刻提防金部長。他可能會找一個傀儡上位，自己在幕後垂簾聽政。真那麼想要那個位子，自己出馬不就行了，真是的……。」

「不管怎麼說，岳父是這次大選的候選人，金基昌長官還這麼做，實在太……」

「你這傢伙頭腦這麼單純還想從政？在這個圈子混就得分辨對方是敵是友。敵友關係不停變化就是政治。懂嗎？你這樣下去……嘖，看來我們沈女婿有苦頭吃了。楊檢，拜託你在他身邊多提點啊。」

「請放心，委員長。」

「沈女婿，你聽好了。我以前也說過，金部長這個人渴望權力，是想獨攬大權的傢伙。但是他幹的好事太多了。還有，他習慣在幕後操控，不知道要怎麼站在前頭。他的形象著實也不像個總統。總之，那傢伙老奸巨猾，所以即使長官被彈劾他也照樣能活下來，這就是他的生存之道。我看他八成也想當總統，但知道不可能才打算立個傀儡。說得好聽點，是為了激起選民的興趣，講白了就是為了擴張自己的勢力。這樣你聽懂了嗎？」

「那岳父有什麼對策嗎？」

「對策？當然有。你也不想想我是誰？我可是黨內提名落選後，以無黨派身分活到現在的人。我不會像以前那樣輕易上當的。」

「岳父，我也會好好跟大伯說的。」

「是啊，你也去打探一下沈會長和長官見面的原因是什麼。如果沈會長和長官能支持我，金部長也沒戲唱了。所以沈女婿，你的角色非常重要，明白嗎？」

「我當然明白。請相信我。」

沈部長舉起雙手露出笑容，南議員高興地笑著拍了拍他的肩膀。

「很好。還有，你要照顧好我們在檢方那邊的人，以後很多事要仰賴檢察廳。很快地法律就會成為我們的權力。現在已經不是以前那種可以嚴刑拷問的時代了，沒有人是百分百乾淨的，這個世界都是靠法律解決問題。所以你要管好檢方的人。楊檢，明白我說的話嗎？檢察總長的位子該你坐了吧？」

「是的，委員長。我會銘記在心。」

「岳父，媒體那頭最近都很不聽話，讓人傷腦筋。而且也收了幾次錢。」

「你從常進出檢察廳的記者中挑幾個有用的人，懂嗎？」

「為什麼……」

「不懂就照我說的做。楊檢，你懂吧？」

「我會按照您的吩咐進行。」

「好。沈女婿你就好好去打聽長官和沈會長談了什麼。你做得到吧？我真是信不過你……真是的。」

「我這次會好好調查回報的，保證不會出現任何差錯，請相信我。」

「好，我再信你這一次。機靈點。」

「是的，岳父。」

金基昌回到了位於南加佐洞的家。過沒多久，一輛車停在了他的住處前，有名男人下了車進到屋內，約莫十幾分鐘後又走了出來。當他的車一發動，不遠處停著的另一輛車緩緩跟上。之後，男人的車來到朴范秀的住家附近。他似乎不是第一次來，熟門熟路地站在了朴范秀家的大門前。

門鈴響了，朴范秀從對講機一看到男人就跑了出來。

「大哥，你怎麼會來這裡？」

「進去再說。」

「好的。請進。」

他走進屋裡四處張望。

「大哥在找什麼嗎？」

「范秀，事情處理好了吧？」

「報告沒有送上去嗎？我已經處理好了，大哥。」

「好。聽說你和羅相南刑警是朋友，真的嗎？」

「是的，大哥。我們以前住在附近。為什麼突然問這個？」

「聽說那天你和羅刑警在一起。」

「他只是來我家找我，稍微見個面而已。」

男人慢慢地走近朴范秀。朴范秀似乎察覺到了什麼，向後退和他保持距離。

「你為什麼要說謊？還有什麼事不是真的？」

「什麼意思？」

「范秀，你也感覺到了吧？」

「……是，大哥。」

朴范秀的眼神變得銳利。

「安靜地走吧。」

「大哥，我別無選擇。」

「好，我知道了。所以你安靜地走吧。」

他從口袋裡掏出一塊白布，慢慢地接近朴范秀。朴范秀後退想要逃離，隨手抓到東西就扔向他。男人躲開飛來的物品，越來越靠近。

「別掙扎了，范秀。幫個忙安靜地走吧……。」

他突然迅速撲了過去，抓住了朴范秀的手臂。朴范秀甩開他，揮出一拳，男人卻抓住朴范秀的拳頭，並向後扭轉，最後將白布蓋住他的臉。

「唔……。」

朴范秀掙扎了一陣子，最後失去力氣昏倒在地。這時門鈴響了，男人聽到門鈴聲，立刻查看了對講機。

「您的外送到了。」

車禹錫站在玄關門前，手上提著一個黑色塑膠袋。

「……。」

男人不出聲，想假裝屋裡沒人。門鈴再度響起。

「有人在家嗎？您的外送到了。」

男人覺得收下東西讓外送員趕快離開比較好，於是稍微打開一道門縫，一隻腳瞬間伸進了門縫裡。

「搞什麼？」

「還能是什麼？開門。」

正當男人急著要關門時，車禹錫用力推開門，走進屋裡。

「你是誰？」

車禹錫掃視屋內，立刻看到倒在地上的朴范秀。

「你做了什麼？」

「啊？你不是外送員啊？」

「你太晚才發現了吧？你殺人了？」

「殺了又怎樣？你是刑警嗎？」

「我比刑警還可怕。」

「什麼？」

車禹錫一拳揮向他的臉，他後退一步躲開拳頭，噗哧笑道：

「什麼？憑你這點能耐還想對付我？你究竟是誰？」

「你不用知道。」

「是嗎？沒錯，我不需要知道。但有件事你要知道，今天是就你的忌日。」

男人一說完就連續出拳。車禹錫迅速舉起雙臂，擋住接連飛來的拳頭並往後退。男人再次朝車禹錫的頭和腰部拳腳相向。車禹錫壓低身體想避開，同時用雙臂擋住了男人踢向腰的腿，卻因為力量的衝擊，身體重重地撞到了牆上。

車禹錫笑出聲，看著那男人。

「你身手不錯嘛。」

「你還笑得出來？嗯，你也很會防守。」

「我可不只會防守。現在輪到我了，準備接招。」

車禹錫向他連續前踢，又賞他一記迴旋踢。男人向後退，勉強用雙臂擋下攻擊。

車禹錫與他一進一退，展開激烈地打鬥。與此同時屋裡也變得一團亂。

「你跟蹤我有什麼企圖？還是你要找的是朴范秀？」

「朴范秀是誰？躺在那邊的人嗎？」

「你為什麼跟蹤我？我們好像是第一次見面。」

「是啊，初次見面。但你為什麼要殺了朴范秀？」

「他還沒死，而且這也不關你的事。」

「所以你真的打算殺了他。」

「你是誰？真的不是刑警？」

「我都說我是比刑警更可怕的人了。快做個了結吧。」

車禹錫迅速靠近他，假裝前踢，隨即蹲低轉身一個掃堂腿，絆倒那名男人，又跳到男人身上，膝蓋撞擊他的胸口，同時一拳打在男人的臉上。

車禹錫的膝蓋壓在男人的胸口，一拳接一拳打著男人的臉，直到男人失去意識。車禹錫確認他暈過去後，走向朴范秀，幸好他還有呼吸。

車禹錫四處查看，像在尋找什麼東西，然後走進了房間。

南始甫巡警下了計程車，立即跑向朴范秀的家。當他跑到屋前，屏住呼吸慢慢轉動門把，大門沒鎖好，南巡警小心翼翼地推開門走了進去。

三十分鐘前

南巡警、韓檢察官和朴巡警正驅車前往朱明根藏身的新沙別墅區。這時羅警查又打來了。朴巡警這次也開了擴音，將手機伸到前座，電話另一端傳來了羅警官焦急的聲音。

「檢察官，范秀不接電話。」

「多久沒接了？」

「已經二十幾分鐘聯絡不上他。」

「查過朴范秀的位置了嗎？」

「定位器顯示他在家裡，但總覺得不太對。我交代過他無論在哪裡都要接電話……我得過去一趟。」

「那蔡利敦議員怎麼辦？」

「我去去就回，這麼短的時間不會有問題的。」

「不行，羅警查。」

大家沉默片刻後，南巡警開口說道：

「檢察官，我去看看吧。羅刑警，我去找朴范秀。這樣就行了吧？」

「南巡警你要去？」

「對，我到了再聯絡你。」

羅警查似乎還是不放心，沒有回應，韓檢察官又開口：

「羅警查，就這麼辦吧。」

伴隨著粗重的呼吸聲，手機那頭傳來了羅警查的聲音。

「我知道了，檢察官。南巡警，就拜託你了。你一到就馬上打給我。」

「是，羅刑警。」

當南巡警走進屋內，朴范秀倒在客廳裡，而他面前躺著一名南巡警沒見過的陌生男人。南巡警擔心朴范秀的安危，趕忙跑向他。

這時，車禹錫從房間裡跑出來，抓住了南巡警的肩膀，手裡還拿著一條腰帶。

「你是誰？」

被抓住肩膀的南巡警以為自己遇到攻擊，立刻向車禹錫揮出一拳，結果打中了車禹錫的臉。車禹錫不甘示弱地踹向南巡警腹部，南巡警向後摔倒，但立即站了起來。

「你這混帳！」

南巡警撲向車禹錫用肩膀猛撞他的腹部，然而，車禹錫不為所動，反用膝蓋攻擊南巡警的腹部，雙拳重擊南巡警的後背，抬起的腿更是命中了南巡警的頭。在車禹錫連續的攻勢下，南巡警頭部著地昏了過去。

車禹錫用腳輕輕碰了下南巡警，見他沒有反應便跪下來搜身，找到皮夾查看身分證。

「什麼？這傢伙是警察？可惡！」

車禹錫抓著頭皺眉。

就在這時。朴范秀和躺在他旁邊的男人突然睜開眼。來歷不明的男人衝向車禹錫，一腳踹向他的頭，車禹錫低下頭驚險避開了攻擊，馬上站起來揮拳。男人後退著閃躲，從敞開的大門逃走，車禹錫立即追上去。

朴范秀這才好不容易撐起身體，爬向南巡警。

「咦？是之前那個警察。」

南巡警口袋裡的手機傳來震動，朴范秀掏出手機，看見來電的人是羅相南警查，於是接了電話。

「南巡警，你現在到哪裡了？」

「相南，是我，范秀。」

「怎麼回事？為什麼是你接電話？你還好嗎？」

「我沒事，這位是南巡警嗎？」

「什麼？不是南巡警要你接電話的嗎？」

「是這樣的……」

韓檢察官和朴巡警到達位於新沙的別墅區，找到了安敏浩警衛埋伏的車，正巧看見安警衛在車前講電話。

「結果還沒出來。……這樣嗎？好的。對，沒有發現。我會確認的。……對，那是真的。要這樣子到什麼時候？……是啊……我知道了。儘快……」

這時候，安警衛和韓檢察官對到眼。

「請儘快聯絡我。先掛電話了。」

安警衛慌忙掛斷電話，向韓檢察官打招呼：

「檢察官，妳來了啊。」

「對，安警衛。朱明根還在屋裡嗎？」

「應該是。」

「你剛才在跟誰講電話？」

「妳聽到了嗎？」

「沒有，我只是看到你好像急著掛電話。」

「不是的。我正在調查一件事，所以打電話確認。」

「喔，這樣啊……。」

壓低帽子的閔警正走進一棟位於暗巷的三層樓建築。他從後門進入，上到二樓，敲了敲一扇生鏽的鐵門。

叩叩！叩叩叩！

他頓了一下，再次敲門。

叩叩叩！叩叩！

沒過多久，鐵門發出沉重的聲音後打開。

「進來吧。」

閔警正一走進開著的門，鐵門再次關緊。他一進門就開口說道：

「剛剛電話裡提到的那件事，你再說一遍。」

「急什麼。先過來坐下。」

閔警正看著坐在桌前椅子上的人，也就是剛才替他開門的金承哲警監。金警監坐在閔警正旁邊說。

「我已經查看了從李德福那裡拿到的行車記錄器影片。」

「我知道。但那是什麼意思？間諜？」

金警監指著筆電說道：

「我也不敢相信。你最好自己聽一下。」

閔警正摘下帽子放在桌子上，播放筆電裡的影片。畫面中趙德三檢察官坐在計程車後座，正與某人通話。

「我聽到一個奇怪的傳聞……。聽說李弼錫議員和李大禹大法官都是被謀殺的，你早就知道了嗎？……這你不用問。你早就知道了嗎？……為什麼你要調查？……是嗎？如果閔系長說是他殺，那應該就是了，真是……。不了，調查結果一出來就馬上回報。……我怎麼會知道？我是好奇為什麼和李敏智案有關的人會一個個都死了。知道了，先這樣。」

閔警正看完影片臉上滿是憂愁。他摸著乾澀的嘴說道：

「如果是這個時間點，最有可能的是崔刑警。」

「其他刑警當時不知道你在調查嗎？」

「那時候只是暗中調查。」

「那看來間諜就是崔友哲刑警了。」

金警監觀察著閔警正的表情，小心翼翼地說道。閔警正聽了搖搖頭，用低沉的聲音回答：

「不，不可能。會不會是京畿道南部警察廳的刑警？沒錯。他們那時拒絕協助李大禹大法官案的調查。」

「從通話內容看來，對方不是負責的刑警。趙檢察官不是反問他為什麼要調查嗎？」

「是啊。這樣真的是友哲……不……啊，對了。安敏浩刑警也知道……。不，不會的。不可能。友哲、敏浩為什麼要這麼做？不是的。不會是他們。」

「嗯。還不確定，你先不要擔心。也許對方並不是警察。」

「承哲啊，有辦法聽到對方的聲音嗎？」

「不容易。音質原本就不好，而且是在後座講的電話。我會盡量試試。」

「好，你試試看吧。還有，我把手機拿來了。」

「太好了。」

閔警正從口袋裡拿出手機遞給金警監。

「你確定都存在手機裡了吧？」

「沒辦法存到全部，我只存了一部分影片和照片。但應該對調查黑暗王國有幫助。」

「很快就能收到蔡議員提供的證物。到時和這些東西一起調查，也許就能更了解黑暗王國？」

「希望如此。先從手機裡的東西開始吧。」

「好。」

吳室長和朱明根神不知鬼不覺地離開新沙別墅，再次回到主日大樓。吳室長坐在沙發上，拿出韓檢察官的名片，陷入了沉思。他回想起當年在韓東卓刑警家裡看到的天真爛漫的小女孩，還有蹲在殯儀館靈堂哭泣的少女的臉。

「你在看什麼？」

朱明根走出浴室，搶走了名片說道。

「沒什麼……。」

「檢察官的名片？」

「請還給我。」

「怎麼了？她是誰，你為什麼看著這張名片發呆？韓瑞律……好像是女人的名字，你不會跟檢察官有那種關係吧？」

「不是的。她是我老朋友的女兒。幾天前巧遇。」

「是嗎？早說嘛。拿去。」

朱明根假裝遞出名片，又笑嘻嘻地收回，問道：

「真的嗎？你們沒有在交往吧？」

「不是您想的那樣。她還很年輕。」

「年輕又怎樣，能當檢察官就是成年人了。好啦，拿去。」

朱明根把名片扔給吳室長，吳室身敏捷地接住從遠處飛來的名片。

「哇！果然反應能力非常好！不過，我們待在這裡沒問題嗎？會不會有危險？」

「這裡反而安全。俗話不是說最危險的地方最安全嗎？您先在這裡待一段時間再去美國。」

「美國？」

「再拖下去真的會有危險。您最好儘早出國。」

「我不要。我不去美國了。」

「什麼意思？您不是說不會再做儀式了嗎？」

「對啊，我現在不需要儀式，也不用去美國。」

「您說什麼？警察還在找你不是嗎？要是被抓到最輕也會被判無期徒刑，您難道不知道嗎？」

朱明根聳肩，雙手一攤，說道：

「他們有什麼證據？只要我把印章熔掉，就沒證據了。就算被抓只要抵死不認就好了，而且連續殺人犯不是早就被抓到了嗎？」

「可是……。啊，那個叫南始甫的巡警，他有看到鐵塊了不是嗎……」

朱明根瞪著吳室長，打斷他說：

「所以我那時候不是叫你馬上處理嗎？操，沒辦法了。哥你安靜處理掉他吧，只能這樣了不是嗎？」

「我嗎？」

「怎麼了？你不是說會看著辦嗎？做不到？」

「您還是先去美國避一避風頭，然後……」

朱明根突然發怒，打斷了吳室長的話：

「我就說我不要去！如果你下不了手，那我來！你以為我做不到嗎？」

「他是現職警察，動到警察……」

「為什麼不能動警察？原來你以為我不知道啊？」

「什麼？」

「我只是裝作不知道而已，我都看到也聽到了。議員和法官都能做掉，憑什麼區區一個小巡警不行？」

「理事，我不知道您聽到了什麼，但那不是社長的指示。」

「那是誰指使你做的？七星哥，你不是職業殺手嗎？」

吳室長似乎有些慌張，提高了聲音：

「不是的。您好像誤會了。」

「誤會？」

朱明根瞪大了細長的眼，看著吳室長發出乾笑：

「好吧，就當是誤會吧。所以你做不到嗎？」

「不是的。只是沒有必要這樣吧？」

「算了。反正我不會去美國。我還有事要處理。」

「您想處理什麼？您說過不會再進行儀式了。」

「對，我不會做儀式，不過……」

朱明根眼中閃過一絲狡黠，他看向天空，嘻嘻笑著。

兩個男人並肩坐在市中心公園的長椅上，喝咖啡交談著。

「真的嗎？閔宇直組長在醫院？」

「是的。以防萬一，我去確認過了。」

「不知道是誰幹的嗎？」

「看來還不清楚。」

「閔組長不也跟我們一樣，在追查金基昌嗎？」

「不，他不知道。他確實一直在關注尹畢斗次長，但他好像還不知道金基昌這號人物。要是他有注意到這次和尹畢斗見面就會發現了。」

「徐科長，你不是在跟蹤南哲浩議員的時候，遇到了閔組長嗎？」

「對。閔系長說他在調查一個叫一星的人。」

「一星是指權一星嗎？」

「是啊，權斗植。據說是他殺了李弼錫議員。」

「那麼是因為金基昌的指示……？」

「還不清楚。也有可能是南哲浩議員。不知從什麼時候開始，金基昌與南哲浩接觸的頻率變高了。也許他要站到南哲浩那邊，又或者金基昌和南哲浩又在密謀什麼。」

「他們兩個人不是決裂了嗎？大家都知道這件事吧？」

「是啊。但事情也很難說。所以我才想約朴記者你見面。」

「找我有什麼事嗎？」

「請你打探一下南哲浩和權斗植的關係。還有確認李弼錫議員是不是真的被權斗植殺了。」

「好。但是徐科長，你要不要直接和徐道慶總警見個面？看起來他們的調查目的和我們相同。」

徐弼監科長微微點頭說道：

「我也這麼想，只是我還信不過他們。他們內部可能有間諜，所以要謹慎行事。必須先確認能不能相信他們。先從他們給的情報是否正確著手吧。這次徐道慶總警沒有出現，看來他們也還有所保留。我們兩邊想法都一樣。」

「我知道了。啊，安敏浩警衛不是在閔宇直組長手下嗎？如果去找安敏浩警衛……。」

朴記者小心翼翼地問道，徐科長如陷入沉思，看著前方說道：

「我也想過這個方法，但是我們交情不算深……不好突然聯絡他。他在監察系工作不到一年，扣除被派去銅雀臥底的期間，我們實際共事的時間更短了。後來他突然被調到搜查科，我想問也不方便。」

「原來啊。原本以為至少還有閔組長可以信任，沒想到他卻遇到那種事……。」

「是啊。我原以為這些事情都可以跟閔系長討論。」

「你們是因為蔡非盧案才開有交情的吧？」

「是啊。那時因為工作認識。那個案子之後，安警衛就調到搜查科。」

「從那起案子來看，閔宇直組長應該會願意和科長一起走的……你當時怎麼不拉攏他？」

「你要我怎麼開口？雖然他很有正義感，但這種危險的事我該怎麼開口要求他加入？」

「那我呢？我又不是刑警，我是記者耶。」

「話要說清楚，這是你自己說想做才加入的，我可沒有拉你進來。」

「我哪知道會是這麼嚴重的事。我只認為是貪汙事件想採訪寫個獨家，結果被科長騙來了。」

「是啊，你一定覺得自己挖到了獨家吧，所以才那樣死扒著我不放，苦苦糾纏。現在該怎麼辦？你已經和我上了同一條船。還是你要現在跳船？」

「科長你捨得我跳嗎？」

「閉上你的嘴！還是要我幫你黏起來？」

「我可是個記者，要我閉嘴有難度。這艘船，就繼續一起搭吧。」

朴記者笑著，徐科長把手放在他的肩膀上也跟著笑了。

「少在這邊多話，快去打聽。」

「我知道，那我先走了。」

二〇一五年七月

徐弼監警正坐在漢江公園的長椅上，凝視著江水。旁邊的行李箱上放了兩杯咖啡。過沒多久，一名男人在他旁邊坐下，向他攀談。

「好久不見，徐弼監警衛……不對，現在是警監了吧？」

「李延佑警衛，這段時間過得好嗎？」

「你什麼時候上來的？」

「已經兩年了。」

「兩年？你為什麼現在才聯絡我？」

「也沒為什麼。不過，你還是警衛嗎？怎麼升得那麼慢？」

「因為我喜歡跑現場，而且不擅長討上面的人歡心。」

「我早料到會這樣。過於堅持信念就很難在組織裡生存。看看我，已經是警正了，很快又會當上總警。看我多擅長拍馬屁。」

徐警正說完這句話，哈哈大笑。從他的笑容中能感受到歲月的痕跡。

「哎，開什麼玩笑……你說真的嗎？」

「什麼真的？李延佑警衛，你還是老樣子啊。」

徐警正笑著拍了拍李警衛的肩膀，李警衛也不好意思地跟著笑了。

「是嗎？你真了不起，這段時間辛苦了。」

「我是因為走運，加上靠著一些能幹的前輩才有升遷的機會，所以不要太捧我。啊！這杯咖啡給你。」

「謝謝，那我就不客氣了。」

「這段時間過得怎麼樣？有什麼進展嗎？」

「你還記得啊？這段時間沒有收到你的消息，還以為你忘了。」

「忘？我是在磨刀累積實力，等待足夠和他們抗衡的那一天。不過，李警衛都在幹嘛了？」

「喔，抱歉。我有點……」

「沒事，開玩笑的。我有預料到會這樣。你太堅持自己的原則了。李警衛，我們現在開始吧。」

「真的嗎？」

「是啊。但還是要小心。這段時間沒有聯絡你正是為了避免被察覺。他們還在監視著我們，謹慎為上。」

「我明白了。你這段時間都一直在調查嗎？」

「對，一直在調查金基昌。他最近好像經常接觸沈在哲會長。蔡利敦議員近況如何？你有注意他對吧？」

李警衛吃驚望著徐警正說道：

「你怎麼知道？」

「我只是沒跟你聯絡，但一直都有在關注你的動向。」

「是嗎？我完全沒發現……。不久前，我發現蔡利敦議員與沈在哲會長經常在江南的主日大樓見面。不過，好像不只有他們兩人。」

「是嗎？金基昌沒有和沈在哲在主日大樓見過面。你在主日大樓還看到了誰？」

「出入主日大樓的所有車輛都是租用車，要不就是所有人不同的冒名車輛，無法得知他們的身分。」

「蔡非盧警監也有去嗎？」

「他倒沒有。」

「那麼你有查到任何與蔡非盧警監有關的事嗎？」

「我已經確認蔡利敦議員和沈在哲會長之間頻繁交易，還有蔡非盧警監在背後幫忙。」

徐警正放下手中的咖啡，望著李警衛說道：

「太好了。這下有理由了。」

「理由？但我們還沒有確切的證據。」

「證據以後再找就行了。我會派一名幹員去銅雀。」

李警衛疑惑問道：

「幹嘛派幹員？」

「你知道我在監察系吧？我準備向首爾警察廳內部告發蔡非盧警監的事，我會以此為名義，派幹員到銅雀警局臥底。」

「有必要做到這種地步……」

李警衛似乎不以為然，徐警監冷靜地說明：

「不要想得太複雜。以後，我們盡量避免像今天這樣見面，以確保調查過程的安全。所以，我們需要一個人居中傳話。我會讓那個臥底負責傳遞消息。」

「那個幹員可靠嗎？讓他做這種危險的事可以嗎？」

「他不知情，以為是為了要調查貪汙刑警。重要的消息我會保密。」

李警衛這才放心，點了點頭說：

「我知道了。那我會努力找出證據，早日回報。」

「好。現在才剛開始。要做好心理準備，隨時保持警覺。不要相信任何人。」

「知道了。」

現在。主日大樓命案D－5

車禹錫為了抓住從朴范秀家逃跑的男人而追出來，但在半路上追丟了人。他注意到附近有公用電話亭，於是走了過去。

「我是車禹錫。」

「好，回報狀況。」

「我跟蹤權斗植時追丟了人。他想殺害一個人。」

「誰？」

「朴范秀。幸好他沒成功。我為了救朴范秀被看到長相。原本已經抓到他了，沒想到有警察突然闖入，把事情搞砸了。」

「警察？為何會有警察出現？」

「我第一時間不知道對方是警察……。那名警察出手攻擊，我不得不反擊。」

「你沒有傷到警察吧？」

「沒有。我只打了幾下……。比起這個，從權斗植想要滅口來看，朴范秀應該知道些什麼。你知道朴范秀是誰嗎？」

「朴范秀……。不知道，那我們應該保護朴范秀的安全，弄清楚權斗植想殺他的原因。還有，既然權斗植認得你了，以後要特別注意。你搜查完朱必相的辦公室就退出這次任務比較好。」

「明白。我會立即保護朴范秀的安全。」

「好。還有儘快搜查朱必相的辦公室。」

「知道了。回頭再聯絡。」

車禹錫走出公用電話亭，再次跑向了朴范秀的家。

「先生，醒醒。」

朴范秀搖醒了倒在地上的南巡警。

「你睡著了嗎？巡警！快醒醒。起來！」

「啊！喔，我在哪裡？」

南巡警突然跳起，雙拳緊握，擺出了拳擊姿勢。

「他已經走了。不用緊張。」

「啊！你還好嗎？」

「我沒事。刑警你呢？」

「我不要緊……。不過這是怎麼一回事？」

「我也不清楚。我只看到一個陌生男人跑了出去。」

「陌生男人？他想殺你嗎？但是本來還有另一個人倒在這……人不見了。」

「他不是要殺我。想殺我的人是一星，我醒來的時候一星已經不在了。可能是那個人救了我吧？不過刑警你為什麼會昏倒？你好像不是昏倒，比較像睡著了。」

「我進來的時候，看到你和一個男人倒在地上。我想確認你是否還活著，但房間裡突然有個人衝出來攻擊我。我下意識認為對方是犯人，想逮捕他……結果反而被攻擊。」

「拿去。」

南巡警搔搔頭，可能是感到難堪，不敢看朴范秀的眼睛。

「我不知道是怎麼回事，但還是先離開這裡比較好。他們知道蔡議員還活著，不可能會放過我。」

「他們知道嗎？那我得打電話告訴羅刑警，警告他蔡議員可能會有危險……。」

朴范秀遞出手機。

「你的電話。我已經打了，他們現在可能已經轉移到別的地方了。」

「喔，是嗎？那我們也趕快離開吧。」

「我要……等一下。」

朴范秀走進房間，把幾件衣服裝進包包裡。

「你有暫時藏身的地方嗎？」

「相南有告訴我可以去哪裡。」

朴范秀和南巡警一走出屋子，觀察著他們的車禹錫便小心翼翼地跟在後頭。

「你可以離開沒關係，我自己去。」

「不行。我會和你待在一起。」

「但你也幫不上什麼忙吧……。」

「不……。抱歉，即使幫不上忙，我也必須待在你身邊。」

「你不相信我，對吧？」

南巡警沒說話，只是點了點頭。

「好，那就走吧。」

他們到達的地方是一家撞球館。

「這是撞球館吧？」

「相南要我到這裡，說他會看著辦。」

朴范秀先走進了撞球館。

「你好。老闆在嗎？」

坐在櫃台前的一名看起來像老闆的中年男子站起來迎接。

「你們是相南的朋友嗎？」

「沒錯。是相南介紹我們來的。」

「好，來了就好。我有接到相南的電話。跟我來。」

撞球館老闆帶著朴范秀和南巡警走入店內，來到一間已經整理好的房間。

「就是這裡。他說你會住幾天，你打算住多久？」

「只會麻煩你幾天。」

「好。好好休息吧。啊！如果你們想打撞球，自己隨意，別客氣。」

「謝謝。」

撞球館社長一離開，朴范秀立刻問：

「你要繼續待在這裡嗎？」

「那個……。」

「隨便你。你撞球都打幾分的？」

「我？一百二十分的，幹嘛問這個？」

「是嗎？好，和我比一場吧。」

「現在嗎？不好吧。我……還有事要做。」

「那就算了，我要去外面打撞球，隨便你要不要來。」

朴范秀將手裡的包包扔進房間後，再次回到撞球館。南巡警跟著他出來，拿出手機打了電話。

「檢察官，現在方便講電話嗎？」

「你還好嗎？我聽羅警查說了。你現在和朴范秀在一起吧？」

「是的，對不起。那個……」

「幹嘛對不起？聽說你救了朴范秀一命，有沒有受傷？」

「啊……。他是這樣跟你說的嗎？那個，檢察官，接下來該怎麼辦？我應該要留下來保護朴范秀，還是回去比較好？」

「你先和他待在一起吧。朴巡警和我會在這裡監視安警衛和朱明根。」

「那我要先在這裡待命嗎？」

「那裡也待不了多久，必須再找個安全的地方。」

「我會做好隨時移動的準備。」

「好。拜託你了。」

主日大樓命案 D－4

徐敏珠議員正在安全屋吃飯。這時大門打開，崔友哲警衛走了進來。

「崔友哲你在幹嘛？為什麼聯絡不上你？」

「抱歉，昨天有點事。」

徐議員將臉靠近崔警衛，說道：

「哎，有酒味。你昨天喝了酒吧？為什麼？發生什麼事了？」

「沒有。妳繼續吃飯吧。」

「你又跟韓瑞律檢察官吵架了嗎？」

「誰說我們吵架？我們只是……意見不合。這段時間都沒睡好，是因為太累了才會這樣。」

「那也不能借酒澆愁。友哲。閔宇直組長變成那樣不是你的錯，不需要自責。還有，你也不用擔心我啊，你看我吃得好，睡得好。而且你不是早就有心理準備才加入的嗎？」

崔警衛突然提高音量，神情嚴肅道：

「你們為什麼都這樣？奇怪的是我嗎？還是說你們都搞不清楚狀況？」

徐議員被嚇到，眨眼看著崔警衛：

「友哲……。你怎麼了？沒必要發脾氣吧。」

崔警衛拍著胸口，失望地說：

「為什麼沒有人理解我的心情？現在靠我們的力量根本對付不了他們，只會造成更多人受害。下一個有可能是韓檢察官，也有可能是妳。但你們怎麼都能若無其事地說沒關係？我真的快瘋了。」

「你這是怎麼了？你真的是因為這個原因嗎？還是有其他理由？這不像你的作風。」

「那要怎樣才像我？」

「你明知故問嗎？我認識的你總是奮不顧身，支持正確的一方。為什麼這次有這麼多顧慮？」

「那是因為過去我看得到解決的方法。但這次前方一片漆黑，就像閉著眼睛走在地雷區一樣，永遠不知道誰會是下一個……。如果只有我還無所謂，但我的同事，還有妳都處於危險之中。明知道註定會失敗，我怎麼可以讓你們上戰場？不是嗎？」

徐議員拍著崔警衛的背，安撫道：

「好，我懂你的意思。沒人知道誰會是下一個，但……沒事，你已經夠難受了，我不要再逼你了。大家都太累才變得這麼敏感。你昨天喝完酒就馬上睡了嗎？所以沒接我的電話……」

「抱歉，我關機了。啊，我去見了李德福先生。」

「是嗎？他在看守所吧？身體還好嗎？」

「他最近好像沒有好好吃飯，變得更消瘦了。」

「真的嗎？這樣可不好……。他是故意的嗎？」

「好像是。他好像害怕站上法庭，不知道是不是記憶力開始退化，說了些奇怪的話……」

「什麼話？」

「他說閔宇直組長來過，說他找到了趙德三檢察官坐的那輛計程車的行車記錄器。還跟我說行車記錄器在哪裡……這……。」

崔警衛搖著頭，說不下去。

「怎麼了？也許是組長在事故發生前去找過他吧。」

「我也這麼想。但他說組長是幾天前去的。」

「什麼？怎麼可能。李德福可能一時搞錯了吧。組長躺在醫院，怎麼可能去見他？」

「就是說啊……反正，行車記錄器應該也落到黑暗王國手裡了吧？」

「以防萬一，去指揮室找找看？」

「我早就找過了。什麼都沒找到。」

「看來被他們搶走了。」

「真的是一事無成啊，唉……。」

崔警衛感嘆著坐在椅子上，徐議員坐到他旁邊，小心翼翼地問道：

「不過，確定呂南九的父母是自殺的嗎？」

「不清楚。當地警局是以自殺結案的。」

「你說是哪天發生的？」

「妳是說他們過世那天？是在安刑警和南巡警去找他們之前……」

「是組長出事的前一天嗎？」

「對。怎麼了？」

「沒什麼，問一下。啊，對了！我昨天找到了這個，給你看。」

「是什麼？」

徐議員走進房間，拿出文件袋放在崔警衛面前。

「這是國情院的資料。為了查過去的事，昨天我去國防委員會查閱了一些資料。這些是我偷拍回來的。」

「過去的事？為什麼？跟黑暗王國有關嗎？」

「還不知道，但有些內容讓我很在意，所以我才拍下來。」

崔警衛還在想是否要看，徐議員就從信封裡拿出照片遞給崔警衛。

「這是安企部的資料。黑暗部隊？」

「嗯。安企部曾祕密創立了一個叫黑暗部隊的單位，不過很快就解散了。」

「是啊。一九九九年。」

「下一張照片有國情院的動向報告。」

「二〇〇九年。」

「沒錯。動向報告顯示檢方和司法部似乎私下設立了祕密組織。」

「祕密組織？」

「那不就是黑暗王國嗎？」

「為什麼？」

「什麼為什麼？」

「不過只說了是祕密組織，妳為什麼立刻覺得和黑暗王國有關。」

徐議員聽了崔警衛的話，有些不好意思，摸著額頭說道：

「啊……也是喔？」

「什麼啊？就這樣？我還以為妳是因為有找到其他證據才這麼說。」

「沒有，我只是覺得其中可能有關聯。」

「敏珠，檢方和司法部現在還有私下聚會，他們打著研究的名義聚在一起，報告應該就是指這件事吧。」

「是嗎？」

「還有別的嗎？」

「沒有了。如果還有機會查，我會再找找看。」

「妳把資料帶出來沒問題嗎？」

「當然是不行。但不是太嚴重的資料所以沒關係。不要被發現就行了。」

「好。記得要銷毀。」

「我本來就是打算讓你看完後就馬上銷毀。」

吳室長躺在客廳沙發上，他一看到朱明根從房間裡出來，立刻起身問道：

「您一大早要去哪裡？」

「我去看看車，順便改裝一下。」

「現在這個時間？您要去哪裡改裝？」

「當然是地下停車場，還有哪裡？」

「那裡不是都清掉了嗎？您是怎麼了？」

「啊，對耶。那快點替我安排一下。」

「現在不是改裝車的時候吧？不知道警察什麼時候會闖進這裡，還是待在房間裡比較安全。其實，社長要我們不要過來這裡。萬一被社長發現，他可能會命令您馬上去美國。」

「我不在乎，馬上替我準備好。我晚上要看一下車。」

吳室長抬頭看向天花板，深深嘆氣說道：

「好的。不過，您原本真的打算一大早就去改裝車嗎？」

「是啊。怎樣嗎？我出去還能幹嘛？關在房裡快悶死了，跟坐牢有什麼兩樣？我要出去透透氣。」

「不行，理事，我說過不行。」

朱明根想出去，吳室長抓住他的手臂制止，朱明根大吵大鬧甩開了他的手。

「可惡！該死……好啦，知道了。那你快點去準備，好了打給我。聽懂了嗎？」

「我知道了，但是請您千萬不能出來。可以嗎？」

「知道了啦！快出去準備，少在那邊嘮叨……」

吳室長走出大樓後打了通電話。這時朱明根小心翼翼地打開大門，確認吳室長不在外面後便匆匆離去，搭電梯上了十七樓。

「搞什麼？」

朱必相進入辦公室看到有人在，皺起眉頭問道：

「你是誰？」

朱明根轉過身說道：

「社長，您來啦？」

朱必相驚訝地環顧四周問道：

「你怎麼會在這裡？吳室長呢？我以為吳室長和你待在一起。」

「他是和我在一起沒錯，不過我要他去幫我跑腿。」

「跑腿？你瘋了嗎？馬上把吳室長給我叫過來！」

朱必相用手指著朱明根大發雷霆，而朱明根則眼睛連眨都不眨一下，繼續說道：

「爸爸，你為什麼要那麼做？」

「你在胡說什麼?」

「你為什麼要那樣對媽媽?」

「什麼意思?明根，你媽是拋棄你離家出走。你難道不知道嗎?」

「我都想起來了。我去了媽媽的靈骨塔。」

「靈骨塔?是吳室長嗎?吳室長帶你去的?」

「這重要嗎?」

過去在朱必相面前總是表現得驚慌失措的朱明根不復存在。朱必相第一次見到朱明根氣勢洶洶的樣子，頓時感到困惑。

朱明根惡狠狠地盯著朱必相，毅然決然地問道：

「我問你，為什麼要那樣對媽媽!」

「你好像誤會了什麼，明根。沒錯。你媽在你小時候就去世了，但不是我做的。我怎麼可能做那種事?是誰說的?吳室長嗎?」

「我親眼看到的。那天的事我全都想起來了。」

「你說什麼?你恢復記憶了嗎?」

「所以你知道我失憶啊。」

「我是為了你……」

朱明根絕望地吶喊道：

「你為什麼要那樣對媽媽?」

朱必相急忙擺手試圖安慰朱明根，仔細說明：

「不是的。你聽我說。你好像記錯了。那天……」

傾盆大雨的夜晚。男孩的母親哄睡男孩後，從房間裡出來，小心翼翼地叫醒了睡在沙發上，醉得不省人事的丈夫。

「老公，醒醒。回房睡吧。」

「不要管我。」

「你睡在這裡會感冒的，回房……」

「操，我叫妳閉嘴！」

男孩的父親勃然大怒，起身後毫不留情地打了男孩母親一耳光。

「呃！」

「這女人發什麼神經吵醒我。我感冒關妳什麼事！」

「對不起。我去拿被子。」

「閉嘴！打斷我的好夢。我和李小姐玩得正開心……。妳這個賤女人。」

「嗚嗚……」

男孩母親正要走去拿棉被，走到一半停下來抽泣。

「哭什麼哭？」

「你在夢裡也只想著那個女人嗎？」

「瘋了嗎？哪來的女人？好，既然這樣就離婚啊，不是早說過了嗎？現在還不遲，我跟妳離婚行了吧！」

「我不要！你不要這樣！」

男孩的父親抓住她的雙臂搖晃，強迫她同意離婚。她掙扎著甩開他的手結果不慎摔倒，一頭撞在桌子上。

◉

「……所以你媽媽是因為自己不小心撞到才意外過世。」

「意外？你說那是個意外？明明是你故意的！」

「朱明根！清醒一點！誰教你這麼沒禮貌……你瘋了嗎？」

朱必相瞪大眼睛東張西望，拿起了一根高爾夫球桿。但是朱明根似乎沒打算要避開，抬頭挺胸面對他。

「你想找死嗎？」

「這次輪到我了嗎？」

「你說什……哈！瘋子。好，今天我要好好教訓你。」

朱明根被飛來的高爾夫球桿擊中，但他沒有發出一聲慘叫，更沒有躲避球桿。越是被朱必相打，他對那一天的記憶就越清晰。

當天，朱必相揮舞高爾夫球桿，強迫男孩的母親離婚。男孩的母親被高爾夫球桿毆打到失去意識。被遺忘的情景生動地湧入了男孩的腦海。

第13話 黑暗王國的真相

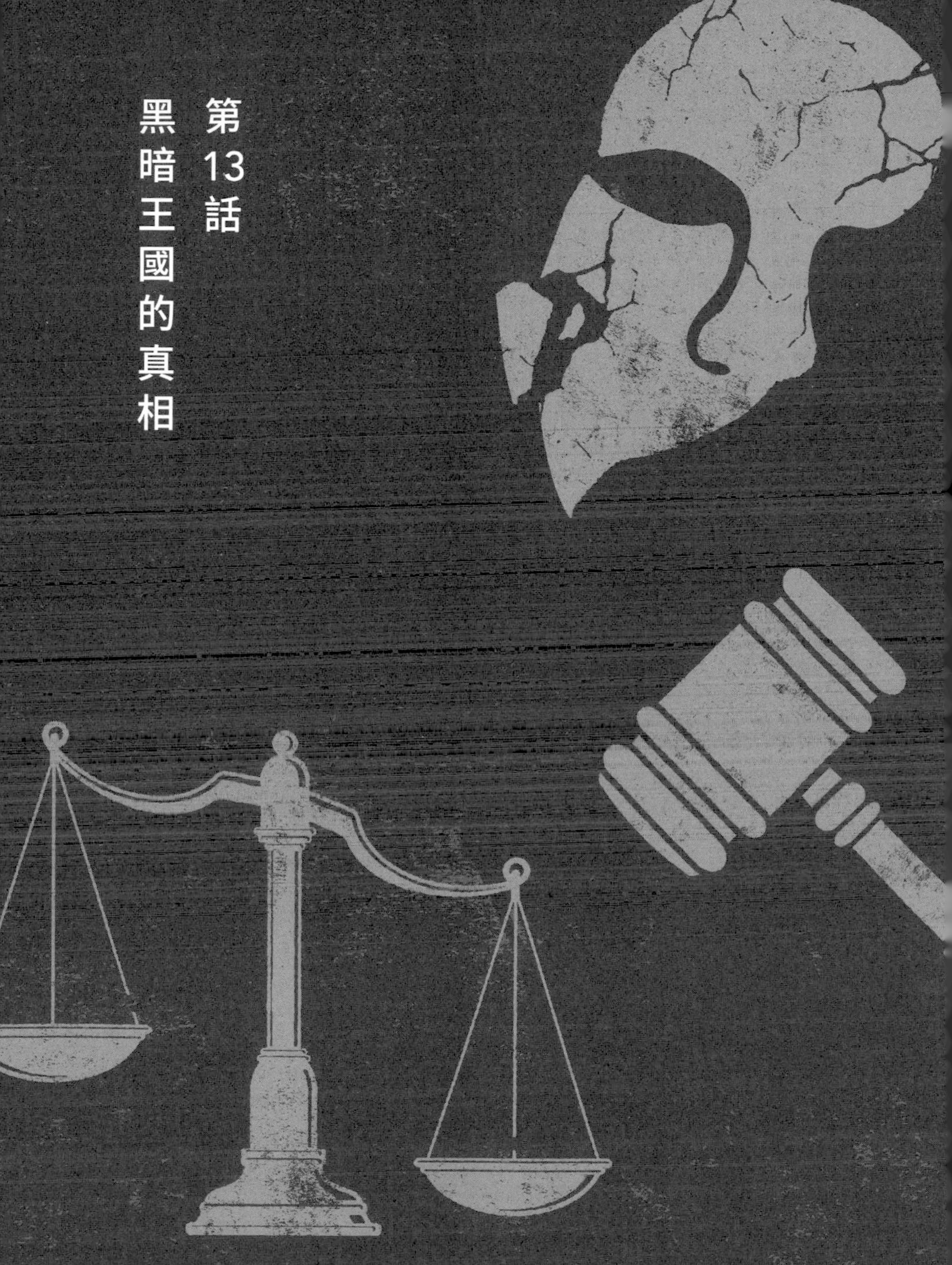

噠！

咚！噠！

朴范秀一個人打三顆星撞球，注意到南巡警坐在椅子上打瞌睡，接著聽到撞球館門口傳來聲音，他立刻雙手緊握撞球桿，用警戒的眼神望著門口。

撞球館老闆開門走了進來，大聲對他打招呼。南巡警被老闆洪亮的聲音驚醒，猛然睜開了眼睛。

「喔！怎麼回事？已經早上了嗎？」

「你們已經起床了啊？」

朴范秀向撞球館老闆打了聲招呼。

「老闆好，你來得真早。」

「哪有早啊？快去吃早餐，我得整理一下。」

南巡警用眼神簡單問候後問道：

「老闆你吃飽了嗎？」

「當然，我吃了。」

朴范秀將撞球桿插回架子上，整理好撞球，說道：

「南巡警，我們也去吃飯吧。」

「你都沒睡嗎？」

「換成是你睡得著嗎？我可是差點就去見閻王了。」

「可是……。你……。」

「他一定會再來的。」

「你怎麼知道他什麼時候會來?難道要一直不睡覺?」

「誰說我不睡?等吃完飯,換你去把風我再睡就行了。」

「原來是這樣?哎!你昨天早說啊。我又不知道你有什麼打算,害我睡不好。」

「我跟你說過好幾次了,要你進去睡……。是你不相信,怕我會逃跑才在那裡站崗的。」

「我不是怕你逃跑,是想保護你。」

「好好好,下午你再睡一下吧。我不會逃跑的。」

「哎,都說不是了……。我們去吃飯吧。」

南巡警和朴范秀好像變熟了些,鬥著嘴走出撞球館。

「不過我很好奇一星是怎麼知道蔡議員還活著?」

「一定是在背後操控一星的人告訴他的。」

「是嗎?一星聽起來不是本名……。你是怎麼認識他的?」

「你知道我因為瀆職暴行被停職吧?」

「我聽羅刑警說過。」

「那是在我被停職,開始酗酒的時候。」

「范秀，再喝一點就回家了。知道嗎？」

「我沒事，你快回去。不是在呼叫你了嗎？」

「是啊，抱歉。那你回家小心。」

「就說我沒事，你走吧。」

好不容易有時間和相南一起喝酒，但是他先離開了，我一個人走著，正好遇上幾個流氓找麻煩。我當時已經被停職，覺得還是避開才好，就直接逃跑了，但是那些傢伙卻一直追著我。最後我沒辦法，和那些流氓動手了。我努力閃躲，但對方人多勢眾，我被打得很慘。不過，有人突然出現救了我。

那個人就是一星。從那天開始，我們偶爾會見面，相處得很愉快。有一天，我們一起喝酒，等我回過神來一看，我面前躺了一個正在流血的人。

「大哥，醒醒。大哥！」

「什麼？喔，范秀，你醒了？」

「大哥，那個……那邊……」

「怎麼了？咦？你幹嘛？手上怎麼有血？你流血了嗎？」

「不是的，大哥，我也才剛醒過來……」

「真的嗎？昨天應該出了什麼事吧？」

「好像是，但我只是喝了酒，來到汽車旅館而已……。」

「那個人是誰？」

「我不認識。」

「媽的！有夠倒楣……。」

「應該趕快報警。」

我用衣服擦拭著手上的血，同時想找手機，但一星制止了我。

「范秀，不行。你別管了。」

「那怎麼辦？」

「我來解決。你不是說你已經被停職了，你相信大哥，安靜地離開這裡，這件事我會處理的。」

「大哥打算怎麼做？」

「我會看著辦的。你去浴室把手上的血洗乾淨，然後趕緊出去。」

走進餐廳時，朴范秀正描述著當天的發生事。兩人找了個位子坐下。

「當時我犯了一個錯。我不應該直接離開，而是要報警好好調查整件事……。」

「那件事就這樣過去了嗎？」

「不。犯人落網了。一星指示他的下屬假自首。之後就以那件事要脅我，命令我做原本下屬要做的事。一開始美其名是拜託我，但做了一兩次之後我說想停手，他就開始威脅我。他要求我做的事越來越過分，結果連蔡議員也……。」

「這整件事有點可疑。他會不會早有預謀？」

「當我意識到這一點的時候，已經太遲了。」

「你怎麼不拜託羅刑警幫你脫身？」

「我聽一星指示做的那些事，讓我沒辦法開口。從一開始就錯了，答應他一次之後……。」

「你真的不知道一星的上級是誰？」

「不知道。如果知道我早就告訴相南了。」

「那麼應該先逮到一星。但是和我打架的人是誰？是一星的人嗎？」

「不是。如果是一星的人，我就不可能站在這裡了。我想是那個人救了我。」

「是這樣嗎？但他為什麼要對我……。」

「我想他可能把你誤認成一星的手下。」

南巡警點了點頭，腦中千頭萬緒，手撥弄著菜單。

●

「謝謝委員長邀請我到府上。」

「尹次長，別這麼客氣，喊我前輩就好。」

「是的，前輩。」

「很好，尹後輩。你應該認識我女婿，這個是我家老么，正在S大讀法律，很快就會成為你的學弟。」

南哲浩議員指著小兒子，小兒子向尹畢斗次長點頭打了招呼。

「前輩好，久仰前輩大名。我很尊敬你，前輩。」

「哎，還不至於到尊敬吧……。令尊才是受人尊敬，我不是。」

尹次長爽朗笑著，向南議員用眼神表達敬意。沈魯陽部長看到這一情景拍手說道：

「次長真謙虛。你肯定是很了不起，外界才對你的評價這麼高，我小舅子很少會說自己尊敬誰。」

「沈部長，沒這回事。不管怎樣，感謝未來的學弟這麼賞識我。」

南議員向小兒子揮手說道：

「你吃完就離席吧。」

「好的，那我先告退了。」

南議員的小兒子走出餐廳，一陣沉默後，沈部長看著尹次長先開了口：

「聽說你要在鐘路參選？」

「是的。多虧有長官的關照。啊！當然也是靠委員長……不，也是靠前輩的照顧才能參選。」

「我哪有做什麼？都是他做的，不是我。」

「沒這回事。長官說這是和前輩討論後決定的。謝謝前輩對我的信任。」

尹檢察官鄭重地向南議員點頭表達謝意。

「討論？他不過是通知我而已。你不是很清楚嗎？那傢伙和我之間……」

「岳父。」

雖然沈部長試圖阻止，但南議員沒有停下來，反而繼續說道：

「怎麼了？我有說錯嗎？我被傷過太多次了……。因為尹次長是我後輩，我才跟你說。知道嗎？」

「當然。我明白。請儘管說。」

「你應該也很清楚漢南洞那位還在青瓦台的時候是怎麼背叛我的吧。他掌握政權後把我們打入冷宮，所以那時我才沒得到黨內提名，最後好不容易以無黨派身分重新回來，費了好大工夫才戴上了徽章。金基昌那傢伙當時做了什麼？他躲在後頭，吃著長官賞的好處，好好當他的看門狗。我是看不下去才離開的。我不想看到我的後輩們又去當別人的狗。」

南議員說得口沫橫飛，沈部長似乎不信任尹次長，阻止南議員繼續說下去。

「岳父，這都是過去的事了，不是嗎？我們聊別的吧。」

「沈女婿，都過去了？對，這些都是往事，但誰能理解它在我心中留下的傷痕多深？尹後輩，你能理解我的心情嗎？你覺得呢？」

「我當然理解。多虧有為了後輩們挺身而出的前輩，我們才能這樣抬頭挺胸站著啊，不是嗎？我們這些後輩都很清楚，也很尊敬前輩。」

「是嗎？那就好。」

「據我所知，金基昌長官當時也是逼不得已，如果當時不那樣做，領導層就會垮台……。」，

南議員歇斯底里地打斷了尹次長：

「他是那樣說的嗎？他不就是為了自己活下去才拋棄自己人嗎？結果呢？去巴結了國情院……嘖嘖。看到他那副德性，我都要吐血了。」

「即便如此，長官和前輩到不是一直都好好地守護著我們到現在嗎？我們的時代就快到了吧？」

「我們的時代？應該是金基昌那傢伙的時代吧。尹後輩，我就是為了這個才叫你來。」

「什麼意思？」

「金基昌那傢伙，似乎想在下屆總統大選安排一個傀儡。」

「傀儡？」

「沒錯。嚐過一次那種滋味，他忘不了的。」

沈部長觀察著南議員的表情，當他一說完，立刻問了尹次長：

「次長前幾天見過長官了吧？」

「你怎麼知道？你派人跟蹤我？」

「我派什麼人？大家都自己人，哪有什麼祕密？那是該隱瞞的事嗎？」

「喔，的確，但還是……」

「尹後輩，我不清楚你聽說了什麼，但是我會參加下屆總統大選。」

「前輩……前輩當然應該參選。」

「你看起來非常吃驚。為什麼？那老傢伙要你參選嗎？」

尹次長聽了南議員的話，連忙擺了擺手說道：

「不是的，我不適合，我算什麼……我可以參加鐘路的選舉就很滿意了。」

「我們打開天窗說亮話吧。究竟是怎麼樣？」

「長官心裡的人選是前輩。」

「是嗎？」

「雖然他沒有直說，但我聽他說話的語氣感覺是這樣。」

南議員突然鼓掌大笑，用手比著尹次長說道：

「你得再練練，不然政治路難走了，表情這麼明顯。尹後輩，現在還不晚，你想清楚要抓住哪條線。聽說那傢伙最近和俱樂部的成員密切接觸。」

「俱樂部成員就是……」

「漢南洞那位長官主辦的社交派對，重量級人物都會聚集……」

「你指的是新成俱樂部嗎？我聽說過。他們孩子的聚會鬧過幾次風波對嗎？」

「是啊。當初為了處理那些事，我可是吃了不少苦。」

沈部長接著南議員的話繼續說：

「不過現在還是老樣子。」

「所以說啊，尹後輩，我們的後輩要做這種事到什麼時候？」

尹次長點點頭回答道：

「前輩說的對。」

「我們想要重振的可不是這樣的國家，難道不是嗎？但那傢伙不知道去見俱樂部成員有什麼居心。連議會選舉都還沒通過，就開始替總統大選做準備……還是說，他打算重組組織？」

「我也是第一次聽說，不清楚……」

南議員抽動著眉毛看著尹檢察官，問道：

「你真的是第一次聽說？」

「是真的，前輩。」

「尹後輩，聽我的話。黑暗王國是我們建立的王國。它不屬於某個人，而且是無法與任何人分享的權力。絕對不要忘記這一點，知道嗎？」

二〇一五年十月

凌晨時分，漢江公園停車場中的一輛車開著車頭燈，不久後，另一輛車駛來，停在那輛車的旁邊。正當以為車頭燈就要熄滅，剛抵達的車上有人下來，快步坐上了旁邊的車。

在車門短暫打開又關上的那一瞬間，車內燈光照亮了李延佑警衛和徐弼監科長的身影。李警衛一上車就迫不及待發問：

「徐科長，這是怎麼回事？為什麼不繼續調查？」

「抱歉，再等一下吧，還沒有批准。內部已經在著手進行了，只不過還沒派幹員潛入而已。」

「那我轉交的文件，確認過了嗎？」

「還在進行內部調查。我正在追查沈在哲會長轉交給蔡利敦議員的政治資金流向，但他們可能是用現金，所以不好追蹤。我也在追查沈在哲會長的匿名帳戶，所以必須等到查出蛛絲馬跡才行。」

「蔡利敦議員經常來警局見蔡非盧警監。他看起來很不安，好幾次突然來警局，不知道是不是有急事。」

「你不知道發生什麼事嗎？」

「他們都選在避開其他人耳目的地方談話，所以我還沒有弄清楚……，我會想辦法再打聽一下。」

「你做得到嗎？」

「我會試試看。」

「一定要小心。還有，金基昌部長和南哲浩議員好像完全拆夥了。」

「怎麼會？他們不是一夥的嗎？」

「沒錯。不過自從南哲浩在上次議會選舉落選後，他們的關係就變得很尷尬。在我看來，他們從那以後就分道揚鑣了。我想南哲浩議員以無黨派人士的身分當選就是契機，表示他現在要走自己的路。」

「南哲浩議員有這麼厲害嗎？」

「他女婿不是沈在哲會長的侄子嗎？我想他得到了沈在哲會長的支持。」

「可是沈在哲會長和金基昌部長的關係不是更親密嗎？」

「對啊。不過在權力關係中，昨天是敵今天是友也很常見吧。」

「那麼沈在哲會長和金基昌部長的關係會變得疏遠吧？」

「那也未必。金基昌現在亟需資金，而沈在哲會長是他的主要金主，大概也拿他沒轍。」

「真是的……權力究竟算什麼？」

「對啊。看得越多，越覺得這些人很有意思。不知道到底為了什麼要這樣追著錢跑，趨炎附勢。」

「還有別的動靜嗎？」

「他們好像在祕密舉辦聚會，雖然我一直在觀察金基昌，但對內部詳細情況知道的不多……」

「去找吳民錫怎麼樣？」

「吳民錫……你知道他在哪裡？」

「我只知道他在放貸業者手下工作，但現在不確定他人在哪裡。」

「放貸業者？」

「聽說叫朱必相。」

「朱必相？那位江南搖錢樹社長。」

「你知道他？」

「他最近好像勢頭正盛，在江南蓋了新大樓還進軍飯店業。南哲浩議員不是有個女婿嗎？就是沈會長的侄子，現在是南部地方檢察廳的副部長檢察官，叫沈魯陽。據我所知，沈副部長和朱社長最近經常來往，所以我也在注意朱必相。」

「那麼，應該很快就能找出吳民錫了。」

「我會再找找看。」

「徐科長，時機終於到來了嗎？」

「是啊。終於來了。李延佑警衛，這段時間委屈你了。現在才是真正的開始。」

現在。主日大樓命案D—3

朴巡警坐在副駕駛座上觀察外面讀情況，並對駕駛座上的安巡警說道：

「安刑警，如果朱明根一直不出現怎麼辦？我們總不能盯到天荒地老。」

「朴刑警，我已經埋伏在這裡兩天，比妳更悶。能怎麼辦？沒有拘捕令也進不去，只能等……。」

「朱明根真的在這裡嗎？」

「朴刑警也在懷疑崔刑警是間諜嗎？」

朴巡警困惑地向安警衛擺手說道：

「我沒有。為什麼這樣說？我知道他不是那種人。我是因為到現在連朱明根的影子都沒看到才問的。」

「是啊，不會是他。不過檢察官去哪裡了？沒聯絡妳嗎？」

「沒有。」

「要不要聯絡檢察官？不知道我們要在這裡待到什麼時候。」

「我來聯絡吧……喔，崔刑警來了。」

崔警衛慢慢走過來，打開後座車門上了車：

「你們辛苦了。」

安警衛回頭問崔警衛：

「昨天怎麼聯絡不到你？」

「抱歉，發生了一點事。朱明根呢？他還待在屋裡嗎？」

「他在裡面整整兩天了，沒有外出的跡象。」

「檢察官在哪裡？我以為她會過來。」

「她凌晨說有事要處理，從那之後就沒有聯絡了。我們正想打給她……等一下。」

安警衛拿出手機撥出電話，鈴聲持續響著但沒人接。

「她沒接電話。」

「是嗎？不會發生什麼事吧？」

崔警衛自言自語地說，朴巡警回答道：

「不會有事的。」

「朴刑警知道她在哪裡？」

「什麼？不是啦，其實……」

朴巡警告訴他們南巡警在本部看到韓檢察官的屍體幻影，安警衛驚訝地說道：

「居然有這種事？為什麼不早點說？」

朴巡警摸著頭髮，畏縮地回答：

「因為後來沒發生，我就忘記了。檢察官不會有事的。」

「是啊，那太好了。想不到檢察官差點……。」

「就是說啊，要不是南始甫巡警……我不敢多想。」

崔警衛用手抓住前排座椅兩側說道：

「所以我沒說錯吧，再這樣下去……。我得趕快去見檢察官，要她停止調查黑暗王國。」

安警衛這次索性轉身看著崔警衛，說道：

「崔刑警，你又要去提這件事嗎？檢察官不會答應的。」

「沒錯，而且檢察官即使聽說自己差點遇害也沒有動搖。」

崔警衛輪流看了一下安警衛和朴巡警並說道：

「雖然這次南巡警成功阻止了，但是不知道以後還有誰會遇到危險。雖然已經到這個地步，我還是要說服檢察官。如果沒辦法的話，至少我們自己要停止調查。安刑警、朴刑警，下一個目標可能是我們。不能眼睜睜看著同事陷入危險，卻什麼都不做。必須立刻收手並且解散搜查組，專心抓連續殺人犯就好。」

這時，朴巡警的手機響了。朴巡警看了手機畫面後對崔警衛說：

「是警監打來的。」

「快接吧。」

朴巡警按下通話鍵，拿起手機接聽：

「是，警監。」

「朴巡警，撤退吧。」

「啊？怎麼突然說要撤退？」

「朱明根已經離開別墅，到別的地方了。」

「他離開了？」

「什麼？朴刑警，什麼意思？」

朴巡警暫時把手機從耳朵上挪開，對安警衛說：

「朱明根好像已經走了，請等一下。警監，他什麼時候離開這裡的？」

「昨天別墅附近的監視器拍到他了，妳現在和安警衛在一起吧？」

「是的。崔友哲刑警也在這。」

「好，我傳一個地址給妳，請他們過去。朴巡警妳先回警署。」

「是，我知道了。」

「還有，我聯絡不上韓檢察官，知道她在哪裡嗎？」

「我們也有嘗試聯絡她，但沒人接電話。警監也找不到她？」

「對。你們先照指示行動吧。」

「明白了。」

南巡警和朴范秀吃完飯走回撞球館。

「南巡警，有人在跟。」

「對。在撞球館前看到的人也出現在餐廳門口，你說的是那個戴帽子的人，對吧？」

「你也看到了啊。我們先回撞球館吧。」

「沒關係嗎？」

「反正那個人已經知道我們在撞球館，那裡有其他人在他不敢輕舉妄動，說不定反而更安全。」

南巡警和朴范秀進入了撞球館，但那個戴著帽子的人沒有跟進來，而是在外面觀察。

「我馬上問該移動到哪裡。」

南巡警拿出手機，朴范秀攔住他說：

「不用急。他不敢怎樣的。」

「可是……。那我先打電話給羅刑警。」

「好吧。他可能會在撞球館關門的時候闖進來，所以我們在那之前必須想辦法脫身。」

南巡警打給羅相南警查說明了事情經過，拜託他打聽下一個藏身地點。不久後，羅警查打來，並用簡訊傳給他們一個地址，還和朴范秀討論了如何從撞球館脫身。

在此期間，撞球館的客人接二連三地離開，老闆也暫時出去了。這時守在外面的那個人走進了撞球館。南巡警立刻注意到他，低聲對朴范秀說：

「那傢伙進來了。」

朴范秀不發一語地瞥了一眼那個戴著帽子的人。

「動作自然一點。」

但是朴范秀卻直接朝那個戴帽子的人走過去。南巡警嚇一跳想攔住他，但朴范秀已經和那個人搭話了。

「很大膽嘛。你一個人？一星呢？」

那個人沉默地摘下帽子。

「啊！是那個……」

南巡警立即認出了他是在朴范秀家看到的車禹錫。朴范秀看了南巡警一眼問道：

「你認識他？」

「他就是在你家襲擊我的人。」

車禹錫舉起雙手，插嘴說道：

「那是誤會。我不知道你是警察，然後話要說清楚，是你先對我動手的。」

車禹錫用舉起的手指著南巡警，南巡警提高了聲音說：

「什麼？是你突然從後面出現先攻擊我，那時候你手上還拿了凶器。」

「凶器？那只是我要拿來綁犯人的腰帶。」

南巡警和車禹錫爭執的聲音越來越大，朴范秀插嘴制止了他們：

「等一下，我知道了。那麼是你救了我嗎？」

「沒錯，總算能溝通了。是我救了你。」

「你為什麼要救我？你認識我嗎？」

「不認識。但我認識想要殺你的人。權斗植為什麼要殺你？」

「權斗植？」

朴范秀彷彿第一次聽到這個名字，車禹錫疑惑地問道：

「你不知道他的名字？你不認識他？」

「我認識，他叫一星……。他的本名是權斗植嗎？」

「沒錯。權斗植是一星的本名。」

「原來如此。那你是誰?為什麼要救我?又為什麼要跟蹤我?」

「我是想抓權斗植,認為你會遇到危險所以才救了你一命。會跟蹤你也是因為要找到一星。」

南巡警在後面聽著兩人的對話,向前說道:

「所以啊,那你到底是誰?」

「我不能說。你知道權斗植為什麼要殺你嗎?還是你知道他可能會在哪裡?」

「我不知道他會在哪裡。我連你是誰都不知道,為什麼要幫你?」

南巡警點頭同意朴范秀的話。車禹錫看了南巡警一眼後說道:

「權斗植會再回來殺你的。這裡看起來不太安全。你們搬到別的地方吧。」

「我們會看著辦,你不用管。以後別再跟蹤我們了。」

聽了南巡警的話,車禹錫噗哧笑出來:

「憑你的實力,感覺很難保護他。」

「什麼?」

南巡警被激怒想要衝向車禹錫,朴范秀阻止他:

「等一下,南巡警。不要激動。」

「我帶你們去一個安全的地方。跟我走吧。但希望你們能幫我抓到權斗植。」

「好。走吧。南始甫巡警,先跟他去看看吧。」

「什麼?沒關係嗎?」

「如果他是危險人物就不會救我了。南始甫巡警也一樣。不是嗎？」

車禹錫向南巡警眨了眨眼，回答道：

「當然，朴范秀先生真是明理。」

「什麼？」

南巡警皺眉瞪著車禹錫。

凌晨，一通來自陌生號碼的電話打來。當時的我正在埋伏的車上補眠。

「檢察官，有電話。」

「喔，好。謝謝。」

我馬上拿出手機接起電話：

「喂？」

「……。」

「喂？我是韓瑞律檢察官。請說。」

「我是吳民錫。」

「你說誰？」

「我是吳民錫。」

「喔，等一下。」

我被這個沒預料到的名字嚇了一跳，連忙下車。

「你是吳民錫？」

「是的。方便見一面嗎？只有我們兩個……可以嗎？」

「好，沒問題。」

「妳必須一個人過來。否則我不會再聯絡妳。」

「好，我會一個人去，別擔心。」

「我再傳地點和時間給妳。」

到了約定的時間，我抵達和吳民錫約好的地點，但是等了好一陣子，吳民錫卻沒有出現。我正在四處張望時，從身後冒出一個人，用類似布的東西蒙住了我的臉。

過了一陣子，等我回過神來，眼睛已經蒙上了眼罩，而鼻尖聞到了一股潮濕的霉味。

「這是哪裡？」

「對不起。」

遮住視線的眼罩一取下，就看見天花板上的紅色燈泡發出隱約的光線，空間內過於漆黑，我看不清楚。

「我照你說的一個人來，還這樣對我是不是太過分了？」

「我別無選擇。就算妳有承諾也未必……。不管怎樣，謝謝妳來見我。」

「吳民錫，真的是你嗎？該出來了吧。」

站在紅色燈光後面的吳民錫走上前，坐在一張椅子上。

「如果嚇到妳，我向妳道歉。」

「這是在幹嘛？有必要這麼做嗎？」

「為了安全，我別無選擇。請妳諒解。」

「安全？是為了誰的安全？」

「檢察官的搜查組內部有間諜，妳不知道嗎？」

「你怎麼會……？你知道是誰？」

「我不知道。」

「不知道？那你為什麼說有間諜？」

「朱必相社長對你們的內部情況瞭若指掌，沒有內應很難做到，不是嗎？」

原先期盼不要成真的猜測，在此刻得到證實……。

「妳沒發現嗎？」

「……你是連續殺人犯嗎？」

「連續殺人犯……不是我。」

「那你為什麼要幫助朱明根？還是你……」

吳民錫打斷了我的話：

「我找妳不是因為這件事。」

「所以你為什麼要找我？」

「是關於韓東卓刑警的事。」

「我爸？你果然知道些什麼，對吧？」

「韓刑警是被殺害的。」

我的眼睛瞬間睜大，感到口乾舌燥，過了一會才勉強開口：

「……你能為你說的話負責嗎？雖然我已經預期到了……。但你怎麼知道？」

「我就是因為這件事才去妳家。」

「是你殺的？不是吧？」

「如果是我就不會約妳見面了。調查韓刑警案件的刑警也死了。他在三年前被殺害，雖然我不清楚他是不是因為這件事才會死。韓檢察官應該也知道，妳是負責那起案件的檢察官。」

「我負責的案子？你說誰……？」

「李延佑刑警。」

「李延佑警衛嗎？犯人是蔡非盧系長……那麼我爸也是被蔡非盧系長……。」

「不是的。蔡非盧也是受了上級的指示，殺害韓刑警的人也是……無論如何，我之所以約妳見面，是想勸妳，如果想重新調查或挖掘韓刑警案件的真相，現在就收手吧。檢察官對付不了那些人的。」

「那些人是誰？你不能告訴我嗎？」

「即使我告訴妳也無濟於事。不只是李延佑刑警，想要抓他們的警察都被殺了。」

「為什麼要告訴我這些？難道是黑暗王國？」

吳民錫的一隻眼睛微微顫動，隨即避開了視線。

「看來我說對了。他們就是黑暗王國啊。那些人到底在做些什麼？」

「你們正在調查嗎？查到什麼程度了？」

「我不能說。」

「好。不要再提到更多關於他們的事了，否則就算妳是檢察官他們也不會放過。妳身邊的人也會有危險。如果正在調查就馬上停止，我只能告訴妳這麼多。」

「朱必相也是黑暗王國的成員嗎？」

「社長不是。黑暗王國是……總之他不是。」

「你能協助我們調查嗎？你當時也想警告我爸會有危險對吧？但是他不聽勸。看來我和爸爸個性一樣，也不打算聽你的話。」

「不聽我的勸告，不斷調查他們的人全都難逃一死。拜託妳別再繼續查了。」

「吳民錫，難道不是應該阻止更多無辜的人犧牲嗎？我不清楚他們有多了不起，但如果握有公權力卻對他們的存在視而不見，傷害最終還是轉嫁到人民身上。這段時間他們的所作所為我不全然了解，但他們害無辜的人喪命，憑藉強大的權力和財力犯下各種貪腐和罪行，目前揭露的不過是冰山一角，此時此刻，我們看不到的角落也有犯罪正在發生。就算現在看不見，總有一天還是會浮上檯面。」

「當然會，但那得等到腐敗到散發惡臭，才有可能在世人面前曝光。即使曝光了，也僅此而已。妳說那只是冰山一角？沒錯，而光憑這冰山一角誰都無法撼動。不，更準確來說，根本查不出他們是誰。他們早已深植於社會，根深蒂固。想徹底剷除就必須裁剪掉無數枝葉。那些人可能是妳身邊的同事和朋友。妳做得到嗎？」

「到底是什麼樣的組織？滲透得如此之深。」

「所以我才說妳對付不了。韓東卓刑警一個人絕對做不到，李延佑刑警還是無能為力。妳也一樣。」

「所以要我袖手旁觀？他們的根只會越扎越深，滲透到社會每個角落。到時候再也沒人能剷除他們。」

「即使總統出面也解決不了。憑妳一個檢察官挺身而出，又能做什麼？」

「即使我不能馬上將他們繩之於法，起碼我可以揭露他們的罪行。要達到這個目標，就應該將他們的真實身分公諸於世。我不是一個人，所有的公權力都應該齊心協力除去劣根。假如我能成為吹哨人，即使犧牲也不足惜。」

「吹哨人？這有可能嗎？」

「就是因為每次都要顧慮這些，才會猶豫到現在還是毫無作為吧？在他們更加根深蒂固之前，你都做了什麼？如果能毫不猶豫地將他們的真面目公諸於世，即使不能剷除所有的劣根，至少能拯救更多人；而且可能因此阻止更多未知的犯罪。現在還不遲，即使這是場漫長的戰鬥，即使會有所犧牲，我們也必須阻止他們。」

吳民錫似乎死心，嘆了口氣說到：

「有其父必有其女。好。妳說的對。在李延佑刑警累積實力的同時，他們的勢力也變得更加龐大。就像妳說的，他們造成的傷害確實變得更嚴重。」

吳民錫猶豫片刻，看著我的眼睛接著說。

「再等下去也沒有意義。」

「你的意思是……你願意合作？」

「是的。」

「那我們就從連續殺人案開始合作吧。」

「我已經帶來了。」

吳民錫把高爾夫球袋推向前。

「這是什麼？」

「這是連續殺人案的證物。衣服上沾有被害人的血跡，裡面還有凶器。」

「朱明根果然是殺人犯。」

「沒錯。朱明根就是連續殺人犯。不過，我會盡力說服他自首。」

「自首？就算他自首……」

「自首就能免於死刑不是嗎？」

「雖然是這樣沒錯，但……我們必須儘快逮捕朱明根，不然的話……不，沒事。不管怎樣，希望他能儘快出面自首。」

「我知道了，我會儘快說服他。」

「那你能告訴我關於黑暗王國的事嗎？」

「黑暗王國……」

◉

徐敏珠議員與輔佐官一起來到國會議事堂地下停車場。輔佐官用手指出自己的車，對徐議員說道：

「車停在那裡。議員，妳一個人去真的沒關係嗎？」

「嗯，我沒事。不好意思，我的車就麻煩你了。」

徐議員把自己的車鑰匙交給了輔佐官。

「我知道了。我送議員過去車子那邊？」

「不用了，到這裡就好了。明天見。」

「好的。」

輔佐官搭電梯回到樓上，徐議員稍微查看四周之後坐上輔佐官的車。沒多久，戴著帽子的閔警正打開了副駕駛座的車門：

「好久不見，徐議員。」

「啊！組長你真的沒事……。看起來也沒有受傷？」

「不是的。有好幾處傷口，但現在已經好了。」

「能見到你真是太好了。」

「我也是。我拜託的事查過了嗎？」

「有。我查看了金基昌部長在任時的安企部資料，沒有特別值得注意的地方。不過，國情院的資料中記錄了一個黑暗部隊，隸屬於安企部，現在已經解散了。」

「黑暗部隊？」

「對。有些不尋常，對吧？」

「是啊，聽起來似乎和黑暗王國有關。」

「我還找到和它有關的國情院動向報告書，所以拍下來了。組長請看。」

徐議員說著，將照片遞給閔警正。

「檢方和司法部有結成祕密組織的跡象。內容就這些？」

「是的。沒有進一步的細節。不是沒有，而是有被刪除或銷毀的痕跡，編號之間有跳號對吧？友哲認為這只是私下聚會。」

「他這麼說嗎？」

「友哲說的是對的嗎？這和黑暗王國無關？」

「現在很難判斷，還需要進一步了解。這是二〇〇九年的資料，我得去見當時的相關人士確認一下。」

「下次開會，我會再去看看的。」

「麻煩了。但是議員妳要小心。國情院應該也有黑暗王國成員，他們肯定在監視妳，所以要更加謹慎。」

「我會的。多虧有組長在我才能平安無事。」

「小事情。我跟妳提過內部有間諜對吧？謝謝妳對崔刑警保密。」

「別這麼說。該不會是友哲吧？」

徐議員說完，觀察著閔警正的表情。

「其實我就是為了這件事才約妳見面。」

二〇一五年十二月

一輛車開進警察署本館停車場，緊急停在非停車區。蔡利敦議員邊下車邊打電話向後門跑去。這時，他撞上一名剛下車的男人。

「呃！」

「抱歉，你還好嗎？」

「搞什麼！你怎麼可以突然下車？」

「對不起。請站起來吧。」

男人拉著蔡議員的手，協助他站起來。

「你有沒有受傷？」

「你摸什麼摸？算了，就這樣吧。」

蔡議員拍了拍衣服，瞪了男人一眼又向後門跑去。男人看著他離去的背影，急忙跑向蔡議員的車，打開了後座的門。蔡議員急忙下車的時候好像忘了鎖車門。

男人檢查了放在後座的文件袋，拿出裡面的文件。文件上方寫著「黑暗王國」，旁邊還有個問號。

他拿出手機拍照。當他拿出其他文件打算拍照時，突然響起的手機鈴聲嚇了他一跳，他急忙關掉鈴聲環顧四周，遠遠地看見蔡議員正向這裡走來，趕忙躲到停放的車輛之間。

蔡議員在遠處用遙控器鎖上車門，再次走向後門。這時候，他的手機又響了。

「喂？我是李延佑警衛。」

「我是徐弼監。安敏浩巡警過幾天會被調到刑事科。」

「他就是那個臥底嗎？」

「沒錯。以後你只需要通過安巡警傳達消息就可以了。」

「我知道了。剛才蔡利敦議員又來警局。」

「去見蔡非盧嗎？」

「應該是。這次我可以聽見他們的對話了。」

「怎麼聽？」

「我在蔡議員的衣服上安裝了竊聽器。」

「真的嗎？會不會被發現？」

「沒事。我會再回收，別擔心。」

「知道了。小心不要被發現。記得把錄音檔傳給我。」

「知道了。那我先掛電話了。」

李延佑警衛掛斷電話後，回到自己的車內，戴上與筆記本電腦連接的耳機。

「爸，你怎麼可以跑來這裡？這裡耳目眾多……」

「喂！非盧，你以為我想這樣嗎？你爸我要吃牢飯了。你也很清楚啊，難道你想裝傻當作沒看到嗎？也不想想我是因為誰才變成這樣？」

「爸，沒人拜託你，不都是你一意孤行嗎？」

「什麼？一意孤行？難道是我自作多情嗎？我提的時候你可沒反對！你以為只要我犧牲，這件事就結束了嗎？這會牽連到沈會長和黨代表。如果不儘快解決，甚至會關係到黨的存亡！」

「爸，你在說什麼？」

「這事不重要的話我還會來找你嗎？被牽連的議員可不只一兩個。我不知道怎麼落到他們手裡的，反正你必須出面。」

「我要怎麼做？」

「你要不要去見一面？他們會聯絡你的。」

「什麼？爸，你已經都安排好了嗎？爸！」

「對不起，我也沒有辦法。這次無論如何我都得活下來啊，你說不是嗎？這樣你升到警察廳……」

「爸！好，我知道了。反正你不要再來這裡了。你都來多少次了？其他人開始起疑了。」

「好好好。所以……不管怎樣，拜託你了。你去見一面把事情解決掉吧。」

「我會的，所以你不要再去那裡了。是誰會聯絡我？」

「我也不知道。」

「你不知道？」

「對。」

「我知道了。爸你回去吧。」

「好。謝謝你，非盧。」

李警衛急忙下車，跑向蔡利敦議員的車。

現在。主日大樓命案D－3

金承哲警監戴著耳機正在操作著什麼。接著，徐道慶總警和尹鎮警衛開門進來。

「金警監，有什麼事？」

「喔，你們來了啊。」

「警監好。」

「尹警衛，坐這裡吧。科長也一起坐吧。」

「這是什麼？」

「這是可以還原變聲的裝置。」

「居然有這種東西？」

「是的。請等一下。」

金警監播放了某人的通話紀錄。對方是經過變聲處理的粗糙的機械音。

「呂南九先生。」

「你是誰？」

「我是在監視你的人。我現在要給你一個機會。」

「機會？」

「把你手上關於李敏智的證物交出來。這樣什麼事都不會發生。」

「你是在威脅我嗎？」

「如果你聽起來像是威脅，那就是吧。我們也不想走到那一步，只需要你手上的檔案。」

「你指的是什麼檔案？」

「裝傻不能解決問題。」

「我聽不懂你在說什麼。我要掛電話了。」

「呂南九……」

「他說呂南九……。所以找到證物了嗎？」

聽到徐總警的提問，金警監暫停播放通話紀錄，回答道：

「這是我手機裡備份的音檔。」

「這樣嗎？那你查出那個變聲的男人是誰了嗎？」

「請你直接聽聽看。」

金警監播放了將可疑男性聲音還原的錄音檔。

「怎麼回事？這聲音好熟。」

「難道是我們認識的人？」

金警監看著尹警衛點了點頭。

「閔組長，你想說什麼？」

「徐議員，妳可能不願意回想，不過妳去國會路上遭到襲擊的那天，出發前有沒有發生什麼特別的事？或是看到和平時不一樣的狀況？」

「和平時不一樣？我不確定。」

「那天崔刑警和安刑警是一起行動的嗎？」

「對。組長，你在懷疑安敏浩刑警嗎？」

「他們那天有沒有反常的行為，或是和誰通過電話。不管任何事都好，請告訴我。」

「我不記得有什麼……啊，出發之前，安敏浩刑警好像在跟誰講電話，其他沒有什麼特別狀況。對了，他和南始甫巡警一起過來的時候，告訴我呂南九母親的事。組長也知道吧？」

「是的，我聽說她去世了……」

「我記得南始甫巡警馬上就說要去看看，安敏浩刑警卻勸他等隔天再早點去。難道……。」

「請再聽聽這個錄音檔，就能知道是誰了。」

金承哲警監又播放了另一個音檔。

「我是朴旼熙刑警。」

「閔宇直組長在嗎？」

是一個變聲過的渾厚男人嗓音。

「他不在，請問你是哪位？」

「我是金承哲警監。」

「啊！是，警監你好。」

「這不是金警監你的聲音吧？」

「現在要播的是還原後的聲音，你們再聽聽看。」

金警監播放對方原本的聲音。

「因為我聯絡不上閔宇直組長。」

「這樣啊。組長沒有去你們約好的地方嗎？」

「不是的。我臨時打算改地點，如果妳聯絡上閔組長，請他打這支號碼給我。017-×××-3987。」

「017-×××-3987嗎？」

「是的。」

「我知道了。我會轉達的。」

「這個聲音……」

徐總警驚訝地望著金警監。

「現在能確定了吧？」

「是啊。我本來還不敢相信……。」

「該出發了吧？」

金警監帶著徐總警和尹警衛前往某處。

「安刑警，是這裡沒錯嗎？」

「是的。我按照朴刑警告訴我的地址過來的。」

安警衛和崔警衛站在一棟破舊的三層樓建築前，上頭掛著旅館招牌。兩人沒直接進去在原地猶豫著。

「這是什麼地方？這種地方居然是旅館？」

「我們進去吧。」

「好，進去看看。本部真的選這種地方當新據點嗎？」

「旅館的招牌好像是假的。」

「是嗎？有人在嗎？」

崔警衛走進去喊了一聲，但櫃檯沒人。安警衛指著樓上說道：

「好像是二樓。我們上去看看。」

崔警衛環顧四周，走上通往二樓的樓梯，安警衛跟在他身後。二樓的走廊兩側都有房間。

「這裡到底是什麼地方？是真的旅館嗎？」

「可能是吧。崔刑警，手機借我一下。」

「為什麼？」

「我想打給檢察官，但我的手機沒電了。」

「喔，拿去。」

安警衛接過崔警衛的手機，指了一下走廊的某處：

「喔，那裡的門是開著的。」

「真的耶，過去看看。」

崔警衛走向開著門的房間，喊道：

「喂，有人在嗎？」

崔警衛站在門口查看房內的情況，這時安警衛突然將他推到房間裡。

「你幹嘛！」

「崔刑警，抱歉。」

「安刑警！你在做什麼？別開玩笑了，快開門。」

崔警衛轉動門把，卻怎麼也打不開。

「為什麼打不開？從外面反鎖了嗎？怎麼回事？安刑警！安刑警！」

「請在這裡等一下。很快就會結束了。」

崔警衛用力拍著門，大喊道：

「喂！安刑警，你在幹嘛？為什麼要這樣？立刻開門！開門！」

〈下集待續〉

國家圖書館出版品預行編目（CIP）資料

看見屍體的男人. III, 黑暗王國/空閑K著；黃莞婷譯. -- 初版. -- 臺北市：臺灣東販股份有限公司, 2023.12
1冊；14.7×21公分
譯自：시체를 보는 사나이. 3
ISBN 978-626-379-132-9（上冊：平裝）

862.57 112018246

시체를 보는 사나이 3 부 1
(A Man Who Can See the Dead Body 3 - 1)

看見屍體的男人 III
黑暗王國（上）

2023年12月1日初版第一刷發行

作　　者　空閑K
譯　　者　黃莞婷
編　　輯　曾羽辰
美術設計　黃瀞瑢
發 行 人　若森稔雄
發 行 所　台灣東販股份有限公司
＜地址＞台北市南京東路4段130號2F-1
＜電話＞(02) 2577-8878
＜傳真＞(02) 2577-8896
＜網址＞http://www.tohan.com.tw
郵撥帳號　1405049-4
法律顧問　蕭雄淋律師
總 經 銷　聯合發行股份有限公司
＜電話＞(02) 2917-8022

購買本書者，如遇缺頁或裝訂錯誤，請寄回調換（海外地區除外）。
Printed in Taiwan